W0195754

Inhalt

1

Prolog

»Komm schon, Julia. Du bist dran.«

Julia streckte sich auf der Decke aus, der Bauch voll vom guten Essen, der Kopf benommen von Sonne und Bier. Sie seufzte und blickte hoch zu den Wolken, wie sie langsam über den braun getönten Himmel ihrer Sonnenbrille zogen. Sie blinzelte schläfrig. »Ich habe keine Lust, Steve. Ich will nichts damit zu tun haben.«

Er stand bei ihren Füßen, blockierte die Sonne und warf einen langen Schatten über ihren Körper. »Aber alle anderen machen mit. Sei kein Spielverderber.«

Die Tatsache, dass alle anderen dabei waren, reichte Julia gewöhnlich als Grund, nicht dabei zu sein. Aber sie wusste, dass Steve sie nicht in Ruhe lassen würde, deshalb setzte sie sich widerwillig auf. Sie legte die Arme um ihre Knie, ignorierte die Liste, mit der Steve sie bedrohte, und blickte über den Rasen. Nick stand drüben am Tisch und lud seine Arme mit Dosenbier.

»Komm schon, Jules«, drängte Steve. Er setzte sich neben sie und drückte ihr Liste und Kuli in den Schoß. »Nur du fehlst noch.«

Julia sah sich um. Verstreut über den Schulhof

saßen Schülerinnen und Schüler und füllten die Listen aus, die Steve verteilt hatte. Einige hatten sich von den Freunden abgesondert und saßen ernst und konzentriert da. Andere hatten sich zu Gruppen zusammengeschlossen und kicherten albern, ohne sich um Steves wütende Blicke zu kümmern. Julia warf einen Blick auf ihre Liste und lächelte still vor sich hin.

»Ziele und Erwartungen der Julia Sargent«, las sie. Die Überschrift war getippt, aber der Name war von Hand eingesetzt – von Steves akkurater Hand. *»Ich bin jetzt achtzehn, werde die Schule bald verlassen und ins Leben gehen. Mit fünfundzwanzig will ich folgende Ziele erreicht haben.«*

Sieben Rubriken enthielt die Liste und warteten auf Antworten. Am Ende der Seite stand eine Erinnerung von Steve: Jeder Teilnehmer an der Umfrage würde in sieben Jahren zu einem Klassentreffen eingeladen, damit man sich im Erfolg sonnen konnte oder sein Versagen eingestehen musste. Der Ton war typisch Steve – ernst, geschäftlich, wichtigtuerisch.

»Steve, ich kann nicht.« Sie sah ihn an. Wie immer ließ sie der ständige Ausdruck des Verletztseins in seinen Augen zusammenzucken. »Es tut mir Leid.« Sie reichte ihm Formular und Kuli zurück. »Ich halte nichts von Vorausplanung. Wir können ja nicht einmal wissen, was morgen geschieht, und ich kann erst recht nicht für sieben Jahre planen.«

»Aber du musst doch wissen, was du willst.« Steve schob ihre Hand mit Formular und Kuli zurück. »Jeder hat doch Pläne, Ideale, Ziele.«

»Du weißt, was mein Ziel ist.« Julia legte das Blatt Papier neben sich auf die Decke. Sie legte den Kopf in den Nacken, ließ sich zurücksinken und stützte sich mit den Unterarmen auf. Sie genoss die Sonne auf ihrem Hals. »Ich will Fotografin werden, eine gute Fotografin. Ich will durch die Welt reisen, Krisengebiete besuchen, Orte infiltrieren, die für Frauen verboten sind. Ich will Korruption, Heuchelei und Ungerechtigkeit auf der ganzen Welt aufdecken und anprangern. Ich will die Wahrheit zeigen.«

Sie sah Steve an und war überrascht, dass sein Blick von ihrem Hals zu den Brüsten wanderte, die sich provozierend gegen den dünnen Stoff des grünen Kleids drückten.

»Nun ja«, sagte er laut, verärgert, dass sie ihn ertappt hatte, »dann schreibe das doch.«

»Aber so einfach ist das nicht. Die Dinge ändern sich so schnell. Ich wollte zum Beispiel auch ein gutes Examen ablegen, aber dann wurde ich plötzlich abgelenkt.« Ein schiefes Grinsen schlich sich in ihr Gesicht. »Und plötzlich war der Unterschied zwischen einer Eins und einer Vier nicht mehr so wichtig.«

»Hm«, machte Steve, und das hörte sich eher wie ein Tadel an. Er sah auf und beobachtete Nick, der sich näherte. Julia folgte Steves Blick.

Da kommt die Ablenkung, dachte sie, und dann spürte sie wieder das wohlige Gefühl im Nacken. Was für eine Art, seine Unschuld zu verlieren. Nick Trent war der begehrteste Junge in der Klasse, und man sah gleich warum. Groß und athletisch, angenehm muskulös. Mehr Mann als die anderen. Er strotzte vor Selbstsicherheit, er war von einer attraktiven Arroganz und hatte einen wissenden Blick in den dunkelbraunen Augen. Du willst mich, sagten diese Augen. Alle Mädchen wollen mich. Wer kann es ihnen verübeln?

Nick sah, dass Julia seine Schritte über den Rasen verfolgte, und ein zufriedenes Lächeln spielte um seinen Mund. Mit einer einstudierten Kopfbewegung flog eine sandfarbene Locke vor seine Augen.

Julia spürte die Last der gegrillten Leckerbissen im Magen und jetzt ein aufgeregtes Blubbern.

»Kannst du nicht mal mit deiner Freundin reden, Nick?«

Nick ließ sich zu Julias Füßen nieder und verteilte die Bierdosen. »Warum? Was hat sie getan?«

»Es geht eher darum, was sie nicht getan hat«, sagte Steve. »Sie will sich an der Befragung nicht beteiligen. Sie scheint allergisch gegen Planung zu sein.«

»Mir gefällt die ganze Idee nicht.« Julia fühlte sich ein wenig schuldbewusst. Steve hatte dieses Treffen schon vor dem Examen geplant und organisiert, nicht nur das Formular entworfen, sondern auch für Grill und Grillbares, Alkohol und die Abwesenheit der Lehrer gesorgt. »Ich will in den Tag hineinleben«, fuhr Julia fort. »*Carpe diem*. Diese ganzen Planungen ... das ist alles so ... alles so erwachsen.«

»Begreifst du jetzt, was ich meine?«, fragte Steve stöhnend und sah Nick an.

Nick blinzelte Julia zu und drückte seine Hand um ihr Fußgelenk. »Ich kann sie nicht dazu bringen, etwas zu tun, was sie nicht will, Steve.« Seine goldfarbenen Augenbrauen hoben und senkten sich. »Glaube mir, ich habe es oft genug schon versucht.«

»Dann streng dich mehr an.«

Nick fuhr mit einer Hand unter Julias Kleid. »Mach schon, Jules. Ich habe meine Liste auch ausgefüllt. Das ist doch nur ein Jux.«

»Nur wer die Liste ausfüllt, wird zum nächsten Klassentreffen eingeladen«, drohte Steve.

Nick drückte Julias Knie. Er musterte ihren Körper. »Ich würde gern wissen, ob deine Titten in sieben Jahren größer sind als heute.«

Julia schob seine Hand weg. »Ist das alles, woran du denkst? An meine Brüste?«

»Ja, ich denke oft an sie.«

Sein lüsternes Grinsen erregte sie, wie so oft. Sie verdrehte die Augen. »Ja, also gut.« Sie hob Papier und Kuli auf. »Ich brauche eine Unterlage.«

Steve grub in seinem Rucksack und holte ein Buch hervor.

»Was ist das denn? Deine Sommerlektüre?« Sie nahm das dicke Buch in die Hand. *Marketing-Strategien – eine Studie der Giganten.* Julia hob die Augenbrauen und sah Steve fragend an.

»Vorbereitung für die Uni«, erklärte er.

»Steve, du hast für dein Examen wie verrückt pauken müssen. Glaubst du nicht auch, dass du mal einen Sommer ohne Bücher erleben solltest?«

Steve nahm seine Brille ab und säuberte sie mit einem Hemdenschoß. »Ich will einen Vorsprung vor Nick haben.«

Nick richtete sich auf. »Du hast keine Chance, Mann.« Sein Grinsen stand für seine Selbstsicherheit. »Vergiss nicht, dass ich ein fotografisches Gedächtnis habe.«

Steve setzte die Brille wieder auf. »Wie könnte ich das vergessen?« Er sah sich um, als ob er einen Schuldigen suchte. »Es ist unfair. Während ich pauken muss, könnt ihr euch amüsieren. Ich muss mir alles hart erarbeiten.«

Nick hob die Schultern. »Was soll ich sagen? Einige von uns sind die geborenen Gewinner.«

Steve nickte. »Wir werden ja sehen. Ich glaube, man braucht mehr als nur ein fotografisches Gedächtnis, um einen guten Abschluss zu erreichen.«

»Und man braucht mehr als einen guten Abschluss, um erfolgreich zu sein.« Nick nahm einen Schluck Bier. »Man braucht Mumm, Instinkt und Leidenschaft.«

»Und davon habe ich nichts?«

Nick ließ ein Schnaufen hören, leise, doch laut genug, dass es den anderen nicht entging. »Wir werden sehen.«

Schweigen breitete sich aus. Hinter dem Schutz ihrer Sonnenbrille sah Julia abwechselnd die beiden Männer an. Nick und Steve kämpften seit der Grundschule gegeneinander. Sie fragte sich, in welchem Alter sie ihre kindische Rivalität beenden würden.

»Haltet ihr es für klug, dass ihr beide dieselbe Uni besucht?«, fragte sie.

»Strathclyde ist die beste Adresse für Wirtschaft«, sagte Nick und sah Steve an.

»Ihr werdet keine Zeit fürs Studium finden«, sagte Julia voraus. »Ihr werdet damit beschäftigt sein, euch gegenseitig zu belauern.«

Nick glitt mit seiner Hand über die Decke, bis seine Finger sich mit ihren trafen. »Du musst uns besuchen, Jules.«

»Wenn ich Zeit habe. Ich hoffe, gegen Ende des Sommers einen Job zu haben.« Augenzwinkernd fügte sie hinzu: »Wahrscheinlich bin ich viel zu sehr damit beschäftigt, die Großen dieser Welt zu fotografieren. Da bleibt keine Zeit, mich um niederes Volk wie Studenten zu kümmern.«

Nick drückte ihre Hand fester. »Ich werde dich vermissen.« Er hob eine Augenbraue und senkte den Blick zu ihrem Schoß, um deutlich zu machen, was er am meisten vermissen würde.

Steve räusperte sich. »Ich werde dich auch vermissen.«

Jules sah ihn an. »Wirklich?«

»Es wird mir fehlen, dass ich nicht mehr mit dir plaudern kann.«

Die Zeit schien stillzustehen. Sie vergaß Nick, obwohl der immer noch ihre Hand hielt, und verlor sich in Steves ernstem Blick. Es hatte solche Momente auch schon früher gegeben, wenn sie sich Steve sehr nahe fühlte. Was für ein Unterschied zu Nicks oberflächlicher Selbstsicherheit. In diesen Momenten wünschte sie, dass Steve besser aussäh. Mit seinen unbezähmbaren kastanienbraunen Locken, seinem runden Kindergesicht, den viereckigen Brillengläsern und dem Babyspeck war er einfach nicht ihr Typ. Und doch war er genau ihr Typ. Manchmal hasste sie sich dafür, dass sie so hohl war, so sehr auf Äußerlichkeiten fixiert.

»Ich werde dich auch vermissen.«

Nick hüstelte, aber es war ein fernes Geräusch,

das Julias und Steves Gemeinsamkeit nicht störte. Erst als ein Umschlag vor ihren Augen tanzte, blinzelte Julia und fand in die reale Welt zurück.

Marianne kicherte und ließ den Umschlag auf die Decke fallen. »Ich hab's geschafft, Steve. Aber ich glaube, einige meiner Ziele sind illegal.« Ihr Kichern endete in einem trockenen Krächzen.

Julia blickte auf und sah lächelnd, wie Marianne ihre blonden Haare in den Nacken warf.

»Warum spielst du nicht Fußball mit uns, Nick?«, fragte sie, und dabei flatterten ihre Lider.

»Okay.« Nick quälte sich hoch. Er warf einen Blick auf Julia, dann auf Steve. Es war ein bestimmter Blick – eine Warnung. »Komm mit, Steve.«

Marianne redete mit Julia, aber sie hörte nicht zu. Sie schickte Steve telepathische Nachrichten, bei ihr zu bleiben. Er musste ihre Gedanken empfangen haben, denn er sagte: »Du weißt, ich kann Fußball nicht ausstehen, Nick.«

Nick grinste gehässig. »Ein bisschen Bewegung würde dir nicht schaden.«

»Nein, ich will mit Jules reden.«

Nick hob die Schultern und lief mit Marianne davon. Einer nach dem anderen gab den geschlossenen Umschlag bei Steve ab, und danach rannten sie zum Fußballspielen.

Julia lächelte, als sie sah, wie geschickt Marianne mit dem Ball umging. Dann wurde sie von Nick angegriffen. Sie ließ sich spektakulär auf den Boden fallen. Nick fiel neben sie, und dann wälzten sie sich vor eingebildeten Schmerzen über den Rasen. Sie hörten schließlich damit auf, lachten ausgelassen und liefen wieder dem Ball hinterher. Mit ihren

gut gebauten athletischen Körpern, den schimmernden Haaren und der gebräunten Haut sahen sie wie
junge Olympioniken aus, dachte Julia.

»Blonde Frauen haben was besonders Attraktives
an sich«, murmelte sie.

Steve lag neben ihr und richtete sich auf die Ellenbogen auf. »Ach?«

Sie sah ihn an. »Findest du denn nicht, dass
Marianne attraktiv ist?«, fragte sie.

»Doch, aber sie ist nicht so schön wie du.«

Das Grau seiner Augen genügte schon, dass es
heiß über ihren Rücken rieselte. »Du bist mein bester Freund. Du musst das sagen.«

»Aber es stimmt. Du bist anders.«

Julia wusste, dass sie anders war – genau darin
lag ihr Problem. Wie gern hätte sie ihre blasse Haut
gegen eine gesunde Bräune eingetauscht, ihre dunkelbraunen glatten Haare gegen Mariannes blonde
Wellen. »Ich wäre gern eine Blondine«, sagte sie.

»Nein, das stimmt nicht. Wenn du blond wärst,
würdest du deine Haare braun färben.«

Er kannte sie zu gut. Ein sanftes Lächeln glühte
unter ihrer Haut. »Aber wenigstens hätte ich gern
eine schöne Bräune. Ich hasse es, so bleich zu sein.«

»Bleich und interessant.«

Sie grunzte widerwillig.

»Sind Frauen je glücklich mit dem, was sie haben?«
Er rutschte näher zu ihr und legte seine Finger auf
ihre Hand. »Du bist eine Schönheit, Julia, und das
weißt du.«

Julia senkte den Blick. Unter seiner Berührung
fühlte sich ihre Haut kalt an. Entnervt zog sie ihre
Hand zurück. »Ich muss mich um den Fragebogen

kümmern.« Sie kauerte über dem Papierblatt und war dankbar, dass der Fall ihrer vollen Haare die Röte verbarg, die ihr ins Gesicht gestiegen war.

Lange starrte sie auf das Papier, aber sie konnte sich nicht konzentrieren. Die Atmosphäre zwischen ihr und Steve war geladen, sie fühlte es knistern.

Julia nahm wahr, dass er noch näher rückte. Aus den Augenwinkeln sah sie, wie er seine freie Hand hob. Langsam, als ob sie was Kostbares berührte, schob die Hand ihre Haare hinters Ohr. Die Intimität der Geste war wie ein Schock für sie. Sie atmete tief ein und hielt die Luft an.

»Hast du Schwierigkeiten?«

Julia legte den Fragebogen beiseite. »Ich glaube, ich fülle ihn später aus. Ich kriege eine Gänsehaut.« Sie sah Steve an. »Hast du deinen schon ausgefüllt?«

Er nickte. »Schon zu Beginn des Schuljahres.« Er verzog das Gesicht. »Hört sich an, als wäre ich ein langweiliger Streber, was?«

Sie schüttelte den Kopf und lächelte. »Du bist nicht langweilig, du bist besonders engagiert. Auf eine Art beneide ich deine Zielstrebigkeit. Du weißt genau, was du willst. Und du wirst es schaffen.«

»Und ich beneide dich«, sagte er. »Ich wünschte, ich könnte impulsiver sein. Für den Augenblick leben. Ich dagegen plane alles bis ins letzte Detail.«

»Tu was Impulsives. Jetzt sofort.«

Er sah sie lange an und langte nach ihrem Gelenk. Er hielt es einen Moment. Sein Daumen drückte auf ihren Puls, dann zog er an ihrem Arm. Julia ließ es geschehen, dass sie flach auf den Rücken gelegt wurde, aber dann wandte sie sich zur Seite und stützte den Kopf mit einem Arm. Steve nahm ihr die Sonnenbrille ab.

»Julia, ich möchte dir was sagen.«

Sie blinzelte kurz. In ihrem Inneren drängte ein Kuss nach draußen, erzwang sich den verbotenen Weg vom Bauch zum Kopf – und das geschah nicht zum ersten Mal. Das war doch alles lächerlich. Steve war ihr bester Freund, und er war auch Nicks bester Freund. Sie ging mit Nick, und Nick befand sich nur ein paar Schritte entfernt.

Es war unmöglich und dumm. Sie begehrte Steve nicht einmal, und außerdem würde es großen Zoff geben.

»Ja?«, flüsterte sie.

Er zögerte, schaute in ihr linkes Auge, dann ins rechte. Links, dann wieder rechts. Als gehörten sie verschiedenen Personen. Ihre Lippen öffneten sich. Steves Lippen auch. Er sah auf ihren Mund, dann wieder in die Augen. Ihre Gesichter näherten einander.

»Julia«, hauchte er.

»Ja …?«

Sein Blick glitt über sie hinweg. Er blinzelte. »Da kommt Nick.«

Julia setzte sich sofort auf. Sie griff nach der Sonnenbrille, setzte sie wieder auf und verbarg dahinter die Enttäuschung. Schuldbewusst sah sie Nick entgegen, der sich näherte.

»Mein Liebling Jules«, rief er kichernd und ließ sich neben sie fallen. Er nahm sie grob in seine Arme. Sie fühlte seinen Schweiß, als er seinen Mund auf ihren presste. Mit seinen hungrigen Küssen vertrieb er ihre Unentschiedenheit.

Julia vergaß Steve, der sich auf der Decke neben ihr grämte. Sie lag gefangen in Nicks Armen und rieb sich wohlig an seinen harten Muskeln und dem sanften Körper. Julia konnte jetzt nur noch an eins denken.

»Komm, wir gehen«, drängte er.

Sie murmelte zustimmend. Nick nahm ihre Hand und zog sie auf die Füße.

»Warte mal.« Sie blieb stehen und drehte sich um. »Was wolltest du mir vorhin sagen, Steve?«

Die Kälte in seinen Augen starrte sie an. »Ist egal«, sagte er durch zusammengebissene Zähne. »Ich werde es dir sagen, wenn wir uns das nächste Mal sehen.«

Sie fühlte, wie er ihr nachschaute.

»Mir gefällt das Kleid.«

Das wusste Julia. Sie hatte sich extra für dieses Kleid entschieden, weil sie wusste, dass sie Nick für den Rest des Sommers nicht sehen würde. Vielleicht war dies ihr letztes Treffen mit ihm. Julia legte die Hände auf den Rücken und lehnte sich gegen den breiten Stamm einer alten Eiche.

»Eine schöne Farbe.« Nick legte eine Hand auf den Stamm, in Höhe ihres Gesichts, und die andere Hand hielt ihren Nacken. »Es passt zu deinen Augen.«

Das wusste sie auch. Das helle Smaragdgrün passte gut zu ihrer blassen Iris.

Nick beugte den Kopf, um sie zu küssen. Julia streckte den Rücken ein wenig, wodurch ihre Brüste imoponierender hervortraten. Sie wollte

seine Hände auf den aufreizenden Kurven spüren.
»Eins gefällt mir überhaupt nicht an diesem Kleid«,
sagte sie, als er sich vom Kuss löste.

»Und was ist das?«

»Diese Knöpfe.« Ihr Blick senkte sich vom tiefen
Ausschnitt bis zum Saum in Wadenhöhe.

»Was hast du gegen die Knöpfe?«

Er hob die Hände zum obersten Knopf und öffnete ihn, wobei seine Finger in das sanfte Tal ihrer
Brüste griffen. »Es sind zu viele«, maulte er. »Und
sie sitzen zu fest. Da muss ich ewig fummeln.«

Julia sah auf seine dicken Finger, als er sich mit
den Perlmuttknöpfen quälte. Sie schob seine Hände
weg. »Komm, ich helfe dir.«

Sie aalte sich in seiner ungeduldigen Bewunderung, während sie langsam ihre festen Brüste entblößte. Er brummte leise vor sich hin, und seine
Augen fielen ihm fast aus den Höhlen, seine Finger
zuckten. Als sie ihr Kleid bis zur Taille geöffnet
hatte, glitten Nicks Handflächen über die weichen
Hügel, ehe seine Finger gierig drückten. Er zog an
den rosigen Nippeln und spürte, wie sie sich verhärteten. Julia begann schneller zu atmen, und Nick
sah, wie die Aureolen um die steifen Nippel dunkler wurden.

»Nick?«

Er beugte den Kopf und stülpte die Lippen über
einen Nippel. »Hm?«, fragte er mit vollem Mund.

»Glaubst du, dass mit Steve alles in Ordnung ist?
Ich meine, er kam mir etwas seltsam vor.«

Er hielt inne, den Nippel zu lutschen, und hob
den Kopf. »Ist er das nicht immer?«

Julia legte eine Hand auf seinen Hinterkopf und

drückte ihn zu der anderen Brust. »Nein, heute kommt er mir anders vor. Irgendwie unter Spannung.«

»Mmm.«

»Oh.« Ihr stockte der Atem, als er mit den Zähnen über die Brustwarze schabte. Sie spürte, wie die Rinde gegen ihre nackten Schultern kratzte, als sie versuchte, sich noch tiefer in seinen Mund einzubringen. »Glaubst du, ihm spukt was im Kopf rum? Hat er Sorgen?«

»Er ist eifersüchtig.« Er ließ von ihren Brüsten ab und fummelte wieder mit den Knöpfen herum. Julia half ihm wieder.

»Eifersüchtig auf was?«

»Auf dich und mich.« Er sah mit glänzenden Augen zu, wie sie sich tief beugte, um die letzten Knöpfe zu öffnen. Seine Hände fingen ihre pendelnden Brüste ein. »Wir drei unternehmen alles gemeinsam – nur das nicht.«

Sie richtete sich wieder auf, und Nick presste seinen Körper gegen ihren. Seine linke Hand hielt eine Brust umfasst, während die rechte Hand über ihren Bauch strich und in ihr weißes Höschen tauchte.

»Aaah«, presste er zufrieden heraus und blickte ihr in die Augen. »Du bist ja ganz nass.«

Julia öffnete ihre Beine ein wenig weiter, während seine Finger zwischen ihre feuchten Labien glitten. »Er tut mir Leid«, murmelte sie.

»Sag mal, müssen wir über Steve reden, während wir … Also, das törnt mich ab.«

Ein Schauer erfasste sie, als er mit einem dicken Finger in sie eindrang. »Entschuldige«, flüsterte sie, und ihre Stimme zitterte mit der vertraut gewordenen Lust, die seine Finger in ihr auslösten. »Er ist dein bester Freund, da bleibt es nicht aus, dass ich mich um ihn sorge.«

Nick zog seine Hand zurück, öffnete hastig den Gürtel und ließ seine weiten Shorts auf die Füße fallen. Er langte in die gestreiften Boxershorts und holte seinen langen, harten Penis heraus. Nick nahm ihr Gesicht in beide Hände, sah ihr tief in die Augen, blickte dann nach unten und raunte: »Ich dachte, *er* wäre unser bester Freund.«

Julia kicherte und rutschte langsam am Baumstamm hinab. Mit einer Hand rieb sie über die samtene Haut seines Schafts und sog den männlichen Geruch ein. »Bester Freund ist gut«, sagte sie lächelnd. »Er hat mich die ganze Nacht wachgehalten. Hat mich daran gehindert, meine Arbeiten noch einmal zu überprüfen. Es ist seine Schuld, dass meine Examensnoten so wahnsinnig schlecht sind.«

Sie blickte hoch in Nicks ungeduldiges Gesicht. »Dieser kleine Bursche wird noch mein Untergang sein.«

»So klein ist er auch wieder nicht«, sagte er grinsend.

2

David

Julias Blicke glitten bewundernd über Davids Körper, als er aus dem Bett stieg, und entdeckte die Einzelheiten seiner Haut neu, nachdem sie zwei Wochen getrennt gewesen waren. Gestern Abend waren sie trunken und verzweifelt gewesen. Am späten Abend waren sie ins Bett gefallen, hatten sich voller Ungeduld umarmt und ineinander verkeilt.

Aber jetzt, im strahlenden Licht der Morgensonne, konnte sie sich ausgiebig an ihm delektieren. Seine goldblonden Haare, voll und ziemlich lang wegen der Rolle, die er in der Fernsehserie spielte. Seine dunkelblauen Augen, die kantige Strenge seines Kinns. Sein Torso, glatt, gebräunt und muskulös, aber nicht muskelbepackt. Die langen kräftigen Arme, die breiten Schultern. Sie liebte den imposanten Brustkorb und den Waschbrettbauch. Die kleinen dunkelbraunen Nippel, an denen sich so köstlich lutschen ließ.

»Perfekt«, flüsterte sie und senkte den Blick. Er wandte ihr den Rücken zu, und die gespannte Schönheit seines Hinterns ließ sie vibrieren. »Komm zurück ins Bett«, bettelte sie, während ihre Finger unter die Decke glitten.

»Ich kann nicht«, sagte er. Im Spiegel betrachtete er seine Rückseite. »Ich muss ins Fitness Studio, bevor ich zu meinem Agenten gehe. Ich drehe schon so lange, dass mein Körper ganz schlaff geworden ist.«

Julia hob eine Augenbraue. »Wirklich?«

»Hm.« Er wand sich nach allen Seiten, den Blick über die Schulter zum Spiegel. Er schüttelte den Kopf über seine körperlichen Mängel, die aber nur er sehen konnte. »Dieses Lotterleben beim Dreh ist tödlich«, sagte er. »Wenn ich nicht filme, esse ich.« Er zwickte in nicht vorhandene Rettungsringe um den Bauch. »Die müssen weg.«

»Warum denn?«, fragte Julia. »Wenn sie ein bisschen dicker wären, könnte ich mich an ihnen festhalten, wenn ich auf dir reite.«

Er stellte sich seitlich zum Spiegel und fuhr mit der Hand über den Bauch. »Ich meine es ernst, Julia. Die Kamera kann grausam sein. Ich bin bald fünfunddreißig. Da wird es höchste Zeit, dass man auf seinen Körper achtet.«

Julia schob die Decken zurück und entblößte ihren Körper, der noch warm vom Schlaf war. Sie hoffte, dass sie ihn verführen konnte. »Komm«, sagte sie mit schnurrender Stimme, »ich mache Gymnastik mit dir.«

Ihre Augen begegneten sich. Er hörte auf, sich im Spiegel zu betrachten und schaute zu ihr. Langsam ging er aufs Bett zu, und Julia lächelte, als sie seine wunderbare Morgenerektion sah. Er setzte sich neben sie, und sie beugte sich hinunter, bis ihr Kopf in seinem Schoß lag. Sie schmiegte die Wangen gegen die blonden Härchen, die seinen schönen Schaft umrahmten. Sie inhalierte die Erinnerung an letzte Nacht; salzig und warm.

Davids kühle Hand streichelte über ihren Po. Speichel floss, als Julia die Zunge ausstreckte.

»Oh, verdammt.« Er befreite sich vorsichtig aus ihrem Mund, als das Handy klingelte. »Entschuldige, Liebling.« Julia resignierte und rollte sich zusammen.

Er beendete das Telefongespräch und verschwand im Bad. »Ich muss um eins vorsprechen«, rief er, »und vorher muss ich zum Fitness Studio.«

Julia stand vom Bett auf und ging barfuß ins Bad. »Geh nicht.« Sie stand hinter ihm und legte die Arme um seine Taille, während er für die Rasur heißes Wasser ins Becken laufen ließ. »Bleib bei mir, David. Ich habe dich so lange nicht gesehen.«

Er drückte zwei Spritzer Schaum in seine Hand und tupfte ihn auf Wangen und Kinn. »Ich weiß, Liebling. Ich würde wahnsinnig gern bleiben, das kannst du mir glauben.«

Julia murrte laut und blickte zur Decke. Sie blätterte. Bald würde sie sie neu streichen müssen. Irgendwann mal. »Dein Agent sieht dich öfter als ich.«

»Und dein Redakteur sieht mehr von dir als ich.« Er tauchte den Rasierer ins Wasser. »Wir sind vielbeschäftigte Menschen, Julia, und wir wussten, dass es so sein würde.«

Sie trat auf ihn zu, legte die Hände auf seine Schultern und verfolgte verliebt seine Bewegungen, als er sich zu rasieren begann.

»Wenn wir erst einmal verheiratet sind, wird es anders, das verspreche ich dir.«

»Nein, das wird es nicht.« Sie küsste seinen Nacken, schloss die Augen und genoss seinen Geruch. »Du wirst immer vor der Kamera stehen wollen, und ich werde immer die idiotischsten Arbeitszeiten haben.«

David hielt mitten in der Bewegung inne. Er drehte sich zu ihr um und sah sie stirnrunzelnd an. »Kommen dir Bedenken?«

Julia schluckte rasch. »Nein«, behauptete sie, die Augen weit geöffnet. Hoffentlich strahlte sie Zuversicht aus. Sie wandte sich ab und ging den Flur entlang zu ihrem Schlafzimmer. »Ich fühle mich ein wenig kaputt, das ist alles. Die Arbeit geht mir auf den Geist. Da hilft es natürlich nicht, dass ich dich nur so selten sehe.« Sie streckte sich vor dem hohen Spiegel und starrte ratlos auf ihr Bild.

Sie kam sich schrecklich vor. Als ob ihr Körper ausgelaugt wäre. Trotzdem sah sie gut aus, fand sie. Die Männer, mit denen sie bei der Zeitung arbeitete, wurden nicht müde, ihr zu erzählen, wie gut sie aussah. Sie genoss es, mit ihnen zu flirten.

Von einigen kleinen Mängeln abgesehen, war sie zufrieden mit ihrer Erscheinung. Trotzdem – sie fühlte sich alles andere als attraktiv.

Sie betrachtete sich, wie David sich eben betrachtet hatte. Sie war nicht so groß, wie sie gern gewesen wäre, aber ihre Figur hatte die richtigen Proportionen. Langer, eleganter Hals, die Brüste voll und mit langen Nippeln versehen. Sie fuhr mit beiden Händen über die Brüste und seufzte, als sie um die braunen Aureolen streichelte.

Ihre Finger glitten nach unten, den aufregenden Kurven entlang. Als wäre sie ein Geliebter, der sie das erste Mal erkundete, strich sie langsam über die geschwungenen Bögen der Hüften. Sie fühlte das feste Fleisch ihrer Pobacken und die leichte Muskulatur der inneren Schenkel. Finger und Blicke huschten zu ihrem Schoß, zum fein getrimmten Dreieck der krausen Härchen, die ihr Geschlecht verbargen – ein dunkler, wilder Kontrast zur blassen Haut.

Sie öffnete die Beine und berührte sich selbst, sie fühlte die warme Nässe, ein Überbleibsel ihrer Erregung.

Ihre Wangenknochen passten zu ihrem ovalen Gesicht. Sie hatte schmale Lippen, und die Nase war klein und gerade. Das kurz geschnittene Haar – ein Bubikopf – lenkte nicht von den klassischen Zügen ihres Gesichts ab. Der Sonnenstrahl, der durchs Fenster fiel, legte einen roten Schimmer auf die glatten Haare. Ja, sie sah gut aus. Doch in ihren Augen fehlte etwas, minimal nur, kaum zu definieren, aber trotzdem von Bedeutung.

Sie hatte sehr schöne Augen. Sie wusste, sie waren der Blickfang in ihrem Gesicht, das hatte sie schon gewusst, bevor es ihre Freunde festgestellt hatten. Sie waren groß und hatten lange dunkle Wimpern. Die blassgrüne Intensität war es, die Männer wie David zuerst angezogen hatte. Aber wenn er sie heute kennen gelernt hätte, hätte er keinen zweiten Blick an sie verschwendet. Wo früher ein Glitzern gewesen war, sah sie jetzt eine dumpfe Langeweile. Wo einmal Feuer geblitzt hatte, sah sie nur Frustration.

Im Eingangsflur hörte sie das schwache Klappern des Briefkastens. Julia wandte dem Spiegel den Rücken zu und ging zur Wohnungstür. Sie öffnete sie einen Spalt und steckte den Kopf hinaus. Niemand zu sehen. Nackt lief sie zu den Postfächern, suchte ihre Post heraus und rannte zurück über die kalten Fliesen in ihre Wohnung.

Sie setzte sich in das Durcheinander ihrer Küche, um sich die Post anzusehen. Die ersten drei Umschläge enthielten nichts als Reklame, die nächsten beiden waren Rechnungen, und der letzte Umschlag sah irgendwie amtlich aus. Er war von ihrer alten Adresse weitergeleitet worden.

Sie wollte den Umschlag schon aufreißen, als sie von den Zeitungen abgelenkt wurde. Akribisch breitete sie die Titelseiten auf dem runden Küchentisch aus und beugte sich darüber.

Gestern war in einem Wohnblock in Berlin eine Bombe explodiert. Rechtsradikale Faschisten wurden für die Bluttat verantwortlich gemacht, bei der mehrere junge Asylantenfamilien ausgelöscht worden waren. Die *Times* hatte auf der Titelseite ein großes Foto des Gebäudes veröffentlicht, auf dem deutlich das klaffende Loch im Häuserblock zu sehen war.

Der *Telegraph* zeigte ein ähnliches Bild, dazu noch das Porträt eines der Kinder, das bei der Explosion ums Leben gekommen war. Der *Guardian* brachte ein großes, unheimliches Foto der Massendemonstration, die am selben Abend in Berlin stattgefunden hatte. Es war ein aufrüttelndes, sehr bewegendes Foto, das mehr als tausend Worte sagte. Ein junger Neonazi mit kahl geschorenem Schädel und einem eintätowierten Hakenkreuz am Hals stand im Vordergrund, die Faust zum Himmel gereckt. Er wurde von Polizisten in Kampfanzügen flankiert, die ihn mit ihren Knüppeln in Schach hielten. Vor dem Neonazi stand eine junge Witwe, ganz in Schwarz gekleidet, und streckte beschwörend beide Arme aus. Hinter ihr sah man Tausende von Menschen, die sich an den Händen hielten, ihre Gesichter ausdruckslos angesichts der unbegreiflichen Tragödie.

Julia schüttelte den Kopf. Sie spürte die Träne im Auge, während sie auf die Perfektion des Schnappschusses starrte. Die Komposition des Fotos war ebenso vollkommen wie das geübte Auge des Fotografen, der die Stimmung des Augenblicks festgehalten hatte. Wenn ich in Berlin gewesen wäre, dachte sie, hätte ich genau dieses Foto geschossen.

Aber sie war nicht in Berlin gewesen. Sie nahm sich den *Daily Chronicle* vor und blätterte ihn durch, bis sie ihr Foto auf der Klatschseite fand. Sie reckte das Kinn vor und sah mit Entsetzen auf ihr Foto.

Poppy zeigt ihre stärksten Argumente kreischte die Überschrift. Während der Fotograf des *Guardian* in Berlin war, hatte Julia an der Eröffnung eines neuen Nachtklubs teilgenommen. *Poppy's* gehörte einem jungen Starmodel, die ihrem jüngsten Investment den eigenen Namen gegeben hatte. Alle Szenekenner schworen, der neue Nachtklub würde vom ersten Tag an Treffpunkt der Reichen und Schönen sein, deshalb hatte der Redakteur verlangt, dass Julia zur Eröffnung ging.

»Aber ich will nicht die übliche Promiparade«,

hatte George gewarnt. »Poppy ist eine Exhibitionistin, also will ich was Scharfes haben.«

»Ich bringe dir eine Currywurst mit«, hatte Julia geantwortet.

Sie hatte draußen brav gewartet und alles geknipst, was jung und schön war. Dann war sie mit der Meute der anderen Fotografen in den Nachtklub gegangen, in dem es überall glitzerte.

Der Abend wogte auf einer Welle vielfarbiger Cocktails, und Poppys Begleiter, ein alternder Rockstar, hatte mehr als nur ein beiläufiges Interesse an Julia gezeigt. Poppy, das junge flaschenblonde Model, hatte sie beide auf dem Tanzboden entdeckt und stürmte unheildrohend auf sie zu. Dabei war sie in den unmöglich hohen Absätzen ins Stolpern geraten und über die eigenen Füße gestrauchelt. Die Brüste, die ohnehin vom hautengen Kleid kaum gehalten werden konnten, waren beim Straucheln aus dem Ausschnitt gerutscht. Das wütende Model hatte den Freund beschimpft und eine Hand gehoben, um sie ihm ins Gesicht zu klatschen, aber er hatte ihr Gelenk fest in den Griff genommen, als würden sie tanzen.

»Das ist doch ein Bild, warum knipst du nicht?«, hatte der Rockstar gefragt und Julia angegrinst.

»Wirklich?«, hatte Julia gefragt, auf Poppy geachtet und die Kamera langsam gehoben.

»Es ist gut für die Publicity«, hatte der Freund ihr ins Ohr geflüstert.

»Okay.« Poppy hatte gelächelt und sich sofort in Pose geworfen, gewölbter Rücken, verengte Augen, die aufgespritzten Lippen zu einem Schmollmund verzogen.

»Fantastisch!«, hatte Julias Bildredakteur gejubelt, als Julia ihn angerufen hatte.

»Ja, fantastisch«, murmelte sie am Küchentisch verbittert vor sich hin.

»Was ist denn?« Davids Schuhe quietschten auf dem Holzboden, als er die Küche betrat.

»Ach, nichts.« Julia schlug die nächste Seite auf. Im ›politischen‹ Teil der Zeitung gab es eine eingehende Studie über die verschiedenen Frisuren der Gattin des Premierministers. Julia stöhnte.

»Was ist denn los?« David stand am Spülbecken und versuchte das Durcheinander zu ordnen, das noch auf der Spüle lag – die Reste und die Verpackung vom Essen, das sie sich gestern Abend ins Haus hatten liefern lassen.

»Ich bin meinen Job satt. Ich muss da raus.«

»Oh, nein, nicht das schon wieder, Jules.«

Julia lehnte sich weit über den Tisch, stützte die Ellenbogen auf und legte das Kinn auf die Gabel ihrer Hände. »Ja, David, das schon wieder. Es treibt mich in den Wahnsinn. Ich bin nicht Fotografin geworden, um die Karriere anderer Menschen auf den Weg zu bringen.«

»Du lieferst eine Dienstleistung ab, Julia. Die Leute wollen wissen, was die Promis so treiben.«

»Aber ich nicht.«

»Aber es hilft, die Rechnungen zu bezahlen.«

»Aber intellektuell bringt es mir nichts.«

David lachte. »Kopf hoch, Jay-Jay. Du bist schlecht drauf an diesem Morgen.«

Julia schloss die Augen und knirschte mit den Zähnen. Sie hasste diesen Namen und den gönnerhaften Ton in seiner Stimme.

»Du bist doch toll in deinem Job. Du verdienst gut und kannst dir diese Wohnung leisten. Du hast selbst gesagt, dass es Jahre dauert, bis du den Durchbruch zum ernsthaften Journalismus geschafft hast. Du hast einen Vorteil, nämlich den, die einzige Frau in deiner Redaktion zu sein. Die Männer verehren dich. Und du machst gute Fotos.« Sie hörte, wie sich seine Schritte näherten. »Wenn man mir in der Schauspielschule erzählt hätte, ich würde in einer Soap Opera landen, wo ich einen ehebrecherischen Tierarzt spiele, wäre ich am Boden erschlagen gewesen. Aber wir können nicht alle Gielguds und Redgraves sein, und ich verdiene mein Geld damit. Viel Geld.« Er legte seine Hände auf ihre Hüften. »Außerdem – wenn du nicht beim *Chronicle* wärst, hätten wir uns nie kennen gelernt.«

»Mmm«, murmelte Julia, während seine Finger sich in ihr Fleisch eingruben.

»Und das wäre wirklich schade.«

»Mmmm«, stöhnte sie zustimmend, als sie seinen harten Schaft in der Hose spürte.

»Du hast einen fantastischen Arsch, Julia. Himmel, ich habe ihn unheimlich vermisst.«

Julia lächelte. Davids wohlklingende Stimme war Millionen Menschen bekannt, nicht nur als TV-Tierarzt, sondern auch als Sprecher in der Fernsehwerbung für ein Müsli, eine Supermarktkette und Hundefutter. Wenn sein Publikum ihn jetzt hören könnte, wie er die Meriten ihres Hinterteils pries … Sie rieb sich gegen seine Erektion wie eine Katze, die zu erkennen gibt, dass sie gestreichelt werden will.

»Oh, Julia, bitte nicht. Ich muss gehen.«

Aber er ging nicht. Seine Hände streichelten über ihren Rücken und griffen an ihre Brüste. Er nahm sie in beide Hände. »Die habe ich auch vermisst.«

Sie wölbte den Rücken, während er ihre Brüste streichelte und drückte. Sie stöhnte leise. »Ah, David, mach weiter, das fühlt sich so gut an.«

Seine rechte Hand glitt über ihren Körper. Sie hörte das schwache Klicken von Metall, das gedämpfte Geräusch von aufplatzenden Knöpfen. Dann spürte sie auch schon seinen harten Stab an ihrem klaffenden Geschlecht. Ihre Hüften schwenkten, als ob sie die Quelle ihrer Lust suchten. Seine Hand hielt ihre Hüfte fest, während die Penisspitze gegen ihre Vagina pochte und die Eichel gegen die Klitoris stieß. Julia schüttelte sich. Sie hielt den Atem an und schmerzte vor Erwartung.

Im nächsten Augenblick war er in ihr, schabte an den fleischigen Lippen vorbei, bis er sie mit seinem harten Schwanz ganz ausfüllte.

Sanft wiegten sie zusammen. Die Hüften bewegten sich in wunderbarer Harmonie. Davids rechter Arm glitt um ihre Taille, und die Finger der linken Hand zupften an ihren Nippeln, bis sie hart hervorstanden. Julia stützte sich mit den Oberarmen auf dem Tisch ab und musste an sich halten, um den Po nicht ruckartig hin und her zu schwenken, denn das hätte Davids Rhythmus unterbrochen. Seine Stöße wurden heftiger und drangen tiefer, klopften an ihre Gebärmutter an. Sie spürte kalte Schauer unter der erhitzten Haut.

Es war, als würde ihr Innerstes nach außen gekehrt. Sie öffnete sich ihm weiter und drückte ihr Gesicht auf die Zeitungsseiten. Bei jedem Stoß rieb er gegen ihre Klitoris. Ihre Schenkel begannen zu zittern. Sie stöhnte und keuchte unkontrolliert. David beugte sich über sie, und ihre Leidenschaft stieg zu einem Crescendo der Lust. Mit einem finalen Stoß rammte er tief in ihren Leib und ergoss sich schüttelnd. Erschöpft schlang er die Arme um sie.

»Julia«, keuchte er in ihr Ohr, »Himmel, Julia, du bist wunderbar.«

Nach einer kleinen Ewigkeit verlangsamte sich ihr Puls, und behäbig lösten sie sich voneinander. David zog den Penis aus den glitschigen Fängen ihrer Vagina, und Julia drehte sich um und sah ihn an. Sie fuhr mit den Fingerspitzen über die Konturen seines Gesichts, über sein Kinn und über den Adamsapfel. »Komm zurück ins Bett, David.«

Er umfasste ihr Kinn und küsste sie. »Ich kann nicht, Liebling. Ich muss wirklich gehen.« Er schob ihre Haare von den Wangen zurück. »Ich wünschte, ich könnte bleiben. Aber ich muss weg.« Er sah ihr in die Augen und lächelte über ihre Enttäuschung. »Was wirst du heute tun?«

Sie verdrehte die Augen. »Ich glaube, ich muss ein paar Spatzen schießen.«

Die Spatzen wollten sich nicht schießen lassen, auch wenn die Waffe nur eine Nikon war, und auch, wenn die Fotos helfen sollten, das lange erwartete erste Album der Gruppe zu propagieren. Julia war von einem Kollegen gewarnt worden, der Leon Spatz vor einer Woche fotografiert hatte – aber mit dieser Dramatik hatte sie nicht gerechnet. Für einen Zwanzigjährigen, der erst vor sechs Monaten bekannt geworden war, stellte er sich unverständlich quer.

Julia schob einen neuen Film in ihre Kamera und klemmte sie wieder aufs Stativ. Sie sah zu, wie Leon mit einschmeichelnden Worten dazu überredet wurde, wieder zu posieren. Die wilden Haare eingesprüht, die glänzende Nase gepudert, das neue Designerhemd peinlich genau über die Brust gezupft, als wäre es am Körper gebügelt worden.

Er genoss die Beachtung von allen Seiten. Sein Brustkorb schien an Umfang noch zuzunehmen, und die blassgrauen Augen lachten über die Witze der Kollegen.

Hinter Julia stand Leons Manager mit dem Handy und gestikulierte wild. Dahinter, in den Schatten des Fotostudios, kauerten Leons Begleiter – sein Mädchen für alles, sein Bruder, sowie seine Freundin, eine hoffnungsvolle Nachwuchsschauspielerin. Julia fragte sich, wie viele Leute Leon mit zur Toilette nahm.

Die Sprechanlage im Studio summte. Julia war froh über die Unterbrechung, schritt zur Tür und hob den Hörer ab.

»Liebling, hier ist George, dein Freund und Redakteur.«

Sie drückte auf den Türknopf und ging hinaus in den kühlen Flur, um ihn abzuholen. Er brauchte lange, bis er die Treppe bezwungen hatte – Bierbauch und die unvermeidliche Zigarre behinderten ihn.

»Ich bin nicht dein Liebling, George, und du bist auch nicht mein Freund.« Julia verschränkte die Arme über der Brust und ließ sich gegen die Wand fallen, während er mit rasselndem Atem näher kam. »Ich bin schlecht gelaunt«, sagte sie. »Und jetzt auch noch du. Was willst du?«

»Ich komme nur kurz vorbei, weil ich sehen will, wie du es mit Spatz schaffst. Ich habe gehört, dass der Junge kein Leichtgewicht ist.« Er blinzelte ihr verschwörerisch zu. »Glaubst du, du kannst ihn für Jimmy weichkochen? Er will ihn um zwei Uhr interviewen.«

Julia schaute zur Studiotür und dachte nicht daran, die Stimme zu senken. »Es würde mich überraschen, wenn Jimmy zwei zusammenhängende Worte aus ihm herausholt. Der Junge tut keinen Atemzug, bevor er seinen Manager gefragt hat.« Sie fuhr sich mit gespreizten Fingern durch die Haare. »Und dann ist da noch der Rest seines Fanklubs. Er hat sieben Leute um sich herum, George. Sieben! Sie stiefelten herein, als wäre ich gar nicht da. Sie haben alle meine Vorschläge für die einzelnen Posen ignoriert.«

»Aber du kommst doch mit ihm klar, Jules?«

»Mach dich nicht gleich nass, ich kriege das hin. Aber ich glaube nicht, dass ich was Besonderes vor die Linse bekomme.«

Sie konnte Georges Gehirn beinahe ticken hören, während er stinkenden Rauch in den kleinen Flur blies. Leon Spatz war allererste Sahne, ein böser Junge, der was aus sich gemacht hatte. Ein abscheulicher Kerl, der das Klischee von *Sex, Drugs and Rock'n Roll* bediente.

Die Teenager liebten ihn, und die Eltern hassten ihn. Ein Bericht über ihn würde den Verkauf der Sonntagsausgabe des *Chronicle* in die Höhe treiben, aber nur, wenn sie versprechen konnte, neue Bilder des Leon Spatz zu zeigen. Die Leser der Zeitung waren an Promis interessiert, aber sie wollten nicht, dass ihnen kalter Kaffee vorgesetzt wurde.

»Hör zu, Jules. Ich brauche starke Fotos. Ganz andere als alle, die bisher von ihm im Umlauf sind. Du sollst mir den echten Leon Spatz zeigen.«

»Oh? Und wie soll ich das schaffen? Er redet kein Wort, und er unternimmt nichts ohne das Okay seines Managers.«

George klopfte ihr auf die Schulter. »Du wirst es schaffen. Du bist unsere Beste.«

Sie wussten beide, dass das nicht stimmte. »Ich mag nicht die Beste sein, aber ich bin besser als das hier, George.« Sie schob ungeduldig seine Hand von der Schulter. »Ich habe die Schnauze voll von Popstars und Models. Dieses Studio ist nicht groß genug, um ihrem Ego zu schmeicheln. Lass mich was Ernsthaftes tun, George. Du hast es versprochen.«

Er entschied sich für eine Bewegung, die Julia so vertraut war wie Zähneputzen. Er legte einen Arm um ihre Taille und führte sie zum Fenster. »Darüber können wir später reden.« Seine Stimme war so schmierig wie seine zurückgekämmten Haare. »Aber zuerst musst du mir Spatz bringen. Du musst ihn für Jimmy gefügig machen. Ich verlasse mich auf dich, Jules.«

Plötzlich ließ er von ihr ab. »Wenn du natürlich meinst, dass du ihm nicht gewachsen bist …« Ein Grinsen spielte um die dünnen Lippen. George wusste nur zu gut, dass sie einer Herausforderung nicht widerstehen konnte.

»Drei Jahre«, fauchte sie und stieß den Zeigefinger gegen seinen Brustkorb. »Seit drei Jahren versprichst du mir, mich auf eine anständige Geschichte anzusetzen. George, ich habe bisher alle Fotos gebracht, die du von mir verlangt hast. Wann wirst du mir endlich einen Einsatz geben, an dem ich wirklich interessiert bin?«

George sah sich um. »Julia, jetzt musst du mir helfen. Du kannst tun, was du willst – wenn ich nur explosive Bilder von Leon Spatz ins Blatt heben kann.« Er hob langsam den Kopf und sah sie an. »Bitte, Julia.«

Sie blinzelte resigniert. »Mal sehen, was ich tun kann. Aber du musst schwören, dass ich danach einen anständigen Auftrag bekomme.«

George keuchte asthmatisch und ging langsam zurück zur Treppe. »Was immer du willst, Jules.« Er winkte ihr mit der Zigarre zu. »Wir sehen uns.«

»Okay.« Julia klatschte in die Hände. Das Geräusch zeigte keine Wirkung auf das Geplapper der Leute im Hintergrund. Sie stampfte in die Mitte des Studios. Die Absätze klackten auf den Boden. »Okay«, wiederholte sie, ein wenig lauter als vorher. Immer noch keine Reaktion. Sie stieß zwei Finger zwischen die Lippen und stieß einen schrillen Pfiff aus.

Das geschäftige Treiben um Leon Spatz brach abrupt ab, und plötzlich starrten alle auf sie. Sie lächelte. »Danke. Ich möchte mich gern vorstellen. Ich bin die Fotografin.«

Leons Manager sah besorgt von seinem Klienten zu Julia. Sein Mund stand weit offen, und schließlich schaffte er es, das Handy vom Ohr zu nehmen. »Eh … gibt es ein Problem?«

Julia stemmte die Hände in die Hüften. »Ja, es gibt ein Problem. Ich kann so nicht arbeiten.« Sie blickte in die Schatten des Studios. »Ich will, dass ihr da hinten alle verschwindet. Sofort.«

»Völlig unmöglich.« Der Manager hob beide Arme. »Leon braucht uns hier.«

Julia hob eine Augenbraue und fixierte Spatz mit einem verächtlichen Blick. »Ist das so, Leon? Du brauchst all diese Leute, damit sie dir behütend die Hand halten?«

Die Farbe wich aus seinem Gesicht. »Nun …«

»Es ist wichtig, dass nicht an seinem Image gerüttelt wird!«, rief der Manager.

Julia ließ den Star nicht aus den Augen. »Es ist auch wichtig, dass er eine gute Presse hat. Und wenn ihr nicht verschwindet, damit ich meinen Job machen kann, wird er im *Chronicle* nicht so gut abgehandelt.« Julia ging zur Tür und hielt sie weit offen, aber niemand ging.

»Wie ihr alle wisst, ist der *Sunday Chronicle* die größte Sonntagszeitung Englands.«

Niemand traf Anstalten, das Studio zu verlassen.

»Seine Haare sind in Ordnung, er braucht keine Make-up, und fertig angezogen ist er auch. Drüben auf der anderen Straßenseite gibt es ein Café. In einer Stunde wird er wieder bei euch sein.«

Der Friseur warf wütend seinen Kamm weg. Der Leibwächter erhob sich bedrohlich. Die Augen aller waren auf den Manager gerichtet.

Der lächelte unentschlossen. »Aber … aber …«

»Was ist los?«, fragte Julia herausfordernd, wäh-

rend sie den Bruder und die Freundin zum Flur
wies. »Fürchtet ihr, dass er ohne euch nicht aufstehen kann?«

»Das geht schon in Ordnung, Nigel«, sagte Leon
zu seinem Manager, ehe er sich Julia zuwandte. In
seinen Augen stand zunächst noch eine leichte
Besorgtheit, aber sie wich bald einer wachsenden
Bewunderung.

»Danke.« Leon nahm das Bier entgegen, das Julia
ihm reichte. »Das hat mir gefallen. Der Blick auf
dem Gesicht meines Managers ...« Er gluckste laut
und schüttelte den Kopf. »Ich glaube, bisher hat
noch niemand so frech mit Nigel gesprochen.«

Julia beugte sich zum Kühlschrank und holte sich
auch ein Bier. Die Jeans streckte sich über ihren Po,
und sie war sicher, dass Leon dahin starrte. Natürlich – er blinzelte schuldbewusst, als sie sich
umdrehte.

Julia stieß mit ihrer Flasche gegen seine. »Ich
weiß nicht, wie du es bei diesen Arschkriechern
aushalten kannst«, sagte sie kopfschüttelnd.

Leons breiter Mund öffnete und schloss sich wieder. Verunsichert sagte er: »Eh ... ja.«

»Hängt dir das nicht zum Hals raus? Dass man
dir sagt, was du anziehen sollst? Was du sagen
sollst?«

Er hob die Schultern. »Manchmal. Aber Nigel
kennt seinen Job. Ohne ihn wäre ich nicht da, wo
ich jetzt bin.«

»Und wo ist das?«

Seine dichten Augenbrauen zuckten nervös. »Na

ja, du weißt doch, zwei Singles unter den ersten Zehn, dicker Vertrag, Tourneen, Werbung. Im November trete ich im Wembley Stadion auf«, fügte er hinzu, die Stimme gepresst wie die eines Verkäufers, der fürchtet, einen Auftrag zu verlieren.

»Bist du glücklich?«

Er trank einen strammen Schluck und betrachtete Julia argwöhnisch. »Ich bin reich, oder? Ich hab einen tollen Schlitten und 'ne scharfe Freundin.«

Julias Mundwinkel zeigten nach unten, die Augenbrauen nach oben. »Das beantwortet nicht meine Frage.« Langsam schritt sie von ihm weg und gab vor, sich mit der Kamera zu beschäftigen. »Wie bist du eigentlich in dieses Geschäft gekommen?«

»Nigel hat mich in einem Club gesehen.«

»Hast du da gesungen?«

»Nein, da flogen die Fetzen, Mann. Nigel sagte, er suchte so einen wie mich, ich wäre genau der richtige Typ für das ›Jetzt‹. Er sagte, ich könnte mit dem richtigen Management viel Geld verdienen. Das hörte sich besser an, als von der Stütze zu leben.«

»Dann genieße es, so lange es dauert«, murmelte Julia, aber es war laut genug, dass er es hörte.

»Was hast du gesagt?«

»Das sind deine fünfzehn Minuten des Ruhms, Leon. Genieße sie.« Sie sah ihm in die Augen, ihr lockeres Lächeln ein scharfer Kontrast zu den steilen Falten auf seiner Stirn. Er wollte auf sie zugehen, dann hielt er sich aber zurück, zog sich wieder den Mantel des Unerschrockenen über und wandte sich an die Kamera. »Ich habe vor, lange an der Spitze zu bleiben.«

Julia sah ihn durch den Sucher. »Das sagen sie alle.«

»Was meinst du denn damit?«

Ohne den Kopf zu heben, schob sie ihn mit einer Hand zurück. »Stell dich in Positur, ja? Wir haben nicht den halben Tag Zeit.«

Als sie ihn im Sucher sah, bemerkte sie sein besorgtes Gesicht. Das Feuer in seinen Augen war erloschen. »Was hast du eben gemeint?«

Julia richtete sich auf. »Ich habe bestimmt schon hundert Eintagsfliegen fotografiert, und sie glauben alle, dass sie für immer da bleiben, wo sie im Moment sind.« Sie schüttelte traurig den Kopf. »Das gelingt aber nur wenigen. Sieh mal, du bist doch ein kluger Kerl«, log sie, weil sie ihm schmeicheln wollte, »du brauchst nicht mich, um zu wissen, dass du ein künstliches Produkt mit einem Verfallsdatum bist. Wenn die Teenies dich erst über haben ...«

Sie ließ den Satz unvollendet und bückte sich nach ihrer Bierflasche. Sie trank einen Schluck und sah zu, wie Leon seine Flasche austrank und sich dann mit dem Handrücken den Mund abwischte.

»Du scheinst dich ja in dem Metier auszukennen«, sagte er.

»Kannst du doch noch an eine Gruppe namens *The Time* erinnern?«

Leon schüttelte den Kopf.

»Sonst wahrscheinlich auch keiner. Vor sechs Monaten stürmten sie hier herein, mit Manager, Stylisten, PR-Leuten und der ganzen Besatzung. Sie waren fast ganz oben. Und wo sind sie heute?«

»Ich weiß es nicht«, gab Leon zu.

»Wenn du längere Zeit oben bleiben willst, musst du clever sein, verdammt clever.«

»Was soll ich tun?« Unsicherheit schwang in Leons tiefer Stimme mit.

Julia hob die Schultern. »Du kannst gar nichts tun. Außer – genieße es, solange es dauert.« Sie bückte sich und hantierte in der Kameratasche, während sie vor sich hin summte. Plötzlich richtete sie sich auf. Sie neigte den Kopf und sah Leon nachdenklich an. »Natürlich gibt es etwas, was du tun kannst. Aber das erfordert Mumm.«

Er stammelte tonlos, der Mund öffnete und schloss sich, während er nach den richtigen Worten suchte. Mit großer Mühe schluckte er sein Unbehagen hinunter. »Sage mir, was ich tun soll.«

Julia bewegte sich auf ihn zu und musterte ihn aus verengten Augen. »Du bist ein gut aussehender Mann.« Sie nickte. Nicht ihr Typ, aber mit dem modischen Haarschnitt – kunstvoll zerzaust – und seinen Designerklamotten war er schon eine auffällige Erscheinung.

»Du könntest auch eine ältere Zielgruppe ansprechen«, fuhr sie fort, »Leute in meinem Alter zum Beispiel.« Sie trat näher und wischte ein paar Haarsträhnen aus seinen Augen. »Aber dann musst du die Dinge anders angehen.« Sie spürte seinen intensiven Blick. Er war ganz auf sie konzentriert.

»Du musst aufhören, bei jeder Frage zu deinem Manager zu schielen. Du musst du selbst sein. Frauen in meinem Alter sind nicht an einem Kunstprodukt interessiert.« Sie fuhr mit einem Finger über seinen weichen Hemdkragen. »Jedenfalls nicht an so einem Image, wie du es hast. Laut, schrill, böser Junge – das zieht bei Frauen in meinem Alter nicht.«

Sie standen sich ein paar Augenblicke schweigend gegenüber, und Julia ließ es zu, dass er sie ausgiebig betrachtete. Er sollte die Gelegenheit haben, seine Gedanken zu ordnen.

»Also«, sagte er dann, »was interessiert eine Frau wie dich?«

Ein Schauer der Erregung durchfuhr Julias Körper. Sie spürte eine Gänsehaut auf Rücken und Armen. Es war so einfach, junge Männer wie Leon zu ködern, aber trotzdem erfüllte es sie immer wieder mit Befriedigung. In solchen Momenten fühlte sie sich sogar mit ihrem Job versöhnt. Sie fühlte sich stark. Unbesiegbar und ungeheuer erregt. Langsam hob sie den Blick von seinem Hemd zum Gesicht. Sie war größer als er, und er sah zu ihr auf, Wachs in ihren Händen.

»All das«, sagte sie und ließ eine wegwerfende Handbewegung folgen, »bist nicht wirklich du.« Julia ließ ihre Augen lächeln. »Eine Frau wie ich würde gern sehen, was hinter deinem Image steckt. Ich will den echten Leon Spatz sehen.« Sie biss sich auf die Unterlippe, um ein Grinsen zu unterdrücken, das sich ihr aufdrängte, als sie sich vorstellte, wie George sich die Hände rieb. »Ich will wissen, wie du tickst. Was sich da abspielt.« Sie klopfte mit den Fingerkuppen an ihre Schläfen. »Bildlich gesprochen – ich will, dass du dich vor mir ausziehst.«

Dieses Bild setzte sich sofort in seinem Kopf um. Er öffnete die Knöpfe seines Hemds und ließ es zu Boden fallen. Er trat einen Turnschuh mit der Spitze des anderen vom Fuß, dann den zweiten. Als er seine weiten Jeans aufknöpfte, sie abstreifte und aus ihr heraustrat, suchte er Julias Blick. Sie stellte sich das Kreischen von Millionen Teenies vor.

»Ist das besser?«

Julia ließ sich Zeit, seinen Körper zu inspizieren. Bis auf die engen weißen Shorts war er nackt. Es überraschte sie, dass er unter den weiten Klamotten eher hager wirkte. Er sah wie ein Junge aus, klein und verletzlich. »Nun, eigentlich habe ich das nicht gemeint. Du sollst deine Gefühle entblößen, aber das ist auch okay.«

»Oh.« Seine blassen Augen blickten flatternd auf ihren Hals und Ausschnitt, ehe er wieder auf seine Füße starrte. Julia fand seine Verlegenheit spannend. Er trat von einem Fuß auf den anderen. »Soll ich mich denn wieder anziehen?«

»Nein.« Sie wandte ihm den Rücken zu. »Das ist gut so, du siehst jetzt weniger selbstsicher aus. Wenn du nichts dagegen hast, würde ich gern ein paar Aufnahmen machen.«

Er antwortete nicht. Er zappelte nervös herum und beobachtete Julia, die sich hinter Stativ und Kamera bückte, der Rücken fast waagerecht. Ihr war bewusst, dass Leon direkt in den Ausschnitt ihres T-Shirts sehen konnte, und wartete auf seine Reaktion. Sie stellte das Bild scharf und spürte die Bewegungen der Brüste in ihrem Büstenhalter. Sie sah, wohin er starrte. Seine Lippen öffneten sich leicht, und der Brustkorb hob und senkte sich stärker, weil die Atemzüge tiefer wurden.

Julia bückte sich noch ein paar Zentimeter tiefer. Jetzt bebten seine Nasenflügel. Langsam, so unauffällig wie möglich, schob er seine Hände vor den Schoß.

»Bingo«, flüsterte sie und drückte ab. Ein Moment, für die Ewigkeit festgehalten. Sie drückte wieder und wieder auf den Auslöser und fing seine anrührende Verwirrung ein. Er stand da zwischen den abgelegten Klamotten und versuchte, seine beginnende Erektion zu verstecken. Wie eine Jungfrau, gebannt und zugleich verängstigt von der Frau vor ihm.

Julia trat hinter dem Stativ hervor. »Das war großartig«, sagte sie.

»Hast du das extra gemacht?«

Sie hob die Brauen. »Was?«

»Oh, verdammt.« Er schloss die Augen und fuhr sich mit den Fingern durch die vollen schwarzen Haare. Sie waren so voller Gel und Haarspray, dass einige Strähnen sich protestierend aufrichteten. Julia ging zu ihm und wollte seine Haare glätten, aber dann überlegte sie es sich anders. Er sah süß aus, als wäre er gerade aus dem Bett gestiegen.

Sie sah den Schweiß auf seiner Oberlippe. »Ist alles in Ordnung?«, fragte sie.

»Ja, klar.« Er drückte beide Hände gegen seine wachsende Erregung und sah zu ihr auf, als wollte er um Gnade winseln. Julias Herz schlug wie verrückt in ihrer Brust. Ihre Erregung wurde nicht nur von ihrem Gefühl der Macht ausgelöst, sondern auch von Leons steifem Schaft.

Sie wollte Leon eigentlich nicht, aber es wärmte ihren Schoß zu wissen, dass sie ihn haben konnte. Zwischen ihren Schenkeln breitete sich ein Kribbeln aus, und sie fragte sich, ob Leon je mit einer Frau wie ihr geschlafen hatte. Eine Frau, die größer war als er, erfahrener und völlig unbeeindruckt von seiner neuen Berühmtheit.

»Nun, dann sind wir jetzt fertig.«

Sie wandte sich ab. Er hielt sie auf, indem er eine Hand auf ihre Schulter legte. »Nein, ich bin überhaupt nicht in Ordnung. Ich habe noch nie eine wie dich getroffen. Du bist so … so …«

Er sprang sie an. Sein Kuss war tollpatschig, und er erwischte ihre Lippen nicht. Er versuchte es noch einmal, und diesmal trafen sich ihre Lippen.

»Leon«, flüsterte sie und schob ihn von sich.

»Oh, verdammt.« Er stolperte fast über die eigenen Füße, so hastig wollte er von ihr weg. »Es tut mir Leid, das wollte ich nicht.«

»Schon gut, du brauchst dich nicht zu entschuldigen.«

Er stützte den Kopf in beide Hände. »Ich komme mir unsäglich blöde vor«, stöhnte er verzweifelt. »Warum sollte sich eine Frau wie du mit einem wie mir abgeben?«

Er ist nicht mein Typ, dachte Julia, als sie wieder zu ihm ging. Er ist zu jung, seine Haare sind zu lang, sein Gehirn ist zu blank. Und doch fühlte sie sich zu ihm hingezogen, stark und drängend. Seine Geilheit schmeichelte ihr, und die für ihn demütigende Situation rührte sie an.

»Leon.« Sie nahm behutsam die Hände von seinem Gesicht und drückte ihre Lippen auf seine.

Er war einen Moment lang geschockt, dann erwiderte er den Kuss. Seine Lippen fühlten sich zuerst süß und sanft an, dann wild und herausfordernd. Julia schloss die Augen, und seine feuchten

Finger glitten zitternd über ihren Hals, als hätte er Angst, sie zu berühren. Ihre Zungen spielten miteinander, und Julia schmeckte Bier in seinem Mund, warm und ein wenig bitter.

Er stöhnte, als sie sich auf die Knie niederließ, und dann keuchte er, als sie die Daumen in seine Shorts hakte und über seine schlanken Schenkel zog. Federnd sprang sein dicker Penis heraus, Julia entgegen, als wollte er die Lust einklagen, die sie verursacht hatte.

Leon blickte auf sie hinab und konnte es kaum fassen, als sie seine gespannten Backen griff und ihn näher heranzog.

Mit der kräftigen Zunge folgte sie der pochenden Ader, die von der Peniswurzel bis zur purpurnen Eichel mit der kleinen, weinenden Öffnung führte. Sie packte den Stamm mit einer Hand, senkte den Kopf über die Spitze und massierte dabei die behaarten Hoden. Sie umspielte die Eichel mit der Zunge und sog die Hälfte des Schafts dann tiefer in den Mund.

Sie hielt ihn fest, damit er nicht die Kontrolle und den Rhythmus übernehmen konnte, während sie den Mund auf und ab bewegte. Er stöhnte und keuchte über ihr, und sie begann kräftiger und schneller zu saugen. Mit jedem Strich ihrer Zunge über die pralle Eichel näherte er sich dem Orgasmus ein bisschen mehr. Wenn sie sich zurückzog, hielt sie nur noch die Spitze zwischen den Lippen, und wenn sie ihn verschlang, spürte sie ihn tief im Gaumen anstoßen.

Während sie mit dem Kopf vor und zurück fuhr, erforschten ihre Finger die Kerbe zwischen den gespannten Backen. Sie glitt über die empfindliche Öffnung dazwischen, und aus seiner zaghaften Reaktion schloss sie, dass noch niemand ihn dort berührt hatte. Diese Folgerung führte zum dringenden Begehren, die Erste zu sein. Sein Körper begann sich zu schütteln, und sein Stöhnen wurde immer lauter. Jetzt oder nie.

Julia steckte einen Finger in ihren Mund und nässte ihn mit ihrem warmen Speichel. Ihre Lippen pressten sich härter um seinen Schaft, während der Finger wieder in die Kerbe glitt und die runzlige Öffnung umkreiste. Ihre Klitoris pochte wie verrückt, und sie spürte das Zucken seiner Gesäßmuskeln, als sie den Finger hineinschob.

Im nächsten Moment wurde sein Körper starr, und sie schmeckte seine salzige Lust auf der Zunge. Er war auf einem Speer des schmerzlichen Entzückens gepfählt, gefangen zwischen der Freude ihrer Lippen, die immer noch über den Penis glitten, und ihrem Finger, der genüsslich zustieß. Es kam über ihn wie eine Flutwelle, sein ganzer Körper wand sich unter den Zuckungen, während er in der Welle der schäumenden, tobenden Ekstase zu ertrinken drohte.

Julia setzte sich auf ihre Fersen und blickte bewundernd zu ihm hoch, während sie ihn schmeckte. Er konnte sich nicht mehr auf den Beinen halten, fiel auf die Knie und strich mit zitternden Fingern über ihr Gesicht.

Zwischen ihren Beinen pochte Julias Klitoris verlangend.

»Oh, Himmel«, wimmerte Leon und rang um Atem. »Du bist umwerfend.« Seine Finger streichelten ihren Hals. »Lass mich ... Ich will was für dich tun.«

Sie hielt sein Handgelenk fest und schüttelte den Kopf. »Ich schlafe nie mit meinen Models.«

Er blinzelte sie an. »Nie?«

»Nun, einmal habe ich es getan. Aber jetzt werde ich ihn heiraten.«

»Du kannst mich heiraten.«

»Du bist ein wenig zu jung für mich«, sagte sie lachend.

Leon sah ihr in die Augen. Was er suchte, fand er nicht, und zögernd zog er seine Hand zurück. »Ich wusste es. Ich wusste, dass du mich nicht wirklich magst.«

Julia legte beide Hände um sein Gesicht. »Ich hätte nie für möglich gehalten, dass ich es mal sage, aber ich mag dich, Leon. Du bist sehr süß. Aber ich heirate in vierzehn Tagen. Ich hätte nicht tun sollen, was ich getan habe.«

Ihre Knie schmerzten vom harten Boden. Sie spürte das unangenehme Kleben zwischen den Schenkeln, als sie zu ihrer Kamera ging. »Wir sollten uns beeilen. Dein Manager wird sich schon Sorgen machen.«

»Das ist mir egal.«

»Und deine Freundin wartet.«

Schuldbewusst senkte er den Blick. Als er sie einen Moment danach wieder ansah, zuckte Julia zusammen. Ihre Lippen öffneten sich, und ihr Atem wurde flach. Sie hatte diesen Ausdruck schon mal in blassgrünen liebeskranken Augen gesehen.

»Was ist los?«

»Ach, nichts«, log sie und verbarg ihr Gesicht

hinter der Kamera. »Du erinnerst mich an jemanden, das ist alles. Jemanden, den ich schon lange
nicht mehr gesehen habe.«

»Wer ist es?«

»Ach, du kennst ihn nicht. Ich war mit ihm auf
der Schule.«

»Marianne?« Julia flegelte sich aufs Sofa und legte
die Füße auf den Kaffeetisch. »Rate mal, wer an diesem Nachmittag in meinem Studio war und was er
anhatte?«

Marianne zirpte grinsend am anderen Ende der
Leitung. »Muss ich wirklich?«

»Ja.«

»Das willst du nur, um mich eifersüchtig zu
machen.«

»Ja.«

Sie seufzte. »Also gut. Sean Connery, und er trug
einen Frack.«

»Nein. Rate noch mal.«

»Brad Pitt in Schokoladensauce.«

»Den habe ich schon hinter mir.«

»Der Premierminister, der nur seine Calvin
Kleins trug.«

»Du hast eine ganz schön einseitige und verdorbene Fantasie, meine Liebe.«

»Okay, ich gebe auf, Julia. Mach schon, kitzle
meinen Neid heraus.«

»Leon Spatz.«

»Oooh. Hübsch. Und was hatte er an?«

Julia biss sich auf die Lippe und antwortete –
absichtlich – mit Schweigen.

»Julia? Julia?« Mariannes Stimme wurde schrill vor Neid. »Willst du damit sagen, er war nackt?«

»Nicht die ganze Zeit.«

Marianne musste schlucken. »Wie ist er?«, fragte sie schließlich.

»Nett.«

»Nett?« Entsetzen hüllte ihre raue Stimme ein. »Nett! Hör mal, so leicht kommst du nicht davon. Wie hast du ihm seine Klamotten abgeschwatzt? Worüber habt ihr geredet? Hat er dich angemacht?«

Julia enthüllte die obszöne Wahrheit, wobei sie ihr Erzählen immer wieder abbrechen musste, weil sie zwischendurch kicherte. Am anderen Ende der Leitung hörte sie die ganze Zeit schon ein leises Summen. Es wurde gegen Ende von Julias Bericht immer lauter, und dann brach es abrupt ab.

Marianne seufzte schwer. »Danke, Jules, das habe ich gebraucht.«

»Du hast es dir besorgt?«

»Ich liege auf dem Bett. Mit meinem kleinen Freund.«

»Deinem kleinen Freund?«

»Mein kleiner Sechzehn-Zentimeter, der immer einsatzbereit ist. Ich wollte gerade mit der Behandlung anfangen, als du mich so rüde unterbrochen hast.«

Julia kicherte, daher also das Summen in der Leitung.

»Und fühlst du dich jetzt schuldig?«, wollte Marianne wissen.

»Nein. Sollte ich?«

»Also, ich wäre es nicht. Aber ich bin auch nicht mit dem lieben David verlobt.«

Julia zuckte leicht, als sie seinen Namen hörte und lauschte in sich hinein, ob sie Spuren von Reue fand. »Nein, ich habe keine Gewissensbisse. Es war ein Spaß, das ist alles. Ich meine, ich habe ja nicht mit ihm geschlafen«, fügte sie verteidigend hinzu. »Er wollte es, aber ich habe abgelehnt.«

Mariannes Lachen ging in einen Hustenanfall über. »Das heißt also, wenn du einem Kerl einen bläst, ist das keine Untreue? Ich hätte gern eine Kopie von diesem Ehrenkodex, Jules.« Dann wurde sie ernster. »Aber du weißt auch, was das bedeutet? Du kriegst kalte Füße, was deine Heirat angeht. Dein Unterbewusstsein sagt nein. Denk an all den Spaß, den du mit den Boys aus der Popbranche haben kannst.«

»Unsinn.«

»Aber dir kommen Zweifel, nicht wahr?«

Julia verzog das Gesicht. »Nein.«

»Das hört sich nicht überzeugend an. Wir werden am Wochenende ausführlich darüber reden.«

Julia spürte, wie sich ihr inneres Glühen rasch abkühlte. Das kommende Wochenende bestand aus einer Vielzahl köstlicher Abwechslungen: Sie musste die richtige Farbnuance des roten Nagellacks finden, der zu ihrem Hochzeitskleid passte, sie musste die Beine wachsen, und am Sonntag waren sie bei Davids Eltern zum Essen eingeladen. Lieber hätte sie das Badezimmer neu gestrichen. Mit den Zahnbürste.

»Jetzt am Wochenende? Denkst du an was Bestimmtes?«

»Ja, ich nehme an, ich denke an denselben wie du. Nicholas.«

»He?«

»Nick.«

Julias Augenbrauen zuckten hoch. »Nick wer?«

»Jetzt hör aber auf«, rief Marianne empört. »Du kannst doch den begehrenswerten Nicholas Trent nicht vergessen haben. Ich dachte, die erste Liebe stirbt nie.«

In Julia zog sich alles zusammen. »Du triffst Nick an diesem Wochenende?«

»Eh, Julia … hallo? Stehst du auf der Leitung? Wir sehen sie alle an diesem Wochenende.«

»Ich habe keine Ahnung, wovon du redest.«

»Hast du deine Post von heute schon gelesen?«

»Nein.«

»Dann öffne sie. Ich warte.«

Julia ging zum Küchentisch. Sie legte das schnurlose Telefon hin und ging die Post durch. Den letzten Umschlag riss sie auf.

Sie nahm den Hörer wieder in die Hand und las: *»Die Zeit ist abgelaufen. Vor sieben Jahren hast du deine Ziele und Erwartungen formuliert. Jetzt kannst du dich im Erfolg sonnen oder musst deine Niederlage eingestehen.«* Am Ende erkannte sie die vertraute Handschrift: *»Bitte komm – Steve.«*

»Bei mir hat er das nicht geschrieben«, murrte Marianne.

Julia erstarrte. Das war schon unheimlich. Erst am Nachmittag hatte sie an Steve denken müssen, als sie in Leons flehende Augen geschaut hatte. Und jetzt dieser Brief. »Ich kann nicht kommen«, sagte sie leise.

»Warum nicht?«

»Ich muss zu Davids Eltern. Meine zukünftige

Schwiegermutter wird nicht begeistert sein, wenn ich im letzten Moment kneife.«

»Steck deine Schwiegermutter sonstwo hin. Du heiratest doch erst in zwei Wochen.«

»Das ist ein weiterer Grund, nicht hinzugehen.«

»Du hast nur Angst, immer noch auf Nick scharf zu sein, nicht wahr?«

In ihrem Kopf blitzte das Bild auf, wie sie vor Leon gekniet hatte. »Du weißt, wie schwer es mir fällt, einer Versuchung zu widerstehen.«

»Dann widerstehe nicht. Bald bist du endgültig vergeben. Vorher musst du noch einmal auf den Putz hauen.«

»Meinst du?«

»Ja, das ist Pflicht.«

In ihrem Kopf wurden die Bilder Leons und Steves von Nick zur Seite geschoben. Die Wärme seiner braunen Augen, die junge Athletik seines Körpers, die golden leuchtenden Haare. Wie er ihre Brüste drückte und leckte. Wie sie es im Schulwald getrieben hatten. »Nein«, sagte sie. »Es ist unmöglich. Ich kann nicht kommen.«

3

Klassentreffen

Marianne kicherte noch, als sie die Pension verließen. Seit ihrer Ankunft am Freitagabend hatte sie gekichert, am meisten wegen der unausgesprochenen Verdächtigungen des älteren Pensionsbesitzers. »Er hält uns für Lesben«, hatte sie schnaufend gesagt und war aufgeregt auf dem Doppelbett auf und ab gehüpft. »Er sagte, er hätte nur noch ein Zimmer, und als ich antwortete, wir bräuchten auch nur eins, da hättest du sein Gesicht sehen sollen!«

Sie überquerte die schmale Dorfstraße. Julia wartete im Auto auf sie. Marianne warf ihren schweren Koffer ins Auto und zerquetschte Julias Tasche. Julia fragte sich, wie lange Marianne in Schottland bleiben wollte.

Marianne ging um den kupferfarbenen VW Käfer herum und hielt an, um ihr Make-up im Außenspiegel zu überprüfen. »Man kann nie wissen, Jules. Ich will stets vorbereitet sein. Vielleicht gesteht Nick, dass ich es bin, die er die ganze Zeit gewollt hat. Kann doch sein, dass er mich auf eine einsame Insel entführt, wo wir uns in einer kleinen Hütte für unsere verlorene Zeit entschädigen.«

Julia lächelte. »Das würde mich nicht überraschen. Du siehst wirklich großartig aus.« Viel zu gut, dachte Julia.

Marianne hatte sich in den sieben Jahren kaum verändert. Ihre Haare waren immer noch lang, blond und wellig. Ihre Figur war noch so drahtig wie damals. Sie trug mehr Make-up als früher, aber Mascara und Lippenstift passten zu ihr. Ihre Bräune wurde von dem luftigen Sommerkleid noch betont, dessen blaue Farbe auf ihre Augen abgestimmt war.

»Nun, du hast auch keinen Grund zu klagen«, sagte Marianne beim Einsteigen.

Julia setzte sich hinter das Lenkrad und warf einen kurzen Blick in den Innenspiegel. Sie trug selten Make-up, aber heute hatte sie sich die Mühe nicht erspart. Mascara verlängerte die schon langen Wimpern. Auf die blassen Wangen hatte sie einen Hauch Rouge gelegt, und der Lippenstift hatte dafür gesorgt, das ihr Mund dunkel glänzte. Sie trug auch selten ein Kleid, und wieder hatte sie heute eine Ausnahme gemacht.

Klassentreffen waren da, um sich besonders zu präsentieren. Das Kleid war einfach aber wirkungsvoll geschnitten und schmiegte sich um ihre Kurven. Es war mit einem breiten Kragen versehen, und der V-Ausschnitt ließ das Tal ihrer Brüste mehr als nur erahnen. Der Rock war weit ausgestellt und endete kurz oberhalb der Knie. Das kräftige Braun bildete einen starken Kontrast zu ihren grünen Augen und dem schwachen rötlichen Schimmer ihrer Haare. Die Lederstiefel fügten ihrer Länge knappe fünf Zentimeter hinzu. Wenn sie sich doch nur so gut fühlte, wie sie aussah.

»Ich bin nervös«, gestand sie, als sie den Motor

anließ. »Ich glaube, ich bin in meinem ganzen Leben noch nicht so nervös gewesen.«

»Nervös?« Marianne holte die Straßenkarte heraus und öffnete eine Doppelseite, die sie gestern Abend markiert hatten. »Wegen was denn?«

Der Käfer fand aus dem vertrackten Einbahnstraßennetz des Dorfes heraus. »Ach, wegen allen möglichen Dingen. Hauptsächlich, weil ich wie eine Versagerin dastehe.«

Marianne schnaufte. »Eine Versagerin? Du bist eine bekannte Fotografin, Jules. Ich wette, du stehst besser da als alle anderen unseres Jahrgangs.«

Die Sonne strahlte in Julias Augen. Sie griff blind nach der Sonnenbrille. »Steve muss es gut gehen, dass er es sich erlauben kann, das Schloss für dieses Wochenende zu mieten.«

»Nun ja, Steve war für den Erfolg vorprogrammiert.«

»Ich wette, er hat alles erreicht, was er in diese verdammte Liste eingetragen hat. Ich kann mich nicht erinnern, was ich alles geschrieben habe, aber ich bin sicher, dass ich in allen Punkten versagt habe.«

»Du wolltest Fotografin sein, und du bist eine. Verdammt, wie erfolgreich musst du denn sein, ehe du zufrieden bist?«

»Ich wollte eine Fotojournalistin sein. Ich wollte Dinge aufspüren. Dass ich Leon Spatz nackt fotografiert habe, mag meinen Redakteur erfreuen, aber das gibt mir nicht das Gefühl, etwas erreicht zu haben. Das ist nicht wirklich wichtige Arbeit.«

»In meinen Augen ist es wichtig. Ich brauche meine tägliche Dosis an nackten Männern.«

»Ts, ts«, machte Julia und schüttelte den Kopf. »Du weißt genau, was ich meine. Ich hatte Ideale, und von denen scheint nichts übriggeblieben zu sein.«

»Ich glaube, du bist zu streng mit dir, Jules. Es gibt nicht viele Leute, die genau das tun, wovon sie geträumt haben. Ich jedenfalls habe nie in der Werbung arbeiten wollen.«

»Du hast einen großartigen Job.«

»Ich wollte Sängerin werden.« Marianne drehte das Seitenfenster hinab und hielt eine Hand in den Fahrtwind. »Wegen was bist du sonst noch nervös?«

»Das Wiedersehen mit Nick.«

»Ah, der unwiderstehliche Nick.« Marianne seufzte sehnsüchtig. Ihre lustvollen Gedanken waren beinahe hörbar, als sie die nächsten Minuten schwiegen.

»Ich bin auch nervös wegen Steve.«

»Er war immer eine Nervensäge, was?«, meinte Marianne lachend. »Die nächste Straße links abbiegen.«

Als sie die Kurve nahmen, warf Julia einen Blick auf Marianne. Ihr Herz klopfte stark, als sie etwas sagen wollte, was sie ihrer Freundin noch nie eingestanden hatte. »Ich hatte immer eine Schwäche für Steve.«

Julia fühlte ihre Wangen glühen, als Marianne sich ihr zuwandte und starrte. »Steve!«, johlte sie. »Steve? Was, um alles in der Welt, hast du in ihm gesehen?«

Das Glühen setzte sich über den Hals bis zu den Brustspitzen fort, teils von der Sonne, die durch die

Fenster strahlte, teils von den Erinnerungen an die Stunden, die sie auf dem Schulrasen verbracht und über das Leben diskutiert hatten. Er war ihr damals so erwachsen, so reif vorgekommen. »Er war damals mein bester Freund, wie du meine beste Freundin bist. Mit Steve konnte ich über alles reden. Das unterschied ihn von den anderen Jungen.«

»Nun, er war tatsächlich anders als andere Jungen«, gluckste Marianne. »Seine Nase steckte immer in Büchern. Er hat nie irgendeinen Sport betrieben. Er ist nie mit uns ausgegangen, hat nicht getrunken und nicht geraucht. Und immer so angezogen, als müsste er sich irgendwo vorstellen.«

»Ich mochte ihn.« Julia war überrascht, wie wichtig es ihr war, ihn zu verteidigen. »Da war was zwischen uns.«

Wieder ein Schnaufen von Marianne. »Und was genau, bitte?«

Julia hob die Schultern. »Ich weiß es nicht. Irgendein Band, nehme ich an. Wir verstanden uns. Die meisten Jungen sind so unreif im Gegensatz zu den Mädchen. Aber Steve …«

»Willst du mir sagen, wenn Steve mit dir hätte gehen wollen und nicht Nick, dann wärst du mit ihm gegangen?«

»Müssen wir hier nicht bald abbiegen?«

Marianne blickte auf die Karte. »Ja, genau. Rechts. Und weiche meiner Frage nicht aus.«

Julia lächelte. »Ich weiß es nicht. Steve hat mich nie gefragt, und Nick hat gefragt. Deshalb werde ich es nie wissen.«

»Was mich ärgert«, sagte Marianne.

Sie schwiegen wieder. Julia spürte, dass Marianne sie betrachtete. Sie wusste, dass es der Freundin unter den Nägeln brannte, etwas zu sagen.

»Wer hätte das gedacht?«, murmelte Marianne schließlich. »Nach all diesen Jahren kommst du plötzlich mit so einer Bombe. Julia Sargent, die heimlich eine Nervensäge liebt. Ich werde dir nie wieder in die Augen sehen können.«

»Er war keine Nervensäge. Er war sehr klug und sehr entschlossen. Ich gebe zu, er war niemand, bei dessen Anblick man Herzrasen bekam. Aber Intelligenz hat auch eine starke Anziehungskraft.«

»Intelligente Männer sind hoffnungslos im Bett.«

»Woher willst du das denn wissen?«, fragte Julia lachend. »Du gehst doch nur mit Bimbos aus.«

»Da wir gerade von Bimbos sprechen, wie geht es eigentlich David?«

Julia warf der Freundin einen tadelnden Blick zu. »Ich weiß immer noch nicht, warum du ihn nicht magst. Kann es sein«, sagte sie neckend, »dass du ein bisschen eifersüchtig bist?«

»Es ist nicht so, dass ich ihn nicht mag, Jules.« Die Ernsthaftigkeit in ihrer Stimme war ungewöhnlich, und Julia sah überrascht zur Seite. »Ich glaube nur nicht, dass er der Richtige für dich ist. Und ich verstehe nicht, warum du ihn heiratest. Du kennst ihn doch erst seit einem Monat.«

»Seit sechs Wochen«, verbesserte sie.

»Es ist zu schnell, selbst für dich, die immer für impulsive Entschlüsse bekannt ist.«

Marianne hatte Recht. Wenn man ihre äußere Oberflächlichkeit übersah, lag darunter eine dicke Schicht gesunden Menschenverstands. Wenn ihr was an Menschen lag, redete sie nicht lange um den heißen Brei herum. Und sie irrte sich selten.

Die Straße nahm Julia nur noch verschwommen wahr, eine bizarre Landschaft aus weißen Strichen und hohen schlanken Bäumen. Ihre Gedanken flossen. Sie hatte nie heiraten wollen, es hatte nie in ihre Lebensplanung gepasst. Aber als David sie gefragt hatte, schien es zu passen – oder war sie zu sehr vom Sex mit ihm fasziniert gewesen? Wunderbarer Sex und viel Romantik. Es war ein großer Schritt, sich einem Mann zu verpflichten, den sie vor zwei Monaten noch nicht gekannt hatte. Vielleicht war das, was sie mit Leon getan hatte, eine Warnung. Und dass sie sich fürs Klassentreffen besonders fein gemacht hatte, war vielleicht eine weitere Warnung.

»Julia! Pass auf!«

Sie trat auf die Bremse. »Was ist los?«

»Du hättest die Kreuzung fast verpasst.« Marianne deutete auf ein Straßenschild. »*Braeburn Castle*«, las sie. »Wir sind da.«

Als sie sich dem Schloss näherten, hielt Julia das Lenkrad fest gepackt, damit niemand ihre zitternden Finger sehen konnte. Die Parkbucht am Ende der Zufahrt war bereits besetzt, einige Autos so alt und verbeult wie ihres, einige neu und makellos. Sie wollte sich nicht die Blöße geben, neben einem schwarzen glänzenden BMW zu parken, deshalb zwängte sie den Käfer neben einen Mini. Schweigend sahen sie und Marianne hinauf zum Schloss.

Es lag auf einem kleinen Hügel und wirkte wie ein kleines Wunder aus dem Mittelalter. Als Schloss war es eher winzig, aber trotzdem atemberaubend. In der Mitte der vier Türme wehte eine Fahne mit einem reich verzierten Wappen im leichten Wind. Hohe gewölbte Fenster waren in den Stein gelassen, früher einmal waren es Öffnungen gewesen, die allen Elementen ausgesetzt waren, aber nun spiegelte sich in den Scheiben das leuchtende Blau des Himmels. Die dicken Granitmauern hatten im Laufe der Jahrhunderte einen leichten Pinkton angenommen, der sich in den Kletterrosen wiederholte. Ein schweres schwarzes Fallgitter war hochgezogen worden.

»Wollen wir den ganzen Tag hier sitzen bleiben?«

»Mir ist ganz schlecht vor Aufregung«, sagte Julia und hielt sich den Bauch. »Geh du schon hinein, ich glaube, ich gehe zuerst ein wenig spazieren.«

»Nein, das wirst du nicht.« Marianne stieg aus und knallte ihre Tür zu. Julia stieg auch aus. »Es gibt nichts, worüber du besorgt sein müsstest, Jules. Wir sind erfolgreiche junge Frauen mit einem satten Einkommen und einer Horde von Verehrern zu unseren Füßen.« Sie hob ihre feinen Augenbrauen und wollte Julias Zustimmung erzwingen. »Wir können stolz auf das sein, was wir sind.«

»Ja, kann sein«, gab Julia widerstrebend zu.

»Ich bin es jedenfalls. Mir ist es völlig gleichgültig, was du von dir hältst. Komm jetzt.«

Marianne griff Julias Hand, und gemeinsam gingen sie den Hügel zum Eingang hoch. Auf halbem Weg blieb Julia stehen.

»Warte mal. Was ist, wenn das ein todlangweiliges Wochenende wird?«

»Das wird es nicht.« Mariannes Augen leuchteten in Vorfreude.

»Und wenn doch? Sollten wir nicht einen Fluchtplan vorbereiten?«

Marianne verdrehte die Augen. »Wenn es langweilig ist, reisen wir morgen früh ab. Wenn es sterbenslangweilig ist, reisen wir schon heute Abend ab. Es ist nicht weit bis Glasgow – dann ziehen wir dort durch die Clubs.« Sie drückte Julias Schulter. »Aber ich verspreche dir, es wird nicht langweilig. Ich habe ein gutes Gefühl. Ich wette, da läuft eine Menge *action*.« Sie zwinkerte. »Vergiss nicht, dies ist deine letzte Chance, bevor du in festen Händen bist.«

Julia lächelte unsicher.

»Und wenn nicht«, fügte Marianne hinzu und klopfte gegen ihre Handtasche, »kann ich dir meinen kleinen Freund ausleihen, wenn du verzweifelt bist.«

»Du hast ihn mitgebracht?«

»Ich verlasse meine Wohnung nicht ohne ihn.« Marianne öffnete ihre Tasche und hielt sie Julia hin. Auf dem Boden lag, zischen einigen Tampons und einer Bonbonschachtel ein dicker, schwarzer Vibrator.

Julia schüttelte den Kopf. »Manchmal kann ich es nicht glauben, Marianne.«

Ein unanständiges Grinsen glitt über ihr Gesicht. »Manchmal kann ich mir selbst nicht glauben.«

Ein echter Butler führte sie in einen Salon mit hoher Decke. Eine Weile blieben sie sprachlos in der Tür stehen.

»Unglaublich«, stieß Marianne hervor.

Julia nickte. »Sie haben sich überhaupt nicht verändert.«

Einige hatten mehr Haare, andere weniger, und auch das Gewicht hatte sich verändert, meistens nach oben. Und natürlich war die Mode anders als vor sieben Jahren. Aber abgesehen davon hatten sie sich sonst kaum verändert. Es hätte auch ihr letzter Schultag sein können.

»Marianne! Julia!«

Jemand hatte sie bemerkt, und Sekunden später waren sie von vertrauten Gesichtern umringt. Küsse und Umarmungen, die wichtigsten Veränderungen der letzten Jahre. Mitgefühl, wenn es tragische Ereignisse gegeben hatte, Gratulationen, wenn Erfolge zu feiern waren. Hochzeitsringe und Kinderfotos wurden pflichtschuldigst bewundert.

Kellner zirkulierten und servierten Getränke und kleine Leckerbissen. Marianne wollte den Service testen und bat um einen Champagner mit einem Schuss Curacao und frisch gepresstem Ananassaft. Fünf Minuten später hielt sie ihren Cocktail in der Hand.

»Ich bin beeindruckt«, sagte sie und lächelte den jungen Kellner an. »Gehörst du auch zum Zimmerservice?«

Julia stieß sie in die Rippen. »Benimm dich.«

»Ich bin nur neugierig.« Sie richtete die Fliege des jungen Mannes und genoss seine Röte. »Kriegt man dich dazu?«

»Madam?«

»Nun, ich meine, wenn man das Schloss mietet, kriegt man dich dazu?«

Er sah Julia flehend um Hilfe an. »Ich verstehe nicht, Madam.«

»Einfach ignorieren«, riet Julia.

Aber Marianne, inzwischen vom Alkohol angetrieben, gab nicht so schnell auf. »Ich will doch nur wissen, ob das Personal kostenlos ist, wenn man das Schloss mietet, oder ob man es extra bezahlen muss.«

»Das Schloss ist nicht zu mieten, Madam.«

Julia und Marianne sahen sich verdutzt an. »Und wer ist der Besitzer von Braeburn?«, fragte Julia.

»Mr. Roth.« Der Kellner lächelte scheu und war froh, dass Mariannes lästige Fragerei aufhörte. »Mr. Steven Roth.«

Er nutzte den Moment der Verblüffung zur Flucht. Marianne starrte Julia offenen Mundes an. »Steve besitzt dieses Schloss? Oh, mein Gott!« Sie hob die Hände in die Luft und rief: »Alle mal herhören. Steve ist der Besitzer des Schlosses! Es gehört ihm!«

Aufgeregtes Murmeln, Rufe der Überraschung. Brian, ein gut gebauter Mann mit kurzen schwarzen Haaren und einem dunklen Teint, stellte sich zu den beiden Frauen. »Was macht Steve eigentlich?«

Julia hob die Schultern. »Keine Ahnung.«

»Aber ihr zwei wart immer gute Freunde, nicht wahr?«

Sie nickte. »In den ersten sechs Monaten habe ich ihm geschrieben, aber er hat meine Briefe nicht beantwortet, deshalb habe ich damit aufgehört.«

»Er muss ein Vermögen machen, wenn er sich so einen Kasten erlauben kann.«

Julia sah sich im Salon um und betrachtete die

vergoldeten Bilderrahmen und das prächtige Mobiliar, das mit blassblauem Stoff bezogen war. »Er hat immer gesagt, dass er mit fünfundzwanzig ein reicher Mann sein wollte. Es sieht so aus, als wäre ihm das gelungen.«

Brian sah jemanden, den er noch nicht begrüßt hatte, und Marianne stieß Julia in die Rippen. »Er sieht besser aus als früher.«

Julias Brauen zogen sich zusammen. »Du hast Brian nie ausstehen können.«

»Wirklich?« Sie sah ihm nach. Die Hose schmiegte sich um den kleinen festen Hintern. »Möchte mal gern wissen warum.«

»Er hat einmal versucht, dich zu küssen. Du hast gesagt, dass er Mundgeruch hat.«

Marianne schüttelte den Kopf. »Teenager können ja so grausam sein.« Sie versenkte ihren Drink in einem Zug. »Ich glaube, er hat eine zweite Chance verdient.«

Julia sah zu, wie im ganzen Salon die Funken des jugendlichen Flirtens wieder stoben. Es war unvermeidlich, dass die wiedervereinten Männer und Frauen kleine Gruppen bildeten – genau wie zur Schulzeit. Sehnsüchte, die so lange verdrängt oder vergessen waren, erwachten ebenso zu neuem Leben wie die alten Eifersüchteleien und kindischen Rivalitäten.

Sie war ein bisschen enttäuscht darüber, wie wenig sich die Dinge geändert hatten, und setzte sich von den anderen etwas ab. Es war interessanter, einigen Gesprächen zu lauschen und in die

Gesichter zu sehen. Sie hatte die Kamera im Auto gelassen und ging hinaus, um sie zu holen.

Sie fragte sich, wann Nick und Steve eintreffen würden und lächelte bei dem Gedanken, dass sie davon ausging, sie müssten gemeinsam auftauchen. Dabei hatten sie sich wahrscheinlich aus den Augen verloren, wie auch sie die beiden aus den Augen verloren hatte. Ihre Rivalität würde aber hoffentlich ausgestanden sein.

Sie stand am Fuß des Hügels und wollte ein Foto des Schlosses schießen. Sie stellte das Stativ auf und schob eine Linse auf die Kamera. Die Sonne stand links über Julia, und die rasch ziehenden Wolken warfen dramatische Schatten über die Granitmauern. Sie bückte sich, blickte durch den Sucher und wartete auf den perfekten Moment.

»Ein schönes Bild, nicht wahr?«

Sie zuckte zusammen und warf dabei fast das Stativ um. Sie drückte eine Hand gegen ihre Brust, so sehr hatte sie sich erschrocken. Als sie sich umdrehte, raste ihr Puls, als wäre er außer Kontrolle geraten.

»Steve?« Ihre Lippen teilten sich. Ungewollt zuckten die Augenbrauen hoch. »Steve?«

Er lächelte über ihre Verwirrung; er musste damit gerechnet haben, denn im Gegensatz zu allen anderen hatte Steve sich verändert. Stark verändert. Seine schweren Gliedmaßen waren einer Metamorphose unterzogen worden, sie bestanden jetzt aus festem Muskelfleisch, das man unter T-Shirt und dunklen Jeans gut sehen konnte. Seine Körperlänge wirkte nicht mehr linkisch, er trug seine Größe mit stolzem Selbstvertrauen. Seine kastanienbraunen

Haare, so wirr zu Schulzeiten, waren sehr kurz geschnitten und lenkten die Aufmerksamkeit des Betrachters auf sein kantiges Gesicht. Vorbei waren die Tage der Pausbacken und der dicken Brillengläser, nichts störte den Blick in seine intensiv glänzenden grauen Augen.

Julia schluckte einige Male und versuchte – erfolglos –, ihre Verblüffung nicht ausufern zu lassen. Sie blinzelte und betrachtete ihn wieder von oben bis unten. »Steve, du siehst …«

» … anders aus?«

»Du siehst unglaublich aus.«

Plötzlich war es da, das sanfte Lächeln, das ihr Innerstes so sehr wärmte. Es funktionierte immer noch. »Danke«, sagte er. »Wir können es jetzt ja ruhig zugeben, ich brauchte eine Rundumerneuerung.«

Sie lächelte ihn an. »Du bist ein Mensch, keine Sache.«

»Ich befand mich in einem schlimmen Zustand. Kein Wunder, dass ich meine erste Freundin erst mit einundzwanzig hatte.«

Julia wandte sich verlegen ab und blickte auf ihre Füße.

»Du siehst …«

Sie hob den Kopf und sah, dass seine Blicke sie von den Stiefeln bis zur Nasenspitze musterten.

»Umwerfend. Du siehst einfach umwerfend aus.«

»Danke.« Sie wollte es nicht, aber ihre Stimme war nur ein Flüstern.

»Aber das warst du immer.«

Wieder musste sie den Blick von ihm wenden. Sie drehte sich zur Kamera. »Ich wollte gerade das

Schloss fotografieren. Es wird ein gutes Foto, wenn ich den richtigen Moment abpasse. Es ist verblüffend, wie schnell sich das Licht verändert. Ich bin daran gewöhnt, mein Licht selbst zu bestimmen. Mutter Natur ist nicht immer zuverlässig.«

Er unterbrach ihr Plappern. »Kommst du mit?«

»Wenn ich hier fertig bin.« Sie blickte zu ihm hoch. »Geh schon vor. Ich komme nach.«

»Lass mich nicht zu lange warten. Wir haben viel nachzuholen.«

Er ging den Weg hoch. Julia sah ihm durch den Sucher nach und holte ihn näher heran. Sie schüttelte den Kopf über das Ausmaß seiner Veränderungen. Selbst seine Schritte waren anders geworden, nicht mehr das unsichere Schlurfen. Jetzt ging er mit selbstbewussten Schritten den Hügel hinauf. Sein Gang erinnerte sie an einen anderen.

»Steve!«, rief sie ihm hinterher. Er drehte sich um. »Wo ist Nick?«

Selbst auf die Entfernung hin sah sie, wie sich seine Gesichtszüge verhärteten. Vielleicht lebte die alte Rivalität immer noch. »Er kann nicht kommen. Er muss arbeiten.«

»Oh.«

Steve ging den Weg zurück. »Du scheinst enttäuscht zu sein.«

Vor ein paar Minuten wäre sie noch enttäuscht gewesen. Jetzt war sie sicher, dass es sie nicht störte. Es war ihr egal. »Es wäre nett gewesen, ihn zu sehen, aber das macht nichts. Was arbeitet er eigentlich, weißt du das?«

»Hast du schon mal von Rothco Developements gehört?«

»Sollte ich?«

»Nur, wenn du an Immobilien interessiert bist. Es ist eine Wohnungsbaugesellschaft.« Ein breites, selbstsicheres Grinsen breitete sich auf seinem Gesicht aus. »Es ist meine Firma. Nick arbeitet für mich.«

Julia überlegte einen Moment, dann fragte sie: »Und du konntest ihm heute nicht freigeben?«

»Irgendwas kam dazwischen.« Er hob die Schultern. »Es war Nicks Entscheidung, heute zu arbeiten.«

»In Ordnung.« Sie bückte sich wieder zur Kamera. Er wartete noch einen Augenblick, dann drehte er sich wieder dem Hügel zu. »Ich bin sicher, dass wir auch ohne ihn unseren Spaß haben werden«, murmelte sie und sah auf seinen Rücken.

Der Esstisch war lang genug, dass alle Gäste daran Platz fanden. Es blieben sogar einige Stühle leer. Als das Essen abgeräumt wurde, war der Salon gefüllt mit fröhlichem, trunkenem Lachen. Alle amüsierten sich – besonders Marianne und Brian –, nur Julia nicht. Sie saß an einem Ende des langen Eichentischs, flankiert von den Langweilern der Klasse. Der Mann und die Frau waren Zwillinge und hatten die nervige Angewohnheit, den Satz des anderen zu beenden. Schon als Achtzehnjährige hatten sie wie Spießer mittleren Alters gewirkt, im reifen Alter von fünfundzwanzig waren sie schlicht unerträglich.

Julia beobachtete Marianne, die sich an Brian kuschelte. Sie würde ihren kleinen Freund in dieser

Nacht nicht benötigen. Dann schaute Julia zum anderen Kopfende des Tischs, wo Steve saß. Er schien tief in ein Gespräch vertieft zu sein und stützte sein Kinn mit einer Hand. Die andere Hand hielt das Weinglas fest. Mit einem Finger fuhr er über den Glasrand.

Julia schob die Stimmen um sie herum in den Hintergrund und folgte den sinnlichen Bewegungen von Steves langen Fingern. Er fuhr jetzt am Stiel entlang, auf und ab, als genieße er das Streicheln einer weiblichen Kurve. Julia kam es so vor, als wenn es ganz still im Raum wäre, sie hörte nur ihr eigenes Atmen. Sie presste die Schenkel zusammen und widerstand der Versuchung, zum anderen Tischende zu laufen und das Glas durch ihre Brust zu ersetzen. Ihre Lippen teilten sich bei der Vorstellung, diese langen kühlen Finger auf ihrer Haut, im Mund und zwischen den Beinen zu spüren.

Sie blickte hoch in dem Moment, in dem er aufschaute. Der plötzliche Augenkontakt traf sie beide unvorbereitet, und für eine kleine Ewigkeit saßen sie wie erstarrt da. Der lange Tisch schien zu schrumpfen, und es war, als säßen sie allein im Salon und verständigten sich ohne Worte. Wie früher.

Steve hob sein Glas und trank einen Schluck Rotwein. Er blinzelte und sog genussvoll den Geschmack ein, als wäre es Julia, die er schmeckte. Es mochte am Alkohol liegen, den sie schon konsumiert hatte, aber Julia fühlte sich plötzlich, als schwebte sie auf Wolken.

Steves Lächeln brach den Bann zwischen ihnen, als er wieder die Frau ansah, mit der er sich unterhalten hatte. Er nickte zu dem, was sie gesagt hatte, während Julia bettelte, dass er sie wieder anschauen würde. Das tat er vielleicht auch, aber dann bat Marianne einen der Zwillinge, den Platz mit ihr zu tauschen, und brachte Julia auf den neuesten Stand ihres Fortschritts bei Brian.

Ein heller Glockenschlag unterbrach sie. Alle Augen waren auf Steve gerichtet, der strahlend lächelte. »Darf ich euch um ein wenig Aufmerksamkeit bitten?« Er klatschte in die Hände und rieb sie dann. »Wie ich in meiner Einladung sagte, ist die Zeit gekommen. Es ist kaum zu glauben, aber es ist sieben Jahre her, dass wir die Schule verlassen haben. Und wir erinnern uns noch alle, was wir an unserem letzten Schultag getan haben, nicht wahr?«

Julia gehörte zu denen, die aufstöhnten.

»Ja, ich fürchte, es ist an der Zeit, sich zu stellen. Wenn ihr jetzt eure Umschläge öffnen wollt …«

Das Geräusch reißenden Papiers erfüllte den Salon. Vor dem Essen hatte Steve die Umschläge verteilt. Jetzt war stilles oder ausgelassenes Lachen zu hören, als die ehemaligen Schülerinnen und Schüler lasen, wie sie vor sieben Jahren ihre Ziele und Erwartungen beschrieben hatten.

Marianne kreischte laut, als sie las, womit sie sich beschäftigt hatte, als sie achtzehn gewesen war.

»Willst du anfangen, Julia?«

Sie blickte von ihrem Formular auf und sah, dass Steve auf sie schaute. »Muss ich?«

»Jemand muss den Anfang machen.«

»Ich fange an«, rief Marianne. »Meins ist lustig.«

Es war tatsächlich lustig, wenn auch nicht gerade überraschend, dass die meisten von Mariannes Zielen sexueller Natur waren. Und ebenso wenig überraschend war, dass sie die meisten Ziele erreicht hatte. Aber ihr Wunsch, Sängerin zu werden, hatte sich noch nicht erfüllt. Überall am Tisch redete man über berufliche Enttäuschungen.

Wenn Steve sie nicht so genau im Blick gehabt hätte, wäre Julia nicht so verlegen gewesen, ihre eigenen Unzulänglichkeiten einzugestehen. Aber unter seinen Augen kehrte die Nervosität mit einer eisigen Kälte zurück.

»Okay«, sagte sie mit einem Seufzer. »Erstens Universität«, las sie mit leiser Stimme. »Ich habe mich einschreiben lassen, aber es war nicht die von mir gewünschte Uni. Für die waren meine Noten nicht gut genug. Deshalb bin ich gar nicht erst hingegangen.« Sie sah sich am Tisch um. »Zweitens ein Jahr lang reisen und Fotos schießen.« Sie rümpfte die Nase. »Ich habe ein Jahr lang in einem Kaff namens Cranbrook gearbeitet und dort fürs Lokalblättchen Bilder von Gartenfesten und Hundeschauen aufgenommen.« Sie seufzte wieder, bevor sie fortfuhr: »Drittens London, aktuelle Redaktion einer Boulevardzeitung.« Sie schnaufte reuig. »Nun, ich bin nach London gegangen, und ich habe in der aktuellen Redaktion gearbeitet, aber nur beim *Wandsworth Guardian*. Da gab es so aufregende Themen wie die Einrichtung für Hundeklos entlang der High Street.«

»Jeder muss mal klein anfangen«, tröstete Marianne sie. »Hör auf mit deinem Selbstmitleid und mach weiter.«

»Viertens Job bei einer seriösen Tageszeitung.« Sie zögerte kurz und fragte sich, was ihr wohl durch den Kopf gegangen war, als sie diese Liste ausgefüllt hatte. »Statt dessen habe ich einen Job als Trainee beim *Daily Chronicle* erhalten. Das war schon was anderes als Dorffeste und Hundeklos. Ich habe in der Frauenredaktion gearbeitet und die lachenden schlanken Models fotografiert, die benutzt werden, um das jeweilige Modediktat zu illustrieren.« Seufzend wünschte sie, sie könnte die Liste ins Feuer werfen und vergessen.

»Fünftens politische Redaktion einer Tageszeitung, Fotoberichterstattung eines Wahlkampfs.« Julia spürte, wie ihr Kinn vor Bedauern kantig wurde. »Der *Chronicle* hat kaum eine politische Redaktion, deshalb bin ich im Showbusiness gelandet. Sechstens Entsendung in ein Krisengebiet.« Sie lächelte scheu. »Nun, ich werde zu Neueröffnungen von Nachtclubs geschickt«, sagte sie, »das kann auch gefährlich werden.« Sie biss sich auf die Lippe, als sie ihr letztes Ziel las. »Siebtens nie den Kampf für Frieden, Gerechtigkeit, Wahrheit und Liebe aufgeben. Nun«, murmelte sie, »diesen Kampf habe ich schon lange aufgegeben, als ich in der wirklichen Welt zu leben begann.«

Sie ließ sich auf ihrem Stuhl zurücksinken, dann zerriss sie ihre Liste in kleine Fetzen und verstreute sie über den Tisch. »Das war's also. Kein einziges Ziel verwirklicht.«

Marianne tätschelte ihre Hand. »Du bist Fotografin, und das hast du immer sein wollen.«

»Du bist eine gute Fotografin.« Julia sah auf, als Steve vor ihr stand. »Ich lese den *Chronicle*, und ich habe deine Arbeiten gesehen.«

Andere murmelten Zustimmung, offenbar kauften viele den *Chronicle*. Die Sonntagsausgabe mit ihrem Promi-Magazin war die bestverkaufte Sonntagszeitung der Insel. Aber die Tatsache, dass ihre früheren Schulfreunde ihre Arbeiten gesehen hatten, bot Julia nur schwachen Trost, denn die meisten Fotos waren keine Herausforderung für sie gewesen.

»Du bist dran, Steve«, sagte sie. »Du bist der Einzige, der seine Liste noch nicht vorgelesen hat.«

Er ging an seinen Platz zurück, blinzelte einige Male und hob seine Liste. »Erstens Uni.« Er blickte zum Tisch und sagte fast verlegen: »Ziel erreicht. Zweitens ein Jahr lang reisen. Das habe ich getan. Drittens Job bei einer Baugesellschaft, um das Geschäft von der Pike auf zu lernen. Das habe ich getan. Viertens Gewicht reduzieren. Fünftens Unschuld verlieren.« Sein Blick flackerte ganz kurz zu Julia. »Das habe ich auch erreicht. Obwohl das mit dem Gewicht leichter war als das mit der Unschuld.«

Julia trat mit dem Fuß gegen Mariannes Schienbein, damit sie ihr Kichern einstellte.

»Sechstens eigene Firma. Ein Grundstück kaufen, ein Haus darauf bauen und den Gewinn als Investition in mehr Grundstücke stecken.« Er legte eine kurze Pause ein. »Nun, das Haus habe ich nicht gebaut.«

»Ah, Mr. Perfekt hat also doch nicht alles erreicht!«, rief Marianne.

»Mein Vater starb und hinterließ mir eine Menge Geld. Ich habe ein viel größeres Stück Land gekauft, als ich mir hätte erlauben können, und darauf habe ich zwanzig Häuser gebaut.« Das Lachen blieb den anderen im Hals stecken. »Das Geschäft blühte. Ich habe alle Häuser verkauft und habe mitten in Glasgow ein Grundstück gekauft, das noch nicht erschlossen war. Ich habe ein Parkhaus darauf gebaut. Damit habe ich so viel Geld verdient, dass ich wieder mehr Land kaufen konnte und habe es an einen Hotelbetreiber verkauft – und so ging es weiter.«

»Das hört sich alles ganz einfach an«, sagte jemand. Julia musste zustimmen. Es klang wie das Abhaken einer Einkaufsliste.

»Ich hatte Glück«, gab Steve zu. »Ohne die Erbschaft hätte es länger gedauert, bevor ich das hier geschafft hätte.« Er faltete seine Liste zusammen. »Das war's.«

»Aber das waren nur sechs Punkte«, rief Marianne. »Was ist mit Nummer sieben?«

Er sah sich schuldbewusst im Salon um. Selbst im trüben Schein der wenigen Lampen konnte Julia das Unbehagen in seinen klaren Augen sehen. »Das kann ich nicht vorlesen. Ich habe das noch nicht realisiert.«

»Aha!«, rief Marianne triumphierend. »Endlich ein Versagen in deinem perfekten Leben. Aber du musst es trotzdem vorlesen.«

Er faltete die Liste weiter, bis sie so klein geworden war, dass sie sich nicht mehr falten ließ. Er blickte Julia an und sagte: »Das kann ich nicht.«

Marianne stand auf und ging auf ihn zu. Die Hände in die Seiten gestemmt, blieb sie herausfordernd vor Steve stehen. »Komm schon. Alle anderen haben zu ihrem Versagen gestanden.«

Besorgt sah Steve auf die gefaltete Liste in seiner

Hand. »Das ist eine persönliche Sache, die ich nicht vorlesen kann.«

Marianne streckte ihre Hand aus. »Gib sie mir, dann lese ich es vor.«

Steve schüttelte den Kopf. Marianne griff blitzschnell nach der Hand, die das Papier hielt, aber Steve packte ihr Handgelenk und stieß es heftig zurück. »Lass das sein, Marianne!« Sein Blick war so heftig wie sein Stoß. »Ich werde den letzten Punkt nicht vorlesen, und dabei bleibt's.«

Geschockt von seiner Reaktion ließ Marianne von ihm ab. Sie stolperte zurück zu ihrem Platz, und Steve sah wieder hinüber zu Julia. Aber die Spannung, die sie eben noch in sich gespürt hatte, war abgeflaut. Steve schien einen Stacheldrahtzaun um sich errichtet zu haben. Alle am Tisch empfanden das so, alle fühlten sich unbehaglich.

»Nun«, sagte Steve, »es sieht so aus, als hätte ich die Party gesprengt.«

»Das ist doch nichts Neues!«

Er starrte Marianne an, von der (natürlich) dieser Ruf gekommen war. »Dann schlage du doch vor, was wir jetzt tun sollen, schließlich bist du immer schon die Partylöwin gewesen.«

»Wie wäre es mit Schwimmen im See?«

Draußen war es noch hell. Der Himmel zeigte die Streifen der untergehenden Sonne: Purpurn, pink und orangen.

Julia ging neben Steve. Sie folgten dem Pfad auf der Rückseite des Schlosses hinunter zum Wasser. Die anderen rannten an ihnen vorbei, laut kreischend die meisten, und einige taumelten auch schon bedenklich den Hügel hinunter.

Es war ein gutes Gefühl, allein neben Steve zu schreiten. Wie in alten Zeiten, und doch ganz anders. Sie blickte zu ihm hoch. Er schien tief in Gedanken versunken.

»Bist du oft hier?«

Er blieb stehen, schaute zurück zum Schloss und lächelte. Dann sah er wieder Julia an, und sein Lächeln vertiefte sich. »Willst du mir ein Gespräch aufschwatzen?«

Sie versank in der Wärme seiner Augen. »Das ist mein Satz von früher, den kannst du nicht einfach übernehmen. Also, kommst du oft her?«

»Nicht oft genug. Meine Geschäfte nehmen viel Zeit in Anspruch. Dies ist mein erstes freie Wochenende seit … seit fünf Monaten.«

»Hört sich an, als ob du hart arbeitest.«

Steve hob die Schultern. »Es ist harte Arbeit. Aber das habe ich immer gewollt.« Er senkte den Kopf.

»Du scheinst deiner Sache nicht ganz sicher zu sein.« Julia legte eine Hand auf seinen Arm. Sie sah auf den gesenkten Kopf, bemerkte den abgewandten Blick und erkannte in diesem Moment, dass er trotz seiner äußerlichen Veränderungen immer noch der unsichere Junge war, den sie vor sieben Jahren gekannt hatte.

»Du bist nicht glücklich, nicht wahr?«

Er wandte das Gesicht ab. Unten am See fanden sich Pärchen in der untergehenden Sonne. Steve schien sich in sich selbst zurückzuziehen. Julia sah ihn wieder an, aber er schaute immer noch auf den Boden.

»Steve?«

»Ich werde glücklich sein, wenn ich das letzte Ziel auf meiner Liste erreicht habe. Das ist mein wichtigster Punkt. Ohne ihn hat alles andere keine Bedeutung.« Seine Stimme klang sanft und voller Sehnsucht.

»Willst du mir sagen, was für ein Punkt das ist?«

»Später.« Ihre Blicke trafen sich. »Wenn wir allein sind.«

Unwillkürlich flatterten ihre Lider. »Werden wir denn später allein sein?«

Er drückte ihre Hand. »Das hoffe ich.«

Julia hielt den Atem an. Seine Worte vibrierten noch lange in ihrem Kopf. Ihre Pussy zog sich voller Erwartung zusammen.

»Julia! Julia! Komm hier runter!«

Julia hielt Steves Hand, als sie weiter den Pfad hinunter gingen und die anderen am Ufer trafen. Einige waren schon im Wasser und stöhnten auf, weil die kalte Temperatur ihnen den Atem raubte. Andere zögerten noch und suchten nach Entschuldigungen.

Als Julia ihre Freundin sah, hatte Marianne ihre gierigen Hände auf Brians kleine knackige Backen gelegt. Julia betrachtete den drahtigen Körper, bevor sie Marianne stumm gratulierte. Brian war genau so, wie Marianne ihre Männer wünschte – stark, kräftig und muskulös. Marianne grinste zurück – anzüglich und voller böser Gedanken. »Springst du rein, Jules?«

Julia blickte zu Steve auf. »Willst du?«

Er schüttelte den Kopf. »Ich weiß, wie kalt das Wasser ist.«

»Nun komm schon«, quengelte Marianne. »Sei kein Spielverderber.«

Steve setzte sich. Er ignorierte Marianne und lächelte Julia zu. »Spring hinein. Ich schaue dir zu.«

Julia stand einen Moment unentschlossen da, überwältigt von ihren Gefühlen. Sie wechselten noch einige neckende Blicke, dann zog sie sich aus.

Sie begann mit dem Kleid, zog es lässig über den Kopf und ließ es auf den Boden fallen. Ihre Stiefel folgten. Als sie sich bückte, um sie zu öffnen, beobachtete sie die Richtung von Steves Blicken. Das Gras fühlte sich kühl an ihren Füßen an. Ihre Finger griffen unter den Strumpfhalter, dann rollte sie den einen, dann den anderen Strumpf hinunter. Sie langte hinter sich und öffnete den Büstenhalter aus Satin. Sie schob die Träger von den Schultern.

Steve schloss die Augen, als könnte er es nicht länger ertragen. Julia schob den Büstenhalter von den Brüsten, und Steve schaute nach rechts und nach links. Julia spürte einen eisigen Hauch zwischen den Schenkeln, als sie das winzige Höschen abstreifte. Im nächsten Augenblick war sie nackt, und Steve konnte jede Kurve ihres Körpers sehen, während sie flach atmete und seinen Blicken standhielt.

Marianne streckte ihre Hand aus und zog Julia aus Steves Blickfeld. Julia war zu schwach, um sich zu wehren, als sie tiefer ins Wasser gezogen wurde. Sie nahm Mariannes munteres Geplapper nicht wahr; es war, als befände sie sich in einer Luftblase, in der nichts anderes existierte als sie und Steves Körper.

Wie eine Schauspielerin in einer Nacktszene

wurde ihr jede Bewegung ihres Körpers bewusst. Gefühle rannen durch sie, die ihr vorher nie aufgefallen waren. Das sanfte Pendeln ihrer Brust, das Schwenken ihrer Hüften bei jedem Schritt, das Zusammenziehen der Nippel, wenn eine kleine Welle daran leckte. Das Gefühl von Macht, Steves Aufmerksamkeit zu erzwingen. Das Gefühl einer immer stärkeren Erregung, der scharfe Schmerz der Erwartung.

Der See war kalt, aber sie watete tiefer hinein. Sie neigte den Körper, bis das Wasser ihr Gewicht trug, dann begann sie mit sanften Schwimmzügen. Sie schwamm einer kleinen Gruppe entgegen und drehte sich auf den Rücken. Die kühle Luft über dem Wasser umschmeichelte ihre Brüste. Sie konnte Steves Blicke auf ihren Nippeln spüren, und seine Erregung brannten zwischen ihren Beinen.

Marianne spritzte mit Wasser, und Julia lachte und richtete sich neben ihr auf. Brian gesellte sich bei ihrem albernen Spiel dazu und blickte hungrig auf Mariannes gebräunte Brüste und dann auf Julias blasse, volle. Trotz der Kälte ragte seine Erektion wie ein mystisches Monster aus dem Wasser.

Julia fragte sich, welche Wirkung es auf Steve haben würde; jedenfalls hoffte sie, ihn damit ein bisschen ablenken und zerstreuen zu können, deshalb verwickelte sie Brian in einen Kampf. Sie drückten sich gegenseitig unter Wasser. Hände griffen glitschige Haut, es war ein kindliches, unschuldiges Spiel, begleitet von trunkenem Lachen.

Marianne drückte Julias Kopf unter Wasser. Als sie wieder auftauchte und nach Luft rang, blickte sie zu der Stelle, wo Steve sein sollte, aber er war nicht mehr da. Enttäuscht schob sie Brian von sich und schwamm davon, der Mitte des Sees entgegen.

Irgendwas berührte ihr Bein. Ohne sich zu vergewissern, was es war, drehte sie um und schwamm Richtung Ufer zurück. Steve stand wieder an seinem Platz und verteilte Badetücher, damit die Schwimmer sich trocken rubbeln konnten, wenn sie aus dem Wasser stiegen. Der junge Kellner bot auf einem Tablett heiße Grogs für die Gäste an. Man sah ihm an, dass er den Anblick der vielen nackten Frauen genoss.

Als Julia das seichte Wasser erreichte, richtete sie sich auf. Steve trat näher ans Ufer heran und entfaltete ein gewaltiges weißes Badetuch. Lächelnd ging Julia auf ihn zu, drehte sich um und schmiegte sich in seine Arme, während er das Badetuch um sie schlang. Er hielt sie fest an seinen Körper gedrückt, bis sie zu zittern aufhörte.

»Julia«, flüsterte er sehnsüchtig, »Julia, ich habe dich schon so lange begehrt.«

Sie seufzte zustimmend und legte den Kopf auf seine Schulter. Mit der linken Hand hielt Steve das Badetuch fest, mit der anderen Hand drückte er ihre Brüste. Er streichelte sie sanft, und der harte Nippel drängte sich zwischen seine Finger. Sie hörte seinen Atem laut in ihrem Ohr, als er ihr über die Schulter und auf seine Hand schaute.

Die Hand fuhr tiefer, glitt über ihren Bauch und weiter nach unten. Die Finger tauchten in das Feuer, das zwischen ihren Schenkeln brannte. Langsam streichelte er über ihr Geschlecht. Julia stöhnte und drehte sich um, damit sie ihn ansehen konnte.

Sie griff die Enden des Badetuchs und schlang die Arme um seinen Nacken, so dass auch Steve unter dem breiten, langen Tuch versteckt war. Steve blickte an ihr hinab und musste schlucken, als er ihre nackte Haut verinnerlichte, während er noch vollständig bekleidet war. Ihre Blicke trafen sich, und Julia las das Verlangen und die Dankbarkeit in seinen Augen, bevor er wieder ihre Brüste anschaute. Er strich mit ungläubigem Staunen über ihre Brüste, und die andere Hand stahl sich wieder zwischen ihre Schenkel.

Julia seufzte und öffnete die Beine. Er fand ihre warme Nässe. Ein Finger drückte sich zwischen die Labien und glitt an ihnen entlang, ehe er behutsam in sie eindrang. Ihre Pussy klammerte sich gierig um den Finger

Zuerst hörte sie das Piepen nicht, sie bemerkte nur, dass Steves Körper starr wurde. Dann war seine warme Berührung weg, und er langte in die Tasche seiner Jeans.

Er las die Nachricht auf dem Handy und schob es wieder in die Tasche. »Das ist mein Büro«, sagte er mit einem schweren Seufzer des Bedauerns. »Ich fürchte, ich muss ein längeres Telefongespräch führen.«

Julia blinzelte ungläubig. »Muss das sein? Ausgerechnet jetzt?«

Steve löste sich aus Julias Umarmung. »Es tut mir Leid. Ich hoffe, es wird nicht zu lange dauern.«

Er drückte seinen Handrücken gegen ihre Wange, und Julia schmiegte sich dagegen. »Beeil dich.«

Der Kellner stand neben ihr, als Steve gerade zurück ins Schloss eilte, und Julia nahm ein Glas des warmen goldenen Whiskygrogs. Sie trank ihn in einem Zug.

Zwei Stunden später war Steve immer noch nicht wieder bei ihr. Alle anderen waren auf ihre Zimmer gegangen, und Julia hatte Zeit, darüber nachzudenken, wie viele Teenagerromanzen aufgefrischt und wie viele alte Gegnerschaften endlich beendet werden konnten, vielleicht sogar mit einer Versöhnung im Bett. Ein wenig verloren starrte sie in das Feuer im Kamin des Salons. Der Butler hatte es eigens für sie angezündet.

Allmählich kamen ihr Gedanken, ob Steve seine Absicht geändert hatte. Er sah gut aus, war intelligent und offenbar wohlhabend, und wahrscheinlich hatte er längst eine Freundin. Vielleicht war die Nachricht von ihr gewesen. Oder hatten Gewissensbisse seine Erregung abgekühlt?

Dieser Gedankengang erinnerte sie an David. Doch das Bild seines Gesichts dämpfte nicht ihr Verlangen nach Steve. Seit er sie verlassen hatte, war ihr nicht mehr warm geworden, obwohl sie dem Kamin gegenüber saß. In seinen Armen war sie bis zum Siedepunkt erregt gewesen, und die plötzliche Leere hatte sie eiskalt zurückgelassen.

»Madame?«

Sie blickte vom hypnotisierenden Tanz der Flammen auf. Der Butler stand in der Tür. »Mr. Roth hat mich gebeten, Ihnen auszurichten, dass er das Telefongespräch beendet hat. Er schlägt vor, dass Sie auf Ihr Zimmer gehen.« Er hüstelte verlegen. »Mr. Roth wird Sie da besuchen.«

Wärme breitete sich in ihrem Körper aus. Ihre Beine schwankten ein wenig, als sie aufstand. Sie ließ den Butler stehen und ging die Treppe hoch.

»Tut mir Leid, dass es so lange gedauert hat.« Steve schloss leise die Tür hinter sich.

»Ich hatte dich fast schon aufgegeben.«

»Ich bin froh, dass du es nicht getan hast.« Er blieb vor ihr stehen. »Es tut gut, dich zu sehen, Jules.« Er hob eine Hand und streichelte ihre Wange. »Ich habe dich sehr vermisst.«

»Ich habe eine Zeit lang versucht, den Kontakt aufrechtzuerhalten«, sagte sie, »aber du hast meine Briefe nicht beantwortet.«

»Dafür gab es einen Grund.« Er streichelte über ihren Hals und Nacken.

Julia lächelte trocken. »Wie heißt sie?«

Steves Finger zupften am Kragen ihres Kleids. Er sah sehr ernst aus. »Es hat nie eine gegeben, die mir was bedeutet hat. Ich habe nie aufgehört, an dich zu denken, Julia.« Er drückte ihre Schulter, dann nahm er ihre Hand in seine. »Da gibt es was, was ich dir sagen möchte.«

»Ja?«

Er zog sie zum breiten Bett, und sie setzten sich nebeneinander. Julias Herz raste, als sie sah, dass Steve an ihr vorbei auf die Kissen schaute.

»Was ist das?«

Er beugte sich übers Bett und nahm einen mit Papier umkleideten zylinderförmigen Gegenstand in die Hand. Er zog das Papier ab und starrte verdutzt auf Mariannes ›kleinen Freund‹.

»Der gehört Marianne«, sagte Julia kichernd. »Sie hat ihn mir aus Jux hingestellt.«

Steve rollte das Papier auseinander. ›*Ich werde ihn nicht brauchen. Ich hoffe, du auch nicht. Genieße deine letzte Chance.*‹

Seine Augen verzogen sich zu Schlitzen, als er sie ansah. »Letzte Chance? Was bedeutet das?«

Verlegen drehte Julia an ihrem Verlobungsring. »Ich … eh … ich heirate in zwei Wochen. Aber das heißt nicht, dass wir nicht …«

Steve stand abrupt auf und bedeutete ihr, den Mund zu halten. Er stand da, wandte ihr den Rücken zu und hob die Arme. »Du heiratest?«

»Ja.«

»Wen?«

»Du kennst ihn nicht.«

»Wer ist es?«

»David Tindall. Er ist Schauspieler.«

»Ich kenne ihn. Er spielt einen Tierarzt.«

»Wieso hast du Zeit zum Fernsehen?«

»Habe ich nicht. Aber ich lese die Zeitungen. Er steht immer im *Chronicle*. Hast du ihn über die Zeitung kennen gelernt?« Er drehte sich um und sah sie an. »Groß, blond und attraktiv, nicht wahr?«

Julia nickte.

»Wie lange seid ihr schon zusammen?«

»Eh …« Sie hätte ihn gern belogen, aber sie konnte es nicht. »Seit sechs Wochen.«

Seine Augenbrauen hoben sich, dann folgte ein schwerer Seufzer. Sein Körper schien in sich zusammen zu sacken. »Seit sechs Wochen«, wiederholte er, Verbitterung in der Stimme. Er setzte sich wieder aufs Bett, aber diesmal mit etwas mehr Abstand zu

Julia. »Ich habe sieben Jahre gewartet, um es dir zu sagen, und dann bin ich sechs Wochen zu spät.«

Ein eisiger Schauer lief über Julias Rücken. »Was willst du mir sagen?«

»Das spielt jetzt keine Rolle mehr.« Seine Augen glänzten feucht. »Ich dachte, ich hätte alles so überlegt geplant. Ich hätte es wissen müssen. Ich hätte mir denken können, dass du schon einen anderen hast.«

»Steve.« Julia griff nach seiner Hand, aber er zuckte zurück.

»Bitte, fass mich nicht an.« Unendliche Traurigkeit bewölkte seine Augen. »Ich will nicht, dass du es mir noch schwerer machst.«

»Steve, wir können diese Nacht trotzdem zusammen sein.« Sie berührte sein Knie mit einem Finger. »Ich weiß, dass du es willst. Und ich will es auch.« Sie lehnte ihre Stirn gegen seine. »Steve, mach Liebe mit mir.«

Er schloss die Augen und senkte den Kopf. Er wollte einen Moment mit seinen Gedanken allein sein. Als er wieder aufschaute, waren seine Augen so hart wie die Granitmauern seines Schlosses.

»Ich glaube, es ist ziemlich offensichtlich, dass ich die Nacht gern mit dir verbringen würde. Ich habe diesen Tag seit … nun, seit langer Zeit geplant. Aber ich habe in meine Planungen nicht einbezogen, dass du verlobt sein könntest. Egal, wie sehr ich es tun möchte, Julia … ich kann nicht. Es wäre nicht in Ordnung. Es wäre David gegenüber nicht fair. Oder dir gegenüber.« Er hob beide Hände, als sie etwas einwenden wollte. »Und es wäre mir gegenüber nicht fair.«

»Was meinst du?«, flüsterte sie.

»Ich möchte in deiner Erinnerung nicht die letzte Chance sein.«

»Steve?« Julia wandte sich ihm zu, griff an sein Knie und flehte mit jeder Faser ihres Körpers.

Er schüttelte den Kopf und wich ihrem Blick aus, als wäre sie eine Sirene, die ihn mit einem Augenaufschlag verführen könnte, wenn er nicht aufpasste. »Nein, Julia.«

»Oh, Gott.« Jetzt war es Julia, die aufstand und unruhig im Zimmer auf und ab ging. Sie fuhr sich mit gespreizten Fingern durch die Haare. »Ich weiß nicht, was ich sagen soll. Ich war noch nie so erregt wie unten am See, als du mich gestreichelt hast. Ich habe noch nie jemanden so begehrt, wie ich dich jetzt begehre.« Sie blieb vor ihm stehen. »Sieh mich an. Ich zittere am ganzen Leib.« Sie fuhr mit den Händen über seine Brust. »Wenn du nicht mit mir schlafen willst, dann berühre mich wenigstens, wie du mich unten am See berührt hast.«

Er schob ihre Hände weg. »Liebst du David?«, fragte er und sah ihr in die Augen.

Ihre Augenlider flatterten nervös. »Was für eine seltsame Frage. Ich heirate ihn.«

»Dann werde ich dich nicht anfassen.« Er verschränkte die Hände in seinem Schoß, als hätte er sein letztes Wort gesprochen. »Warum streichelst du dich nicht selbst?«

»Bitte?«

Er zögerte, sah ihr in die Augen und entdeckte dort Nervosität und Erregung. »Berühre dich selbst«, wiederholte er.

Es war Julia, als stünde sie am Rand des Wahnsinns. Steves geflüsterter Vorschlag war genau der Anstoß, den sie brauchte, um das Verlangen zu bannen, das ihren Körper heimsuchte. Sie würde sich für ihn streicheln und ihm ihre heimliche Lust zeigen. Er würde sie lieben, ob es nun richtig war oder nicht.

Julia glitt mit den Handflächen über ihre geschwollenen Brüste, über die Hüften und hinunter zum Saum ihres Kleids. Sie hob den Po vom Bett und streifte den braunen Stoff ab und ließ ihn zum zweiten Mal an diesem Abend auf den Boden fallen.

Sie senkte den Kopf und sah, wie ihre Finger über den schwarzen Satin des Büstenhalters glitten. Unter dem glänzenden Gewebe richteten sich die Nippel auf. Sie kreiste die Finger leicht über die Erhebungen und kratzte mit den Fingernägeln darüber. Sie drückte die Brüste zusammen und vertiefte das Tal dazwischen.

Die Finger schlüpften unter den Stoff und nahmen die Brüste aus den Körbchen. Steves leises Stöhnen empfand sie als Belohnung. Sie drückte die Nippel zwischen Daumen und Zeigefinger, zupfte sie, bis sie noch dicker geworden waren und sich auf Steve richteten, den Quell ihres Verlangens.

Sie setzte sich aufrecht hin, den Rücken gewölbt. Eine Hand glitt weiter hinunter. Julia rutschte zum Bettrand und öffnete die Schenkel, während sie mit der Hand unter ihr Höschen fuhr. Sie glitt mit gespreizten Fingern durch die krausen Haare und berührte die klammen Lippen ihres Geschlechts, geschwollen und leicht geöffnet. Ihr Mittelfinger drang in ihre warme Nässe ein. Sie stöhnte und sagte Steve, sie stellte sich vor, es wäre sein Finger, der in sie eindrang.

Sie sah hoch zu Steve, dessen Atem schwer wurde. Er starrte gebannt auf den schmalen Satinstreifen, der ihre Pussy bedeckte. Seine Augen weideten sich an den blassen Innenseiten ihrer Schenkel, auf denen ein sanfter Flaum bräunlich schimmerte. Winzige Härchen lugten seitlich aus dem Höschen hervor. Wie hypnotisiert starrte er auf die leichten Bewegungen der Hand unter dem hauchdünnen Stoff.

Die inneren Muskeln klammerten sich um ihren Finger. Julia badete in der Sinnlichkeit des Moments. Während sie sich vorstellte, dass es sein Finger war, der ihr diese Lust verschaffte, saß er nur eine Armlänge von ihr entfernt, ganz sicher auch von diesen Gedanken beseelt.

Julia zog den Finger aus der heißen Enge zurück und rieb die Nässe über den kleinen Knopf ihrer Klitoris, die sofort unter den kreisenden Bewegungen der Fingerspitze zu wachsen begann. Die Nervenenden erwachten zu neuem Leben und quollen auf.

Julia stieß laute Stöhngeräusche aus. Sie verstärkte den Druck auf die empfindliche Knospe, und die Muskeln der Schenkelinnenseiten zuckten vor Entzücken.

»Hier, du kannst das benutzen.«

Er hielt ihr Mariannes Spielzeug hin. Außer sich vor Lust und entschlossen, Steve die Kraft ihres Verlangens zu demonstrieren, zögerte Julia keine Sekunde. Sie griff nach dem dicken schwarzen Schaft und rutschte zur Bettmitte. Sie streifte sich das feuchte Höschen ab, kniete sich hin, setzte sich auf die Fersen und spreizte ihre Knie.

Ohne den Vibrator einzuschalten, schob sie ihn zwischen ihre Beine. Sie rieb die kühle Länge hin und her, öffnete die nassen Labien, seufzte und spürte das unerträgliche Pochen der Klitoris, die sich vernachlässigt fühlte.

Sie schaltete das Gerät ein und hörte ein leises Summen. Julia hob den Po von den Fersen und richtete die glatte, konische Spitze auf das Dreieck ihrer Schamhaare. Sie sah den Tau auf ihren geschwollenen Labien, die sich zuckend öffneten, als die Spitze sie berührte. Langsam ließ sich Julia sinken.

Das Summen vibrierte tief in ihrem Körper, während sie sich die synthetische Freude einverleibte. Julia besaß keinen Vibrator, aber sie verstand sofort, warum Marianne sich zu ihrem ›Freund‹ so hingezogen fühlte. Das Erlebnis war ausfüllend erfüllend. Sie setzte sich wieder auf die Fersen und drehte am Ende des Schafts, um die Vibrationen zu verstärken.

»Das ist unglaublich.«

Ihr Herz setzte fast aus, als sie Steves gepresste Stimme hörte. Er sah wie unter Schmerzen aus und schien nicht genau zu wissen, wo er zuerst hinsehen sollte, auf die tanzenden Brüste, die klaffende Pussy, die sich leicht bewegende Hand, das gerötete Gesicht mit den leicht geöffneten Lippen und den glänzenden Augen …

»Du siehst so schön aus. Wie fühlt es sich an? Bitte … sage es mir«, bettelte er.

»Ich fühle mich … fantastisch«, stammelte sie. »Aber ich wünschte, es wäre mit dir.«

Sie schob den Stab, jetzt glitschig von ihren Säften, noch tiefer in sich hinein. Sie warf den Kopf in den Nacken. Sie verstärkte das Tempo ihres Handgelenks, stieß tiefer und wilder zu und ritt sich dem Orgasmus entgegen.

Als der Orgasmus die Kontrolle über ihre Sinne ausübte, nahm sie wie aus weiter Ferne wahr, dass Steve näher an sie herangerückt war. Und dann, wie so viele Male vorher, sah sie nur noch ihn, spürte seine Gegenwart und nichts anderes. Sie spürte seine Fingerspitzen auf ihren, die den Vibrator hielten, den sie jetzt wie im Unterbewusstsein ausschaltete. Sie sah Steves blasse Augen, die sie dankbar anschauten, benommen von dem Erlebnis, an dem sie ihn hatte teilhaben lassen.

Gepackt von seinen Blicken wie von der Wucht ihres Orgasmus blieb sie eine kleine Ewigkeit reglos liegen. Sie starrten einander an und kommunizierten lautlos, wie sie es früher immer getan hatten, weil der eine die Gedanken des anderen kannte. Langsam lösten sich die Blicke, und sie betrachteten einander. Erst jetzt gewahrte sie, dass Steve masturbiert hatte. Er war offenbar nicht fertig geworden, denn sein langer dicker Schaft ragte noch stolz vom Schoß hoch. Julia riss bewundernd den Mund auf.

»Was ist denn?«, fragte er und folgte ihrem Blick. Er löste die Hand von ihrem Handgelenk, als hätte er sich an ihrer Haut verbrannt hätte.

»Nichts.« Sie lächelte. »Es ist nur ... also, Marianne hat eine Theorie, dass intelligente Männer ... ich meine, dass sie nicht so gut bestückt sind. Du bist offenbar die Ausnahme.«

»Hältst du mich für intelligent?« Steve fummelte

an seinem Hosenstall herum und wollte die Erektion wieder in die dunkle Jeans zurückdrücken. »Tatsache ist, dass ich absolut dumm bin. Unglaublich dumm. Ich habe noch keinen getroffen, der so dumm ist wie ich.«

Julia lachte unsicher. »Wovon redest du?«

Er starrte auf seine Hände. »Ich dachte, ich hätte alles bedacht. Ich habe gewartet, bis alles perfekt war.« Jetzt sah er sie an. »Ich habe so lange gewartet, bis ich meine Chance vertan habe.« Er stand auf.

»Wohin gehst du?« Julia spürte, wie die Lust von Panik ersetzt wurde. Sie wollte nicht den Vibrator, sie wollte ihren alten Freund. Diesen ernsten, scheuen Jugendlichen, aus dem ein ernster, scheuer, schöner Mann geworden war.

Aber er stand schon an der Tür. »Gute Nacht, Julia.«

»Geh nicht, Steve, bitte.« Er drückte die Türklinke. »Du kannst nicht gehen. Du hast mir noch nicht gesagt, was dein letztes Ziel auf deiner Liste ist. Du hast versprochen, es mir zu sagen.«

»Das spielt jetzt keine Rolle mehr«, murmelte er und ging hinaus.

4

Lügen

»Marianne, steh auf, jetzt sofort.«

Julia zog die Vorhänge zurück, und Marianne grunzte sich ins Bewusstsein. »Wie spät ist es?«

»Zeit zu gehen. Komm.«

Marianne wand sich aus Brians kräftigen Armen und richtete sich mühsam auf. Sie schlug eine Hand gegen die Stirn, als sie auf die Uhr auf dem Nachttisch sah. »Fünf Uhr.« Sie sah Julia anklagend an. »Fünf Uhr! Was ist in dich gefahren, mich um fünf Uhr zu wecken?« Ihre Worte zogen sich noch etwas in die Länge, aber sie wurde allmählich wach.

Julia stampfte durchs Zimmer und trat ans andere Fenster. Auch dort zog sie die Vorhänge zurück. »Ich muss heute zu Davids Eltern zum Essen. Wenn wir jetzt fahren, schaffe ich es noch.«

»Was?« Mariannes schönes Gesicht zeigte schläfrige Verwirrung.

»Komm«, drängte Julia. »Gehen wir.«

Marianne wies mit dem blonden Kopf auf ihren Schlafpartner. »Und ihn verlassen? Du machst wohl Witze.«

Brian war ein Schatz. Er lag fast quer im Bett,

bäuchlings. Seine dunkle Haut glänzte im frühen Morgenlicht.

Julia konnte keinen Moment länger im Schloss ertragen, auch nicht für ihre Freundin. Es hatte sie schon mächtige Überwindung gekostet, sie nicht mitten in der Nacht zu wecken, nachdem Steve sie so schnöde in ihrem Zimmer zurückgelassen hatte. »Es tut mir Leid. Lass dir seine Telefonnummer geben.«

Marianne hob wütend eine fein gezupfte Augenbraue. »Warum diese Hast? Was ist eigentlich los?«

»Nichts. Aber ich muss weg. Bitte, Marianne. Ich muss hier raus. Sofort.«

Eine Stunde lang saß Marianne in einem Schweigen da, das zum dritten Ärgernis für Julia wurde, zur dritten Katerstimmung und zu einer dritten Erschöpfung führte. Sie musste navigieren und fahren, was schon schwierig genug war, und als sie sich einige Male für die falsche Abzweigung entschied, quittierte Marianne das mit einem schläfrigen Grunzen. Kaum hatte Julia endlich die Autobahn erreicht, schlief die Beifahrerin ein.

Ein paar Stunden später, zu einer Zeit also, die Marianne immer noch als früher Morgen bezeichnet hätte, bog Julia zum Frühstück auf eine Raststätte ab. Ihre Freundin wachte auf, als der Motor abgestellt wurde.

»So«, fauchte Marianne, nachdem sie sich mit einem Teller mit Wurst, Speck und Eiern sowie mit einer Kanne Kaffee fit für den Tag gegessen und getrunken hatte, »wirst du mir jetzt endlich sagen, was los ist?«

Julia starrte dumpf auf die Krümel auf ihrem Teller und wusste nicht, womit sie beginnen sollte. Sie wusste ja selbst nicht, was los war. Geistesabwesend drehte sie ihren Verlobungsring. Sie stieß einen lauten Seufzer aus.

»Jules?«

Sie griff nach ihrem Kaffee, aber ihre Hand zitterte so sehr, dass sie die Tasse sofort wieder abstellen musste.

»Julia?« Marianne legte eine Hand um das Gelenk der Freundin. »Du zitterst ja. Was ist mir dir?« Ihr Mund, bisher ein harter Strich, wurde weich, und ein besorgter Ausdruck trat in ihre Augen. »Du siehst schrecklich aus. Sage mir, was los ist.«

»Ich weiß es nicht.« Julia hob die Schultern. Der ganze Rücken war verspannt. »Ich habe keine Ahnung.«

Marianne beugte sich über den Tisch. »Warum fängst du nicht damit an, warum wir mitten in der Nacht aus dem Schloss fliehen mussten? Ich hatte mich auf einen kuscheligen Morgen mit Brian gefreut.«

Julia blinzelte schuldbewusst. »Ja ... das tut mir Leid.«

»Entschuldige dich nicht, aber sage mir, was vorgefallen ist.«

Julias Braue zuckte. »Es ist Steve. Ich konnte es nicht ertragen, ihn heute Morgen zu sehen.«

Mariannes Augen weiteten sich. »Warum? Was hat er getan?«, fragte sie gepresst.

»Nichts«, antwortete Julia und sah sich im Café um. Viele gesichtslose Reisende. Sie liebte es, Leute zu beobachten; Flughäfen eigneten sich am besten dazu. Tausende Fremde, die sich zufällig begegneten und einen gemeinsamen Moment in ihrem Leben teilten, ohne es wahrzunehmen.

»Was meinst du mit nichts?« Marianne drückte Julias Finger. »Ihr zwei habt euch unten am See doch so gut verstanden.« Sie zwinkerte. »Ich habe euch gesehen. Und ich habe auch gesehen, was unter dem Badetuch ablief.«

Julia lächelte in liebevoller Erinnerung. »Wenn er nur nicht hätte telefonieren müssen.«

»Hast du ihn danach nicht mehr gesehen?«

»Oh, doch. Er kam in mein Zimmer. Er sagte, er wollte mir was sagen.« Ihre Finger lösten sich von Mariannes, dann griff sie mit beiden Händen zur Kaffeetasse. »Ich glaube, er wollte mir sagen, dass ich das siebte Ziel auf seiner Liste war.«

»Ach? Beim Essen hat er sich doch so sehr darüber aufgeregt. Und? War das sein großes Geheimnis?«

»Ich weiß es immer noch nicht.« Julia schniefte. »Unsere Unterhaltung trieb in eine andere Richtung.« Ihre Augen wurden feucht. Sie schüttelte den Kopf. »Es war wirklich ein bizarrer Abend.«

»Erzähl schon weiter. Was ist passiert?«

Julia erzählte es ihr. Einige der Einzelheiten blieben im Nebel, untergetaucht im Wein, den sie am Abend getrunken hatte, und in der Intensität der Situation. Aber sie vermittelte ihre Verzweiflung, wie Steve sie erregt und dann zurückgewiesen hatte.

Als sie alles erzählt hatte, setzte sie sich zurück und wartete auf das Urteil der Freundin.

Marianne nickte. »Jetzt verstehe ich auch, warum er nach dem Abendessen so wütend auf mich war.«

»Ja?«

»Begreifst du denn nicht? Sein letztes Ziel, das er nicht verraten wollte, hatte was mit dir zu tun. Als er hörte, dass du bald heiratest, war sein Plan ruiniert, dich flachzulegen.« Marianne drückte eine Hand vor den Mund. »Oh, verdammt. Entschuldige, Julia. Es ist alles meine Schuld, nicht wahr?«

»He?«

»Wenn ich dir nicht den Zettel geschrieben hätte, wärst du nicht in die Verlegenheit geraten, ihm von deiner Hochzeit und von David zu erzählen. Dann hättest du deine letzte Chance vor der Hochzeit haben können.«

Julia nickte. »Ja, stimmt. Dein kleiner Freund kam mir dann doch noch sehr gelegen. So klein ist er übrigens nicht. Ich werde ihn behalten.«

»Was?« Marianne riss in gespieltem Entsetzen den Mund weit auf.

»Das ist das geringste Opfer, das du bringen kannst, nachdem du mir mit Steve die Tour vermasselt hast.«

»Er muss die Willenskraft eines Heiligen haben«, murmelte Marianne. »Ich habe noch nie gehört, dass eine bevorstehende Hochzeit sich in den Weg spontaner Lust stellt.«

»Ich habe dir gesagt, dass Steve anders ist.«

»Ja, das kann man wohl sagen.« Marianne starrte in die Ferne, und ein Lächeln umspielte ihre Lippen. Julia sah, dass auch Marianne beeindruckt davon war, wie sehr sich Steve seit der Schulzeit verändert hatte.

Plötzlich fragte die Freundin: »Und was ist mit David?«

»Was soll mit ihm sein?«

»Zuerst Leon Spatz, dann Steve. Du bist auf eine beängstigende Weise zur Untreue bereit. Wenn man bedenkt, dass du in zwei Wochen die Ringe tauschen willst ...« Sie beugte sich vor und sah Julia tief in die Augen. »Willst du mir sagen, dass du immer noch keine Zweifel hast?«

»Ich liebe David«, murmelte Julia und wich Mariannes Blick aus. »Er ist alles, was ich je in einem Mann haben wollte. Ich habe jetzt nur das übliche Nervenflattern vor der Hochzeit. Ich wollte sicher sein, die richtige Entscheidung getroffen zu haben.« Sie klatschte die flachen Hände auf den Tisch. »Dieses Wochenende hat mich überzeugt. Deshalb musste ich Hals über Kopf aus dem Schloss fliehen. Ich kann es nicht erwarten, David wiederzusehen. Er wird begeistert sein, wenn ich rechtzeitig zum Essen bei seinen Eltern bin.«

Marianne bedachte sie mit einem Blick, der besagte, dass sie ihr kein Wort glaubte.

Als sie in Oxford eintraf, war sie völlig erschöpft. Auch der Käfer hörte sich erschöpft an und dröhnte laut – zu viele Kilometer in zu wenigen Tagen. Julia drehte das Fenster hinunter, als sie den Weg durch die Vorstadt fuhr, in der David aufgewachsen war. Der Fahrtwind machte sie wieder munter, aber trotzdem würde es schwierig sein, beim Essen höflich zu plaudern und wach zu bleiben.

Sie bog in die breite Einfahrt ein, die zu dem

Haus im imitierten Tudorstil gehörte. Die ganze Siedlung war in diesem Stil gebaut, symmetrische Reihen von Häusern mit pedantisch gepflegten Vorgärten und fein gestutzten Hecken. So sieht das bürgerliche Leben also von außen aus, dachte Julia und zementierte ein Lächeln. Und in dieser Umgebung würde sie von nun an die Sonntage verbringen.

Sie stand vor der Tür und atmete tief ein. Sie hob ihr Kinn und konnte nur hoffen, dass David nicht seine Pläne geändert hatte und zu Hause geblieben war.

»Julia! Wie wunderbar, Sie zu sehen! Wir haben gar nicht mit Ihnen gerechnet, aber was für eine großartige Überraschung.«

Julia küsste ihre zukünftige Schwiegermutter auf das perfekt aufgetragene Rouge und hielt den Atem an, um nicht vom Blümchenparfüm betäubt zu werden. »Ich hoffe, ich richte kein Durcheinander an, Yvonne.«

»Aber nein, meine Liebe. Wir waren sehr traurig, als David uns sagte, Sie könnten nicht kommen. Schau mal, James, wer hier ist!«

James kam aus dem Wohnzimmer; gehobene Mittelklasse mit Pringle Pullover, Pantoffeln und Pfeife. »Julia! Wie schön, dass Sie es doch noch geschafft haben.«

»Julia?« David war seinem Vater an die Tür gefolgt, das Gesicht völlig verdutzt. »Ich dachte, du würdest erst spät am Abend zurückkommen.«

»Bin ich aber nicht«, sagte Julia und lächelte ihn an. Sie schlang die Arme um seinen Nacken und küsste ihn. »Ich habe dich zu sehr vermisst.«

Die Schwiegereltern fanden das zum Applaudieren und zogen sich in die Küche zurück, um die Turteltauben nicht zu stören.

»Wie war das Klassentreffen?«

Julia schürzte die Lippen. »Schrecklich langweilig. Du weißt ja, wie so was abläuft. Ich konnte es nicht erwarten, endlich abhauen zu können.«

David schüttelte in glücklicher Ungläubigkeit den Kopf. »Ich bin so froh, dass du das getan hast.« Er küsste sie auf die Stirn. »Mum wird beeindruckt sein«, flüsterte er dankbar. Dann betrachtete er sie ausgiebig. »Dieses Kleid habe ich noch nicht gesehen.«

Es war das Kleid, das sie eigens fürs Klassentreffen gekauft hatte. Das Kleid, das sie für Steve ausgezogen hatte. »Ich habe es erst vor ein paar Tagen gekauft.«

»Du siehst fantastisch darin aus.«

»Ich freue mich, dass es dir gefällt.«

James steckte den Kopf durch die Tür. »Das Essen wird serviert.«

Das Essen war schmackhaft und ohne Überraschung. Zartes Hühnchen, knusprige geröstete Kartoffeln, Rosenkohl und Möhren, dazu angestrengte Unterhaltung. Yvonne überschüttete David mit mütterlicher Vorsorge. Sie hatte ihn zuletzt im Fernsehen als sehr mager empfunden und fragte sich, ob er genug zu essen bekomme. James konzentrierte sich auf seinen Teller, ab und zu brummelte er zustimmend, wenn seine Frau ihn dazu aufforderte. Julia beteiligte sich so gut es ging an der Unterhaltung, ganz die ehrerbietige Schwiegertochter. Aber unter dem gefassten Äußeren brodelte es in ihr. In ihrem Kopf lief eine Diaschau ab. Steves Arme um ihren Körper. Seine Finger in ihrem Mund. Zwischen ihren Labien. Seine Blicke auf ihren nackten Brüsten. Plötzlich, als ihr einfiel, dass sie sich nicht geküsst hatten, kochte sie über.

»Ist das dein Telefon, David?«

Alle hörten auf zu essen und lauschten. »Ich höre nichts«, sagte David.

»Ich bin sicher, es war der Klang deines Handys. Wo ist es?«

»In meinem Jackett. Es hängt im Flur.«

Julia entschuldigte sich, stand auf und lief hinaus. Im kühlen Flur warf sie einen Blick in den hohen Spiegel. Im Licht, das durchs Fenster hereinfiel, glühte ihr Haar, als stünde es in Flammen. Sie fuhr mit den Händen über die Brüste und drückte sie zusammen. In ihrem V-Ausschnitt entstand eine tiefe fleischige Kerbe. Eine Hand griff unbewusst zwischen ihre Beine.

»David«, rief sie. »Dein Agent ist am Telefon.«

Er stolperte aufgeregt in den Flur, Eifer übers ganze Gesicht. »Ist es wegen des Werbespots? Habe ich ihn?«

»Pst.« Sie legte einen Finger senkrecht über seine Lippen, dann nahm sie das Handy aus seiner Jacketttasche und hielt es an sein Ohr. Seine buschigen Brauen zogen sich verdutzt zusammen. »Was ist denn los?«, flüsterte er.

»Draußen hast du den besseren Empfang«, sagte sie laut. »Geh in den Garten«, flüsterte sie ihm zu. »Du musst so tun, als telefoniertest du mit deinem Agenten.« Sie packte ihn an den Schultern und drehte ihn zur Terrassentür. Sie gerieten ins Blickfeld seiner Eltern, und Julia sagte ihnen: »Es knackt in der Leitung. Essen Sie doch bitte weiter. Sein Agent ist am Telefon, es könnte länger dauern.«

Die plötzliche Hitze der Sonne löste bei Julia eine Gänsehaut aus. Sie fasste an Davids Ellenbogen und führte ihn ans Ende des Gartens, wo ein kleiner Schuppen stand. Sie waren vom Haus aus nicht mehr zu sehen, deshalb nahm sie David das Handy ab.

»Du kannst jetzt damit aufhören. Deine schauspielerische Leistung war ohnehin nicht berauschend.«

»Was ist überhaupt los, Julia?«

»Ich will dich.«

»Bitte?«

»Ich will dich. Jetzt.« Sie presste ihre Lippen auf seine. »Auf die Knie«, befahl sie.

»Was?«

»Du hast mich gehört.« Sie drückte die Hände auf seine Schultern und sah zufrieden, wie er zu Boden ging. Sie bückte sich und legte das Handy ins Gras, dann schob sie ihre Finger unter den Bund seiner Hose.

»Julia? Was machst du da?«

Sie lächelte über die Verwirrung in seinem Gesicht. »Du wirst es schon sehen.«

»Julia?«

Sie schnallte seinen Gürtel auf und zog ihn aus den Schlaufen. Dann trat sie um ihn herum. Sie kniete sich, zog seine Hände auf den Rücken, schlang den Gürtel um seine Gelenke und band sie fest zusammen. David wehrte sich nicht. Er wiederholte nur immer wieder ihren Namen.

»David«, sagte sie, »halt deinen Mund.«

Sie bewunderte seine Hände mit den langen, dicken Fingern, oh, so maskulin. Es war erregend, seine Kraft gefesselt zu sehen. Sie strich kitzelnd über seinen Nacken und kraulte die kurzen blonden Haare an seinem Hinterkopf. Mit ihrem sanften Streicheln lullte sie ihn in eine falsche Sicherheit, bevor sie ihren Mund auf den Nacken presste und die Haut zwischen die Zähne nahm. Sie hinterließ rote Stellen auf seinem gebräunten Nacken. David zuckte und atmete tief durch, als Julia sich wieder erhob.

Sie stellte sich vor ihn, knöpfte sein Hemd auf und schob es von den Schultern. Wie ein zerfleddertes Segel hing es lose um seine Handgelenke. Als sie sich über ihn beugte, sah sie, wie er in ihren Ausschnitt starrte. Seine Brustmuskeln zuckten, als seine Hände unwillkürlich nach ihr greifen wollten. Er hatte vergessen, dass er gefesselt war, und stieß einen knurrenden Laut der Enttäuschung aus.

Julia hob ihr Kleid und entblößte die Strapse, die wie ein Rahmen für ihr nacktes Geschlecht wirkten. Es erregte sie, ihn so schockiert zu sehen, weil sie auf ihr Höschen verzichtet hatte. Sie spreizte die Beine und rieb mit einem Finger über die pochenden, geschwollenen Labien. David stockte der Atem.

Sie sah die Lust in seinen Augen und schob den Finger tief in sich hinein. Sein hilfloses Schlucken betörte sie, und langsam schob sie einen zweiten Finger nach, dabei rieb die Daumenkuppe über ihre Klitoris.

Davids Kopf rollte von einer Seite zur anderen, als ob er benommen wäre vom Hauch ihres Geschlechts. Er seufzte schwer, während er die Bewegungen ihrer Finger bewunderte. Er rutschte ihr auf den Knien entgegen, weil er sie unbedingt berühren wollte.

Sie stieß ihre freie Hand gegen seine Stirn und ruckte ihm ihren Schoß entgegen. Er presste die Lippen gegen ihr Geschlecht und leckte mit der Zunge über ihre warme Spalte. Es war, als wollte er ihr die Seele aus dem Leib saugen. Ihre Hüften begannen zu zittern, und seine Nase rieb gegen ihre Klitoris. Ihre Stimme klang kühl, als sie ihm sagte, was er tun sollte.

Sie wusste genau, was sie wollte, und gab ihm knappe, präzise Befehle. Seine Zunge schürte ihre Erregung, bis sie nur noch ein zitterndes Nervenbündel war. Sie rang nach Luft. Von ihrer Klitoris strömten dunkle Wellen intensiver Lust durch ihren Körper. Als ihr Orgasmus einsetzte, tauchten in ihrem Kopf wieder Bilder von Steve auf, und stumm stammelte sie seinen Namen.

Plötzlich war es Steve, der da vor ihr kniete, dessen Lippen sie saugten, dessen Zunge sie leckte, dessen Zähne sie nagten. Es war Steve, der ihr diese Lust verschaffte. Aber sie wollte mehr. Sie wollte, dass Steve diese Leere füllte, die sie in sich spürte.

Sie schob David von sich, und er fiel zurück auf seine Fersen. Sie sah, dass er versuchte, seine Fesseln zu lösen. Sie reagierte, bevor er damit Erfolg haben konnte, befreite die Erektion und grätschte darüber.

Sie schloss die Augen und konzentrierte sich auf Steve. Ihre Gedanken waren voll von ihm, bis ihr schwindlig wurde. Während sie auf David ritt, spürte sie Steve unter sich. Sie lechzte nach einer Erlösung von der Frustration, die sie gestern Abend erlebt hatte. Wild ritt sie auf David herum, ihre Brüste hüpften, sie warf den Kopf in den Nacken und zog seinen Mund an ihren Hals. Sie genoss seinen Schaft und spürte den beginnenden Orgasmus.

Davids Körper zuckte, sein Penis stieß heiß und tief hinein. Nach einer raschen Folge wilder Stöße kam es ihr. Sie wartete, bis die Zuckungen in ihr abgeklungen waren, dann öffnete sie langsam die Augen.

»David? Julia?«

Eine schrille Stimme vom Haus.

Julia erhob sich und strich ihr Kleid glatt. Ihre Pussy zuckte ob der plötzlichen Leere. Sie setzte wieder ihr falsches Lächeln auf und blickte um die Ecke des Schuppens. »Wir kommen gleich, Yvonne.«

Yvonne winkte mit der Serviette. »Ja, gut, sonst verbrennt der Apfelkuchen.« Sie trat auf die Terrasse. »Telefoniert David immer noch?«

»Es ist alles in Ordnung. David kommt jetzt auch«, rief Julia und wünschte, Davids Mutter würde endlich wieder zurück ins Haus gehen.

Sie hörte David hinter sich kichern, aber sie wartete noch, bis Yvonne endlich von der Terrasse verschwunden war. Dann kniete Julia sich neben David und sah, wie er ihr forschend ins Gesicht blickte.

»Was sollte das denn alles?« David öffnete und schloss die Hände, um das Blut wieder zirkulieren zu lassen, nachdem sie ihn von den Fesseln befreit hatte. Er legte eine Arm um ihre Taille, um sie am Aufstehen zu hindern. »Julia?«

Sie sah ihn schuldbewusst an. »Ich habe dich vermisst.«

»Wir waren doch nur zwei Tage getrennt.«

»Na und? Darf ich meinen Verlobten nicht vermissen?«

»Wir sind die meisten Tage in der Woche getrennt, Julia. Und du hast mich noch nie so ... so gewaltsam vermisst.«

»Hat es dir nicht gefallen?«

Er hob eine Hand und fuhr über ihre zerzausten Haare. »Ich habe es genossen. Aber zuerst war ich ganz schön geschockt von deiner Gewaltbereitschaft. Zuerst tauchst du hier auf, obwohl ich nicht mir dir rechnen konnte, und dann ... dann treibst du es mit mir hinter dem Schuppen meines Vaters. Aber ich will mich nicht beklagen.«

»Das will ich hoffen.« Sie lächelte schwach.

»Es schmeichelt einem Mann sehr, wenn die Frau, die er liebt, so ungeheuer scharf auf ihn ist. Vielleicht solltest du öfter zu einem Klassentreffen gehen, wenn sie diese Wirkung auf dich haben.«

Julia senkte den Kopf. David legte eine Hand unter ihr Kinn. »Ich kenne dich nicht wirklich, nicht wahr?«

Sie wich vor seiner Berührung zurück. »Wie meinst du das?«

»Ich bin immer noch dabei, dich kennen zu lernen. Du bist stets für eine Überraschung gut.«

Julia rappelte sich hoch. Sie spürte, wie ihre Wangen brannten. »Oft genug überrasche ich mich selbst.«

»Das ist es, was ich an dir liebe – deine spontane Art. Man weiß nie, auf welche verrückte Idee du im

110

nächsten Augenblick kommst.« David stand auf, zog sein Hemd wieder an und zog die Hose über seinen schlaff gewordenen Penis. »Ich hoffe, dass du mich auch noch überraschst, wenn wir schon lange verheiratet sind.«

»Oh, ich glaube, darauf kannst du dich verlassen.« Sie verzog das Gesicht und wandte sich von ihm ab, damit er ihre verwirrten Gefühle nicht in ihren Augen lesen konnte.

Sie bückte sich und hob das Handy auf. Sie reichte es ihm und sah für einen Moment in seine Augen. Sie waren hell und klar, und sie erkannte darin, dass er nichts von ihren inneren Tumulten spürte.

Es wäre richtig gewesen, auch jetzt spontan zu sein und ihm zu sagen, sie hätte sich gewünscht, er wäre ein anderer. Eigentlich wäre es nur fair, dass er von ihren Gefühlen erfuhr.

Aber er umarmte sie und zog sie eng an sich. Er streichelte über ihre Haare und teilte ihr mit, dass er nächste Woche in Yorkshire drehen würde.

Sie lächelte und sagte, sie würde ihn vermissen.

5

Ein ganz anderes Treffen

Montagmorgen, fünf Uhr. Julia war zu einer weiteren langen Reise bereit. David war sogar noch früher nach Yorkshire aufgebrochen, denn der Dreh begann um neun. Er würde den Tag über müde sein, denn sie hatten kaum geschlafen. David war erregt und aufgewühlt gewesen, weil er hinter dem Gartenschuppen eine ganz andere Frau kennen gelernt hatte, und Julia hatte aus anderen Gründen eine rastlose Nacht verbracht.

Als David ihre Wohnung am frühen Morgen verlassen hatte, war sie erleichtert gewesen. Sie brauchte Zeit und Raum zum Nachdenken. Im Zug würde sie genug von beidem haben, dachte sie, als sie sich mit dem Taxi nach Euston Station fahren ließ. Die Straßen waren fast leer. Der Zug würde um ein Uhr mittags in Glasgow sein, bis dahin musste sie ihre Gedanken geordnet haben.

Auf dem Bahnhof ging sie absichtlich am Kiosk vorbei und steuerte sofort auf den Bahnsteig zu, nachdem sie eine Fahrkarte gekauft hatte. Heute war es ihr egal, was draußen in der Welt passiert war, sie hatte keine Zeit, darüber zu grübeln. Sie musste die Stunden nutzen, um ihr Leben zu richten. Endlich einmal über alles gründlich nachdenken. Einmal nicht ihren Impulsen folgen.

Aber dass sie ihren Impulsen folgte, hatte sie in diesen Zug gebracht, sagte sie sich. Und es war aus einem Impuls heraus, dass sie Georges Nummer gewählt und auf seinem Anrufbeantworter die Nachricht hinterlassen hatte, sie könnte nicht in die Redaktion kommen, weil sie krank sei. Ihre Vorstellung am Telefon war gut gewesen, jedenfalls wäre David stolz auf sie gewesen. Trotzdem hatte sie ein schlechtes Gefühl dabei – es war das erste Mal, dass sie sich krank gemeldet hatte.

Aber George würde es auch ohne sie schaffen. Er konnte einen anderen Fotografen einsetzen, um irgendeinen Schauspieler oder Sänger zu knipsen. Sie hatte keine Ahnung, was auf dem Plan stand. Sie hatte wichtigere Dinge zu bedenken. Zum Beispiel ihre Hochzeit und ob sie überhaupt noch wollte.

Sie wusste die Antwort, lange bevor sie in Glasgow eintraf. Die Hochzeit wäre nicht fair gegenüber David, und sie wäre nicht richtig für sie. Marianne hatte Recht mit ihren Zweifeln.

Sie fühlte nur einen leichten Stich des Bedauerns, als sie darüber nachdachte, was alles abzusagen war. Zum Glück hatten sie nur eine kleine Hochzeit auf dem Standesamt geplant. Davids Schwester hatte sich um Essen und Trinken kümmern wollen; sie würde die Sachen noch nicht eingekauft haben. Natürlich musste man den Gästen absagen, aber das war eine einfache Aufgabe, schließlich hatten sie nur zwanzig geladen. Wegen ihrer Berufe hatten sie keine Zeit für eine Hochzeitsreise, und da sie sich für ein rotes Brautkleid entschieden hatte, war das auch keine Verschwendung, sie konnte es auf der einen oder anderen Party anziehen.

Schwierig war nur, David reinen Wein einzuschenken. Eigentlich wollte sie nicht bis zum Samstag damit warten, aber er kam an dem Tag erst aus Yorkshire zurück. Sie könnte ihn übers Handy erreichen, aber sie fand, er hatte es verdient, dass sie es ihm von Frau zu Mann sagte.

Nach der Erleichterung über ihren Entschluss folgte die Erschöpfung nach zwei schlaflosen Nächten. Sie schloss die Augen und war sofort eingeschlafen.

Rothco Developments war eine von mehreren Firmen, die in einem hohen Glaskasten untergebracht waren. Man konnte das Gebäude nicht als Wolkenkratzer bezeichnen, aber es überragte die roten Steinhäuser auf der anderen Straßenseite.

Julia schlüpfte durch die rotierenden Türen und stand in einer beeindruckenden Marmorhalle, in deren Mitte ein hoher Brunnen stand. Sie blickte hoch und sah, dass das Wasser aus dem fünften Stockwerk in lauter Kaskaden herunter stürzte. Auf jeder Etage befanden sich Balkone, von denen man auf den Brunnen schauen konnte. Das Dach war durchsichtig, und darüber zogen die Wolken.

Wenn dies ein Kaufhaus gewesen wäre – was es leicht hätte sein können –, wäre man von sanfter Musik berieselt worden, aber hier hörte Julia nur ein konzentriertes Murmeln, einmal vom schwachen Lecken des Wassers an den Marmorrändern des Brunnens, und dann vom gedämpften Tippen auf den Tastaturen der Rechner. Das Geräusch des Geldmachens.

Julia ging zu den Aufzügen. Auch sie waren aus Glas. Sie sah auf die Liste der untergebrachten Firmen und fand Rothco in der obersten Etage. Sie betrat die Glaskapsel hinter ein paar tadellos gekleideten Frauen und einem Mann im Nadelstreifen. Julia wusste, dass sie nicht angemessen gekleidet war und hob kaum merklich die Schultern, während sie auf den Knopf für den fünften Stock drückte.

Im zweiten Stock stiegen die Frauen aus. Jetzt war sie mit dem Mann allein, aber sie vermied es, ihn anzusehen, und blickte hinunter in die großartige Halle. Sie war sicher, dass der Mann sie musterte. Als er sich ihr näherte, hüstelte sie verlegen.

»Julia?«

Sie blickte hoch.

»Oh, mein Gott! Du bist es!« Er wollte sie schon umarmen, hielt sich aber im letzten Moment zurück. »Ich kann es nicht glauben! Als ich in den Lift trat, dachte ich schon, diese Haare kennst du doch, aber dann dachte ich, das kann nicht sein – aber du bist es! Das ist ja unglaublich!«

»Nick? Nick!«

»Was, zum Teufel, tust du hier?«

»Ich … eh …« Plötzlich war sie ihrer Sache nicht mehr sicher. »Ich wollte zu Steve.«

»Oh.« Seine Brauen schoben sich zusammen. »Er ist nicht da. Er hat einen Termin in Edinburgh und wirst erst später zurückkommen. Hast du schon gegessen?«

»Ja.«

»Ich auch. Aber ich darf dich doch zu einem Drink einladen?«

»Ja, gern.«

Die Türen öffneten sich, als sie den fünften Stock erreichten. Nick steckte einen Fuß zwischen die Türen und steckte seinen Kopf heraus. »Ich bin eine Weile weg«, rief er der blonden Empfangsdame zu.

»Was ist, wenn Mr. Roth anruft?«, zirpte sie besorgt.

»Wenn Steve anruft, sagst du ihm, ich hätte noch was zu erledigen. Er kann mich ja übers Handy erreichen, wenn es wichtig ist.« Er nahm den Fuß zurück, und die Türen schlossen sich wieder. Die Kabine setzte sich wieder nach unten in Bewegung, und Nick und Julia sahen sich grinsend in die Augen.

Julia nahm in der dunklen Ecke Platz und beobachtete Nick, der die Getränke holte. Er hatte sich verändert. Nicht so einschneidend wie Steve; es waren eher oberflächliche Veränderungen. Seine Haare, die früher so golden glänzten, waren stumpf geworden und mussten dringend geschnitten werden. Sein attraktives Kinn war von Stoppeln bedeckt. Er hatte in seinen Kleidern immer so gut ausgesehen, als wären sie stolz, sich an diesem athletischen Körper zu zeigen, jetzt sah es eher so aus, als trüge der Anzug ihn.

Man sah ihm an, dass er sich unbehaglich fühlte, er hatte den Kragenknopf geöffnet und die Krawatte gelockert, als ob er seiner Kleidung entfliehen wollte. Der Junge mit seinem mühelos guten Aussehen und der schier endlosen Energie war ausgelaugt, erschöpft. Wäre Julia ihm auf der Straße begegnet, hätte sie ihn kaum erkannt, und als er sich zu ihr setzte, sagte sie ihm das.

»Das schmettert mich auf den Boden«, gab er zu und nippte an seinem Bier. »Aber ich bin auch wirklich kaputt. Seit Monaten habe ich keinen freien Tag gehabt.«

»Steve sagte mir schon, dass du beschäftigt bist. Schade, dass du am Samstag nicht kommen konntest.«

»Samstag?«, fragte er und stellte sein Glas wieder hin, das schon auf dem Weg zu den Lippen gewesen war. »Was war denn am Samstag?«

»Das Klassentreffen«, sagte Julia lachend.

Nick sah sie verständnislos an.

»Du weißt doch, das Klassentreffen auf Steves Schloss. Auf den Tag sieben Jahre, nachdem wir die verdammten Listen ausgefüllt haben.«

Nicks Augen verengten sich. »Und das war vergangenen Samstag?«

Julia nickte. »Hast du es vergessen?«

»Ich bin nicht eingeladen worden.« Er setzte sich zurück und rieb eine Hand über den Nacken. »Ich hätte mir denken können, dass da irgendwas ablief.«

Julia sah ihn verdutzt an. »Was meinst du?«

Seine Augen wurden hart, aber der Blick ging durch Julia hindurch. Tiefe Falten hatten sich in seine Stirn gegraben. Er nahm das Handy aus der Tasche und stellte es ab. »Ich hoffe, dass er mich erreichen will. Ich hoffe, er braucht wichtige Informationen, die nur ich ihm geben kann.« Das verruchte Grinsen war wieder in seinem Blick. »Das wäre gerade recht für diesen lausigen Bastard.«

»Was ist denn los, Nick?«

Er nahm einen kräftigen Schluck aus dem Glas. »Nun, Steve ist wieder bei seinen üblichen Tricks. Er hat mich am Samstag nach Spanien geschickt. Ich sollte mir ein Hotel ansehen, das er kaufen will. Es war ungeheuer wichtig, es ausgerechnet an diesem Wochenende zu tun. Ich konnte nicht verstehen, warum, aber jetzt ist es mir klar. Er wollte mich aus dem Weg haben.«

Julia nippte am Bier. »Und du hast nichts von dem Klassentreffen gewusst?«

»Glaubst du, ich hätte es mir sonst entgehen lassen?«

»Nun, ich fand es schon seltsam, dass du nicht da warst, um ehrlich zu sein. Und ich war enttäuscht, als Steve mir sagte, du hättest es vorgezogen zu arbeiten.«

»Du warst wirklich enttäuscht?«

»Natürlich.« Ein leises Lächeln, das sich nicht aufhalten ließ, hob ihre Mundwinkel an. »Ich habe mich darauf gefreut, dich wiederzusehen.«

Ein Hauch des alten Selbstvertrauens glitzerte in seinen braunen Augen. »Wir waren eine heiße Nummer, was?«

»Das ist lange her, Nick.«

»Steve ist immer noch sauer, dass wir ein Paar waren. Die Eifersucht treibt ihn in den Wahnsinn – immer noch.«

»Was, wegen dir und mir? Aber wir waren noch so jung.« Julia schüttelte den Kopf. Sie konnte nicht verstehen, wieso Steve sich über eine Teenager-affäre so aufregen konnte.

»Nun, du weißt doch, wie es heißt – die erste Liebe stirbt nie. Steve hat dich verehrt. Seit dir Brüste gewachsen sind. Er ist nie darüber hinweggekommen, dass du und ich unsere Unschuld gemeinsam verloren haben.« Er grinste mit schiefem Mund. »Erinnerst du dich noch, Jules? Meine Eltern waren verreist, und du bist zu mir gekommen ...«

Julia erinnerte sich daran, aber ihre Gedanken hatten sich schon fortbewegt von jener Nacht des ungeschickten Fummelns. »Willst du mir erzählen, dass Steve dich zum Klassentreffen nicht eingeladen hat, weil wir damals ein Paar waren?« Sie stieß einen verstimmten Laut aus. »Das ist ja lächerlich. Es ist sieben Jahre her, und ich habe euch beide seither nicht wieder gesehen.«

»Ich sage dir, er hat mir nie verziehen, dass ich damals mit dir gegangen bin. Wie sonst lässt sich erklären, dass er mich wie einen Hund behandelt? Oder warum er mich am letzten Wochenende weggeschickt hat? Welchen anderen Grund könnte er haben, mich nicht zum Klassentreffen einzuladen? Ich war in Spanien, also hatte er freie Bahn, um seine Teenager-Fantasien auszuleben und mir gleichzeitig eins auszuwischen.«

Julia schüttelte den Kopf. Das hörte sich so gar nicht nach dem empfindsamen, tiefschürfenden Steve an, den sie kannte. Gewiss, seine Rivalität mit Nick war stets unübersehbar gewesen, aber sie konnte sich nicht vorstellen, dass ein so erfolgreicher Mann wie Steve seinen Groll aus Teenagertagen mit in sein Erwachsenenleben nahm.

»Ich weiß nicht, Nick. Mit achtzehn war Steve vielleicht eifersüchtig auf dich, aber jetzt sind wir doch alle älter geworden. Steve ist ein gut aussehender Mann mit einer eigenen Firma. Frauen müssen ihm zu Füßen liegen.« Sie nahm wieder einen Schluck Bier. »Außerdem, wenn er so sehr hinter mir her war, wieso hat er dann meine Briefe nicht beantwortet? Dass du in Kontakt bleibst, damit hatte ich sowieso nicht gerechnet, aber Steve und ich standen uns sehr nahe.«

Nick hob die Schultern. »Ich weiß nur, wenn er zu viel getrunken hat, wird er ganz verdrießlich und redet davon, wie wunderbar du warst. Wenn er eine Frau kennen lernt, geht das sofort in die Brüche, weil sie den Vergleich mit dir nicht aushält. Ich habe keinen Zweifel – er wollte mich aus dem Weg haben, um den letzten Punkt auf seiner Liste einzulösen.«

Nick lehnte sich über den Tisch. »Das gibt er zu, wenn er betrunken ist. Weißt du, was der letzte Punkt auf seiner Liste ist?«

»Nein. Er wollte es mir nicht sagen.« Julia sah ihn gespannt an.

»Du.«

Ihre Augenbrauen zuckten. Ihre Lippen öffneten sich, und sie spürte, wie sie errötete. »Ich? Wie meinst du das?«

»Er will dich haben – das ist sein letztes Ziel. Dich in seinem Bett zu haben.«

Als gäbe es im Pub einen emotionalen Staubsauger, wurde die Hitze aus ihr gesogen, und Julia fühlte sich kalt. »Dieser Bastard«, flüsterte sie. »Wie kann er es wagen, mich auf seine Einkaufsliste zu setzen?«

»Ich nehme an, er hat es nicht geschafft.«

»Nein, nicht ganz.«

»Mir fiel auf, dass er heute Morgen in einer noch mieseren Stimmung war als sonst. Er hasst Niederlagen.«

Nick ließ sie verwirrt zurück, als er aufstand, um für den Nachschub an Getränken zu sorgen. Julia starrte in ihr leeres Glas. Wut brodelte in ihr. Beinahe hätte sie mit Steve geschlafen, und er hätte sie auf der Liste abhaken können. Beinahe hätte sie David mit ihm betrogen, den lieben, loyalen David. Und das ausgerechnet mit einem Mann, der sie kaltblütig auf seine Einkaufsliste gesetzt hatte. Zum Glück war sie Nick noch rechtzeitig begegnet.

Er kam mit zwei Glas Bier zurück. Julia nahm einen kräftigen, wütenden Schluck, wischte sich die Lippen ab und starrte auf Nick. »Ich kann nicht glauben, was Steve sich eingebildet hat. Das ist ja abartig. Kein Wunder, dass er so verkrampfte, als Marianne ihn bedrängte, sein siebtes Ziel laut vorzulesen.«

Nick seufzte wehmütig. »Marianne war auch da? Ich mochte sie immer. Hat sie sich verändert?«

»Überhaupt nicht. Ich sehe sie täglich. Sie sieht immer noch so aus wie früher.«

»Du hast dich auch kaum verändert. Deine Haare sind etwas kürzer, das steht dir gut. Und du siehst weiblicher aus.«

Sie lachte. »Damit willst du umschreiben, dass ich zugenommen habe.«

»Ich meine, deine Kurven haben sich ausgefüllt. Sieht gut aus. Sehr sexy.« Seine Augen blinzelten. »Deine Titten sind größer geworden.«

Julia grinste. »Du bist immer noch auf Brüste fixiert?«

Nick starrte sehnsüchtig auf ihr T-Shirt. »Deine Brüste waren immer schon fantastisch. Ich war von ihnen fasziniert. Ich war besessen von ihnen und habe manche schlaflose Nacht verbracht, weil ich mir vorstellte, wie sie aussehen, wenn sie größer würden.«

»Ja, ich bin eine Spätentwicklerin.« Julia beobachtete ihn und sah die Lust in seinen Augen. »Aber ich bin sicher, dass du nachts Besseres zu tun hast, als an meine Brüste zu denken.«

»Nein, glaube mir, das stimmt.«

»Ach, komm schon«, sagte sie mit einer wegwerfenden Handbewegung. »Du willst mir doch nicht sagen, dass du keine Freundin hast.«

»Im Augenblick nicht. Ich habe ein paar Freundinnen gehabt, aber sie halten nicht lange aus. Es ist schwer, eine Beziehung am Leben zu erhalten, wenn man jede Minute arbeitet.«

»Bist du wirklich so stark beschäftigt?«

»Ich bin Steve einiges schuldig. Ich hatte meine eigene Firma, habe aber ein paar falsche Entscheidungen getroffen. Steve hat mir geholfen und hat mich als seine rechte Hand eingestellt. Niemand sonst hätte mir eine solche Position angeboten, denn ich war eine gescheiterte Existenz.« Er lächelte resigniert. »Er hat eine gute Firma, und es ist ein aufregender Job. Ich kann Entscheidungen treffen. Schade ist nur, dass ich kein eigenes Leben mehr führen kann. Aber man kann eben nicht alles haben.«

»Nein?« Julia hob trotzig eine Augenbraue. »Wer sagt das?«

»Das ist ein ungeschriebenes Gesetz. Hast du nie was davon gehört?«

Julia stieß ein spöttisches Lachen aus. »Niemand hat es mir gesagt. Außerdem befolge ich Gesetze nicht so gern. Und früher warst du genauso.«

Er sah sie eine Weile schweigend an. Er spürte, wie sein Selbstbewusstsein langsam anschwoll. Er blickte ihr in die Augen und legte eine Hand auf ihr Knie. Seine Augen lächelten, während er auf ihre Reaktion wartete.

Die Finger glitten unter ihren Rock. Er presste die Hand zwischen ihre Schenkel und grinste breit, als sie sich leicht öffneten.

»Es tut gut, dich zu sehen, Jules.«

Es war vier Uhr am Nachmittag, als sie den Pub verließen. Sie hatten in einer schummrigen Ecke gesessen, und das heftige Flirten war ihnen so leicht gefallen, als wären sie nicht sieben Jahre getrennt gewesen. Sie redeten fast ununterbrochen über alles Mögliche, sie kicherten viel, und Nicks Hand lag zwischen Julias Schenkeln, als gehörte sie dorthin. Er sagte, am liebsten würde er den ganzen Tag hier bei ihr bleiben, aber irgendwann siegte die Pflicht. Er hatte einige Dinge zu erledigen, und er schlug vor, dass sie bei ihm auf Steves Rückkehr wartete. Vielleicht könnten sie zu dritt essen gehen – wie in alten Zeiten. Julia stimmte zu. Sie wollte sich mit Steve aussprechen.

Ein paar Leute standen schon im Aufzug, und Nick drängte sich dicht hinter Julia. Zwei junge Männer lachten über etwas, aber Julia konnte nicht verstehen, worüber sie redeten. Sie spürte seinen Atem im Nacken, und dann berührte er sie.

Sie hielt den Atem an, als er seine Hände auf ihre Hüften legte. Einer der jungen Männer hüstelte. Nicks gespreizte Hände rieben über Julias gespannten Po. Julia biss sich auf die Lippen, als Nick mit einem Finger in die Kerbe glitt. Die dritte Etage kam und ging, und Nick setzte seine Erkundungen fort. Er ignorierte die beiden jungen Männer, die jetzt noch allein mit ihnen in der Kabine waren, und deren Aufmerksamkeit Julia ebenso fühlen konnte wie Nicks. Jetzt glitten seine Hände nach oben, sie folgten der Wirbelsäule bis zum Nacken.

Die Türen öffneten und schlossen sich wieder, dann waren sie allein. Die beiden Männer standen draußen, aber sie gingen nicht weg. Sie blieben stehen und sahen durch das Glas, wie Julia und Nick noch eine Etage höher fuhren.

Nick drückte sein Gesicht in ihre Halsbeuge. Sie spürte seine Lippen und Nase auf ihrer Haut. Sie schloss die Augen, und er atmete gierig ein.

»Du riechst fantastisch«, murmelte er, und die Lust in seiner Stimme ließ Julia erschauern.

Der Aufzug hielt leicht vibrierend an, und Julia registrierte entsetzt, dass sie die fünfte Etage erreicht hatten. Die Empfangsdame schaute auf, als die Türen auseinander glitten, und auch der Motorradkurier, der über der Theke lehnte und offensichtlich mit ihr geflirtet hatte.

»Wir sind da«, murmelte Julia.

»Ich weiß«, raunte Nick gegen ihre Schulter. »Aber ich traue mich nicht raus.«

»Warum nicht?«

Nick drückte sich gegen sie. »Ich habe einen Steifen.«

Sie konnte ihn spüren, wie er hart gegen ihre Backen drückte. Die Frau und der Kurier sahen erwartungsvoll zum Aufzug, und unten im vierten Stock standen noch die beiden jungen Männer und gafften nach oben.

»Zieh dein Jackett aus«, sagte Julia kichernd. »Dann kannst du es vor sich halten.«

Er nahm ihren Ratschlag an, legte das Jackett über den Arm und hielt den Arm quer über dem Bauch.

»Irgendwelche Anrufe?«, fragte er die Frau am Empfang, bemühte sich um Lässigkeit und musste ein Lachen unterdrücken.

»Mr. Roth versucht, Sie zu erreichen. Er hat gesagt, es sei dringend.«

»Gut.« Er ignorierte das Bündel von Nachrichten, die sie in der ausgestreckten Hand hielt, legte einen Arm um Julia und führte sie durch den Gang, der den Bürotrakt durchschnitt. In der Ecke des Gebäudes lagen sich zwei Büros gegenüber, Nick schob sie in das linke.

Getreu dem Rest des Gebäudes bestand auch Nicks Büro hauptsächlich aus Glas. Kein idealer Platz für Menschen mit Höhenangst, dachte Julia, denn hinter der Rückwand konnte sie hinunter auf die Straße sehen. Und auch kein idealer Platz für Menschen, die ein Geheimnis für sich behalten wollten. Selbst die Wand zum Büro nebenan war gläsern – und der Schreibtisch auch.

»Wer arbeitet dort?«

»Steve.« Nick setzte sich in den schweren

Ledersessel hinter seinen Schreibtisch und versuchte, die drückende Erektion in eine weniger schmerzende Lage zu bringen.

»Ärgert es dich nicht, hier wie auf dem Präsentierteller zu sein?«

Nick hob die Schultern. »Ich nehme an, man gewöhnt sich dran. Obwohl ich mir manchmal wünschte, es sei Einwegglas. Man kann nichts Unanständiges hier drinnen tun – irgendeiner schaut immer hin.«

»Kannst du die Jalousien nicht herunter lassen?«

»Die Jalousien werden nur dann herunter gelassen, wenn es eine Krise gibt. Oder wenn Steve und ich uns zoffen.«

Julia setzte sich in den Sessel, der dem Schreibtisch gegenüber stand. »Das heißt, du kannst jetzt die Jalousien nicht herunter lassen, obwohl du einen Steifen hast und mich unbedingt vögeln willst?«

Er schluckte nervös. »Völlig unmöglich. Die Mitarbeiter würden sofort wissen, dass hier was abläuft.«

»Schade.« Sie lächelte spitzbübisch und öffnete die Beine. Nicks Blicke wurden vom weißen Dreieck ihres Höschens angezogen.

»Oh, Himmel, tu's nicht«, bat er.

»Was soll ich nicht tun?« Sie fuhr mit der Zungenspitze über die Oberlippe, ein albernes Klischee, über das Nick lachen musste.

»Du bist unverbesserlich. Ich wusste, es war keine gute Idee, dich hierhin zu bringen. Ich wusste, ich würde mich nicht konzentrieren können. Du hast einen schlechten Einfluss auf mich.«

»Du warst es, der im Aufzug mit den Unanstän-
digkeiten begonnen hat. Und du warst es, der im
Pub seine Hand unter meinen Rock geschoben hat.«

Er lächelte verschmitzt. »Du bringst das Verruchte in mir hervor.«

Ihre Blicke trafen sich. Spannung knisterte in der
künstlich kühlen Atmosphäre des Büros, denn sie
wussten, dass sie denselben Gedanken hatten. Julia
rutschte tiefer im Sessel und war sicher, dass sie
wegen der hohen Armlehnen vor Blicken von
außen geschützt war.

Nick stöhnte laut auf, als Julia mit einem Finger
über die Vulva fuhr. Unter ihren Berührungen
spürte Julia das Anschwellen ihres Geschlechts.

Schrill schlug das Telefon an. Nick drückte auf
den Lautsprecherknopf und schloss die Augen vor
der Szene, die sich ihm in Reichweite bot. »Ja?«

»Steve. Wo, zum Teufel, bist du gewesen? Ich
versuche schon seit Stunden, dich zu erreichen.«

Als Nick die Augen öffnete, lächelten sie. »Ich
war im Pub und habe mich mit einer alten Freundin
unterhalten.«

»Was ist denn mit deinem Handy?«

»Nichts. Ich hatte es abgeschaltet. Ich wollte nicht
gestört werden.«

»Verdammt, Nick! Welches Spiel treibst du?«

Nick trommelte mit den Fingerspitzen auf die
Glasoberfläche und schniefte laut. »Ich habe mir
eine kleine Auszeit genommen. Für den Samstag.«

»Was?« Steves Stimme klang blechern, und es
knackte, als riefe er vom Autotelefon an. Trotzdem
hörte man seine Wut. »Wir arbeiten doch jeden
Samstag.«

»Aber nicht, wenn ein Klassentreffen stattfindet.«
Nick blinzelte Julia zu.

»Wie ... woher hast du das erfahren?«

»Ich habe Jules getroffen.«

»Julia?« Langes Schweigen. Als Steve wieder redete, klang seine Stimme besorgt. »Wie geht es ihr? Hat sie ... hat sie etwas über mich gesagt?«

»Oh, wir haben uns lange über dich unterhalten. Wir würden gern beide mit dir reden, wenn du hier bist.«

»Sie ist da?«

»Sie sitzt in meinem Büro.« Er starrte auf ihren Schoß. »Sexy wie immer.«

»Ich bin in einer Stunde da.«

Julia spreizte die Beine weiter und glitt mit einer Hand unter ihr Höschen. Nick brummte leise vor sich hin. Die Lust sprühte aus seinen Augen.

»Nick?« Steves Stimme überschlug sich fast. »Nick? Bist du noch da?«

»Ja.«

»Du musst was für mich tun. Es ist wichtig.«

Nick seufzte, wandte den Blick von Julia und nahm einen Kuli in die Hand.

Julia sah ihm zu, während er und Steve Einzelheiten einer bestimmten Angelegenheit besprachen. Nick war so flatterhaft, wie er immer schon gewesen war. Vor einem Moment noch war er noch berauscht von ihr und ihren Verführungskünsten gewesen, jetzt hatte sein Gehirn sich völlig abgeschottet.

»Nick«, sagte sie schmelzend, als er das Gespräch beendet hatte und aufstand.

»Sage kein Wort.« Er hob abwehrend eine Hand,

die Augen auf einen imaginären Punkt hinter ihr gerichtet. »Bitte, bring mich nicht dazu, dich anzusehen. Ich muss was Bestimmtes erledigt haben, ehe Steve zurück ist.«

»Warum kannst du mich nicht ansehen?«

»Wenn ich das tue, will ich dir die Kleider vom Leib reißen, und das kann ich jetzt und hier nun wirklich nicht.«

»Also gut.« Julia zog die Beine an und setzte sich im breiten Sessel auf sie. »Dann warte ich.«

Eine Stunde später, nachdem er in den verschiedenen Abteilungen Fakten und Unterlagen beschafft hatte, war seine Mission erledigt. Eine der Sekretärinnen brachte ihm die Unterschriftenmappe mit der Post, die heute noch hinausgehen musste, dann konnte Nick sich endlich entspannen. Er schenkte Cognac für sich und Julia ein, setzte sich auf die Schreibtischkante und winkte den Kollegen zu, die zum Lift und dann nach Hause gingen.

»Das war's«, sagte er seufzend. »Endlich allein. Jetzt kann ich dich wieder anschauen.« Seine Stimme klang so weich und mild wie der Cognac, der ihren Bauch wärmte und unter die Haut ging, bis sie prickelte.

Nick sah sie bewundernd an. Als sähe er sie das erste Mal. »Steh auf, Julia.«

Ihre Beine zitterten ein wenig.

»Komm her.« Er zog sie dicht an sich und strich mit einer Hand über ihren Hals und über die Schultern, ehe die Hand sich auf eine Brust legte. Das Cognacglas hielt er in der anderen Hand. Er schwenkte die goldbraune Flüssigkeit, setzte das Glas an die Lippen und trank es aus. Er stellte es ab und hatte jetzt beide Hände frei, um ihre Brüste zu drücken. Julia zog die Schultern zurück und reckte das Kinn, während Nick ihren Körper mit hungrigen Augen bewunderte. Julia lächelte, als sie ein Zucken in seiner Hose sah.

»Du trägst keinen Büstenhalter«, raunte er heiser. »Erregt es dich, keinen zu tragen?« Seine Finger und Daumen zwickten die Warzen und zogen sie lang unter dem tiefen Orange ihres T-Shirts. »Erregt es dich zu wissen, dass die Männer dich anstarren, dass sie auf deine Brüste blicken, wie sie bei jedem Schritt hüpfen, und am liebsten ihre Hände darauf drücken wollen?«

»Mmm«, war alles, was sie herausbrachte.

»Erregt es dich auch, kurze Röcke zu tragen? Fühlst du die Blicke der Männer zwischen deinen Beinen, wenn du dich hinsetzt?« Er zog sie noch enger an sich heran, und Julia konnte sein Rasierwasser riechen. »Macht es dich feucht?«

»Du machst mich feucht«, murmelte sie in ihr Cognacglas. Sie nippte an der flüssigen Wärme und spürte, wie ihr Atem schwerer wurde. »Das hast du bei mir immer bewirkt.«

»Und du machst mich hart.« Er rutschte vom Schreibtisch und stellte sich hinter sie. Er legte die Hände in ihren Nacken. »Das hast du immer geschafft«, fügte er hinzu und küsste sie sanft auf die Wange. Julia spürte das Pochen seiner Erektion gegen ihre Backen.

Sie stellte das Glas ab. »Besorg's mir«, flüsterte sie. »Der alten Zeiten wegen.«

Aufstöhnend griff er sie an den Schultern und führte sie zur Glaswand zwischen den beiden Büros. Julia ließ sich bereitwillig schieben, die Hände flach gegen das kalte Glas gedrückt. Im Glas sah sie Nicks Reflexion, wie er hinter ihr stand. Sie streckte ihm ihren Po entgegen und ließ ihn sinnlich rotieren. Mit gierigen Händen strich er darüber, dabei schob er den kurzen Rock hoch und zog ihr Höschen bis hinunter auf die Stiefel.

Julia beugte sich tiefer, um ihm ihr Geschlecht besser präsentieren zu können. Es pochte immer stärker, und ihr Herz schlug ihr in den Ohren. Ungeduldig wartete sie auf seine Berührung.

»Ah, was für ein fantastischer Arsch«, presste er hervor. Er legte eine Hand auf die rechte Backe, rutschte tiefer und rieb mit dem Daumen über die dick geschwollenen Labien. Julia beugte den Rücken noch tiefer, bis es schmerzte. Nick hakte einen Fuß um ihren und schob ihre Beine weiter auseinander. Das Höschen auf ihren Füßen drohte zu zerreißen. Eine köstliche Flamme der Vorfreude loderte bis zum zuckenden Schoß.

Ohne jede Vorwarnung steckte er im nächsten Augenblick seinen Penis in sie hinein. Julias Kopf rotierte, und jedes Härchen ihres Körpers richtete sich auf, während Nick in ihr williges, glitschiges Fleisch stieß.

Ihre Arme konnten ihr Gewicht kaum noch halten, weil er sie hart gegen die Glaswand presste. Sie musste ihre ganze Kraft aufbieten, um nicht bei jedem Stoß mit der Stirn gegen das Glas zu knallen.

Seine Finger griffen fest unter ihre Rippen, und wenn er tief in ihr versank, hatte sie das Gefühl, er klopfte an ihrer Gebärmutter an. Dann wanderten seine Hände, die eine tauchte unter ihr T-Shirt und drückte ihre pendelnden Brüste und zupfte und zog an den langen dicken Warzen.

Die andere Hand griff zwischen ihre Schenkel und verharrte eine Weile dort, wo sie verbunden waren, wo sein Schwanz ein und aus fuhr. Er benetzte seine Finger mit ihren Säften, dann kreiste ein Finger genüsslich um ihren Anus und rieb die Feuchtigkeit um den engen Ring.

Er drückte behutsam und gewann langsam Zugang, bis die kleine enge Öffnung endgültig nachgab und den Zeigefinger aufnahm.

Daraus ergab sich ein neuer Rhythmus. Wenn der Phallus aus ihr glitt, drückte sein Finger hinein. Die Lust, doppelt gefüllt zu werden, war so intensiv, dass es fast schmerzte. Sie mobilisierte Reserven ihrer Kraft und konzentrierte sich darauf, ihre gebückte Position zu halten, während er die doppelte Penetration rhythmisch fortsetzte.

Am Rande des Orgasmus schrie sie auf, und als wäre das ein Signal, zog Nick den Finger heraus und schlang beide Arme um ihre Hüften. Heftig rammte er in sie hinein, während Julia den Kopf hob und auf ihre Reflexionen in der Glaswand starrte. Sie musste lachen bei dem Gedanken, wie anders dieses Erlebnis war im Vergleich zu den unerfahrenen Fummeleien vor sieben Jahren.

Und dann, als ob ihre Erinnerung komplettiert werden sollte, stand plötzlich Steve im Büro nebenan. Er schaltete nicht das Licht ein und bewegte sich in der Dunkelheit, bis der Lichtschein aus Nicks Büro auf sein Gesicht fiel.

Gebannt starrte er durch das Glas auf die Szene im Nachbarbüro. Sein Starren war so intensiv wie das eines Scharfschützen, als er Nicks Hände sah, die Besitz von Julias Körper genommen hatten. Steve blickte über Julia hinweg auf Nick, der auch auf seinen Orgasmus zusteuerte.

Steve senkte wieder den Blick, bis er Julia in die Augen sehen konnte. Sein Ausdruck veränderte sich von Verzweiflung zu Erschütterung. Sein Kopf bewegte sich kaum merklich auf und ab, als ob seine ärgsten Befürchtungen wahr geworden wären.

»Glaubst du, er ist eifersüchtig?«, fragte Nick. Er grinste breit und blickte über ihren Rücken hinweg zur Scheibe und auf den reglos verharrenden Steve.

»Ich hoffe es«, keuchte Julia, als sie Steves Blick wieder auffing. »Das hat er verdient.«

Während Steve sich plötzlich abwandte und im Dunkel seines Büros verschwand, begann Nick zu erschauern – Vorbote seines Höhepunkts. Er wurde geschüttelt und entleerte sich ächzend in ihr. Aber Julias Lust erfuhr einen mächtigen Dämpfer, als sie sah, dass Steve auf den Gang trat und mit den langsamen Schritten eines geschlagenen Mannes zum Aufzug schlenderte, den Kopf gesenkt, die Schultern hängend, als lastete ein ungeheures Gewicht auf ihnen.

Julia war wütend, löste sich aus Nicks Armen, zog ihr Höschen hoch und den Rock hinunter. Nick fragte, was denn los sei, aber da war sie schon weg, Steve hinterher.

»Ich muss mit dir reden«, rief sie Steve zu, als sie seinen Rücken sah. Erst vor dem Aufzug blieb er stehen, Empörung in seinen blassen Augen. »Du hast einiges zu erklären.« Er wich ihrem Blick aus, als sie vor ihm stand, die Hände in die Hüften gestemmt, die Augen voller Feuer. »Wie kannst du es wagen, mich auf deine Liste zu setzen, Steve? Wie kannst du es wagen, mich als Objekt zu betrachten? Ich kann es nicht glauben! Du hast Nick belogen, um ihn am Wochenende auszuschalten. Hast du dir davon versprochen, mich dann schneller ins Bett holen zu können? Und das nur, damit ich die Nummer sieben auf deiner ach so wichtigen Liste werde?«

Er versuchte erst gar keine Ausflüchte. »Irgendwie musste ich Nick aus dem Weg haben.« Schuldbewusst blickte er auf, aber er traute sich kaum, ihrem giftigen Blick zu begegnen. »Ich weiß, dass es falsch war, aber wenn er am Samstag dabei gewesen wäre, hätte ich bei dir wieder keine Chance gehabt. Genau wie zu unserer Schulzeit. Ihr habt nie die Hände voneinander lassen können. Auch heute noch nicht, wie's aussieht.« Sein Mund wurde ein schmaler, harter Strich, und in seinen Augen las sie nichts als Verletzung.

Julia riss den Mund auf. »Ich kann nicht glauben, wie kalt du bist, wie berechnend. Du hast alles minutiös geplant. Wie deine Grundstücksgeschäfte. Aber du kannst Menschen nicht wie Immobilien behandeln, Steve.«

»Habe ich dich denn schlecht behandelt, Julia? Du warst es, die mitten in der Nacht davongelaufen ist, ohne sich zu verabschieden.«

Julia blinzelte. »Du verstehst nichts, nicht wahr? Du hast keine Ahnung, warum ich so wütend bin?«

Er schüttelte den Kopf. »Ich weiß, dass ich Nick hintergangen habe, aber sonst ...«

»Ich rede nicht von Nick.« Ihre Augen wurden schmale Schlitze, ihr Gesicht brannte. »Ich wollte dich, Steve. Ich begehrte dich so sehr, dass ich sogar bereit war, meinen Verlobten zu betrügen. Seit dem Wochenende habe ich jede Sekunde an dich gedacht. Und jetzt ...« Ihre Stimme brach ab. »Und jetzt finde ich heraus, dass es dein ultimatives Ziel war, mich zu vögeln.«

Steve packte ihre Handgelenke und konnte gerade noch verhindern, dass sie ihm ins Gesicht schlug. »Glaubst du das wirklich? Dass ich das ganze Klassentreffen nur geplant habe, um mit dir ins Bett zu gehen? Aber wieso habe ich dann einen Rückzieher gemacht, als ich erfuhr, dass du heiraten willst? Wenn du dich recht erinnerst, war ich es, der ›nein‹ gesagt hat.«

Ihr Mund öffnete und schloss sich nervös, ihre Hand blieb reglos in seiner. Wie ein unvollständiger Satz. Eben noch war sie in Nicks Armen gefangen, jetzt stand sie hilflos vor Steves blassen Augen. »Ich verstehe nicht«, murmelte sie. »Nick hat mir gesagt ...«

»Nick hat meine Liste nie gesehen. Niemand hat sie gesehen. Dein Name steht da, aber nicht in dem Zusammenhang, den du genannt hast.«

»Du ... du wolltest also keinen Sex mit mir?«

Er ließ ihre Hand los. Ein trauriges Lächeln lag auf seinem Gesicht. Er seufzte schwer, und als die Luft aus seinem Körper wich, schien er zu schrumpfen. »Ich wünschte nichts sehnlicher, als die Nacht mit dir zu verbringen, Julia. Ich habe mir das schon so oft vorgestellt und ausgemalt. Aber als ich hörte, dass du kurz vor der Hochzeit stehst, konnte ich es nicht mehr. Das wäre nicht fair gewesen. Für niemanden.«

Er berührte ihre Wange mit einer Hand und fuhr fort: »Ich gebe zu, dass ich das Klassentreffen allein deswegen organisiert habe. Alles, was ich nach der Schule getan habe, war geplant, war Teil meiner Strategie. Du hast mir einmal gesagt, ich könnte alles erreichen, was ich mir vornähme. Deshalb wollte ich Erfolg haben und reich sein. Ich wollte mich dir beweisen. Das Klassentreffen sollte der Höhepunkt nach den Jahren der harten Arbeit werden. Ich wollte dich mit dem beeindrucken, was ich erreicht hatte. Ich wollte dich dazu bringen, mich zu begehren, Julia.«

Sie sah die Traurigkeit in seinen Augen und wusste, dass er sie auch in ihren Augen lesen konnte. »Ich habe dich begehrt.«

Die Liftkabine traf hinter ihnen ein, und Steve trat zwischen die Glastüren. »Aber dann erfuhr ich, dass du einen anderen liebst, und mir fiel etwas ein, was du mir oft genug gesagt hast – dass du Planungen nicht ausstehen kannst.« Die Türen begannen sich zu schließen.

»Ich werde die Hochzeit absagen. Ich kann David nicht heiraten.«

Er schlug mit der flachen Hand auf den Knopf, und sofort glitten die Türen wieder auseinander. »Warum nicht?«

»Weil ich nicht aufhören kann, an dich zu denken. Diese eine Nacht im Schloss … mein ganzes Leben lang bin ich nicht so erregt gewesen.«

Sein Blick bewegte sich argwöhnisch von ihrem linken Auge zum rechten und wieder zurück, als könnte er nicht glauben, was er gerade gehört hatte. »Sage das noch mal.«

»Ich bin heute nach Schottland gereist, um dich zu sehen.« Sie beobachtete sein Gesicht und streichelte über das dunkle Grau seines Jacketts. Während sich sein Mund auf ihren drückte, ließ er den Knopf los, und die Türen begannen sich wieder zu schließen.

»He!« Sie blickten auf und sahen, dass Nick da stand, einen Fuß zwischen den Türen. »Ich habe mit dir noch ein Hühnchen zu rupfen«, sagte er zu Steve, während er sich zwischen sie in die Kabine drängte.

Steve verzog das Gesicht. »Können wir das nicht auf später verschieben?«

»Wir können beim Essen darüber reden«, sagte Nick. »Ich koche.« Er hob eine Hand, um Steves Proteste zu unterdrücken. »Keine Widerrede. Du hast Julia das ganze Wochenende über gehabt. Jetzt will ich auch meinen Teil von ihr haben.«

Das Essen verlief in gespannter Atmosphäre. Steve war nervös, er fühlte sich unbehaglich in der modernen, nüchternen Einrichtung von Nicks Apartment. Nick selbst lief zur Hochform auf, er flirtete mit Julia und hörte nicht auf, Steve dafür leiden zu lassen, dass er ihn nicht zum Klassentreffen eingeladen hatte.

Julia, schon angeheitert vom Bier, das sie nachmittags im Pub getrunken hatte, wurde hin und her gerissen. Einmal kicherte sie über Nicks geistlose Witze, dann unterhielt sie sich ein paar Minuten mit Steve. Der Wein floss reichlich, aber Steve konnte den Vorsprung nicht mehr aufholen, den Julia und Nick hatten, und während die beiden immer betrunkener wurden, zog sich Steve weiter in sich zurück. Die gereizte Stimmung war mit den Händen greifbar. Nick hörte nicht auf, in der Wunde herumzustochern, die Steve ihm am Wochenende zugefügt hatte.

Julia stand auf. Sie nahm eine dritte Flasche Rotwein, ging um den Tisch herum und schenkte in Steves Glas nach. Ihr Gang war ein wenig unsicher, und als sie neben Nick stand, verschüttete sie etwas Wein auf den Tisch, weil Nicks Finger unter ihren Rock glitten und ihren Po drückten. Er wippte mit dem Stuhl zurück, starrte auf ihre Backen und grinste breit.

»Ihr Arsch ist immer noch so knackig wie immer«, sagte er gierig. »Und ihre Titten sind sogar noch voller geworden, findest du nicht auch, Steve?«

Julia blickte ihn an. Seine Augen funkelten mit kalter Abweisung. Nick hatte Recht – Steve war eifersüchtig.

»Und sie ist immer noch gut im Bett, was? Ach so, ich vergaß – du hast sie ja nie gehabt.«

Steve zuckte wie unter einem Hieb. »Musst du so vulgär sein?«

»Sie genießt das«, sagte Nick. »Es macht sie an.«

»Sie steht direkt neben dir«, fauchte Steve. »Wie kannst du über Julia reden, als wäre sie nicht da?«

Er ließ die Hand auf ihren Backen, hörte auf zu

wippen und beugte sich über den Tisch. »Julia liebt es, mich so reden zu hören«, behauptete er. »Und sie liebt es, mit mir zu ficken.«

»Nick!« Julia schob seine Hand weg.

»Du bist widerlich«, zischte Steve.

Nick legte seine Hände auf den Tisch. »Aber wenigstens hintergehe ich meine Freunde nicht.«

Steve erhob sich.

Julia verdrehte die Augen. »Nun reißt euch mal beide zusammen!« Tatsächlich ließen die Männer von ihrem Machogehabe ab, hockten sich wieder hin und starrten einander an. Wie ungezogene Kinder schienen sie jetzt zu schmollen.

»Wirklich, ich habe geglaubt, ihr wärt mittlerweile zu alt für diesen kindischen Schwachsinn, aber ihr seid schlimmer denn je. Ihr ruiniert meine Erinnerung an dieses wunderbare Essen.« Sie schmollten weiter. »Ich habe euch sieben Jahre lang nicht gesehen. Wenn ihr euch weiterhin so benehmt, haue ich sofort ab, und es wird länger als sieben Jahre dauern, bis ich einen von euch wiedersehen will.«

»Tut mir Leid, Jules«, murmelte Nick.

»Entschuldige.« Steve sah sie besorgt an. »Aber ich will nicht, dass er so über dich redet.«

»Vergiss es. Gebt euch die Hand.«

»Was?« Steve sah sie entsetzt an.

»Du kannst es Nick nicht verdenken, dass er wütend auf dich ist. Er hätte am Samstag dabei sein müssen. Aber du ...« Sie wandte sich an Nick und schüttelte enttäuscht den Kopf. »Du führst dich auf wie ein verzogenes Kind. Hör auf, ihn zu reizen. Gib ihm endlich die Hand.«

Knurrend und brummten schlossen sie über dem Tisch den Waffenstillstand.

»Jetzt können wir das Tiramisu genießen.«

Alle drei schienen froh zu sein, der Spannung zu entkommen, und konzentrierten sich auf den Nachtisch. Das Tiramisu, die Nick gezaubert hatte, war ein Gaumenschmaus, üppig, füllend und nach Cognac duftend. Julia hatte mit Steve auf dem Balkon gesessen, während Nick kochte. Beide hatten nicht fassen können, wie Nick sich entwickelt hatte. In der Küche hatten sie ihn nie gesehen. Julia musste kichern, als sie ihn sich mit Schürze vorstellte.

»Was ist denn so lustig?«

»Ich stellte mir gerade vor, wie du mit Schürze aussiehst«, antwortete sie lachend.

»Also, das nenne ich Dankbarkeit. Ich schufte in der heißen Küche, und dann machst du dich auch noch lustig über mich.« Er stieß den Finger in die Sahne und schnipste sie in Julias Richtung. Die Sahne landete auf ihrer Wange.

Sie fing den Klecks auf und saugte ihn von der Fingerspitze. Sie biss sich auf die Lippe, um ein albernes Kichern zu unterdrücken, dann grub sie den Löffel in den kaffeefarbenen Puding und schleuderte ihm die Löffelfüllung mit einer kurzen Drehung des Handgelenks entgegen.

Nick starrte auf den Spritzer auf seinem Hemd. »Das reicht.« Er legte den Löffel hin, stand auf und stellte sich hinter Julias Stuhl. Er beugte sich über ihre Schultern, tunkte seine Finger in ihre Schüssel und strich die Creme mit einem sadistischen Lächeln über Julias Mund.

Sie stand auf und revanchierte sich. Sie sahen sich eine Weile an, und ihre Augenpaare tanzten vor teuflischer Lust, dann legte er die Hände in ihren Nacken, zog Julia an sich und küsste sie. Er leckte ihr Gesicht sauber und fuhr mit hungrigen Zungenstrichen über ihre Haut. Als er damit fertig war, blickte er zum Tisch, als überlegte er sich schon den nächsten Streich.

Er griff in den Ausschnitt ihres T-Shirts und riss das zarte Gewebe entzwei. Verdutzt starrte Julia auf den Riss, und dann stockte ihr der Atem, als Nick kalte Schlagsahne über ihre Brüste rieb. Nick packte Julia grob an den Hüften und drehte sie herum, bis sie mit dem Rücken zum Tisch stand. Er drückte ihren Oberkörper nach hinten, beugte sich über sie und leckte die Süße von ihrer Haut. Immer wieder wischte die Zunge über ihre Nippel. Julia warf den Kopf in den Nacken und seufzte lustvoll.

Nick kniete sich, und Julia wandte sich an Steve, dessen Augen verunsichert und gepeinigt blickten – nicht anders als vor sieben Jahren. Damals hatte er sich der Folter ausgesetzt, Nick und Julia zu beobachten, aber jetzt, dachte sie, sollte er sich nicht länger ausgeschlossen fühlen.

Sie streckte einladend ihre Hand aus. Zitternd stand er auf und ließ sich neben ihr nieder.

Er schüttelte kaum merklich den Kopf. »So habe ich mir mein erstes Mal mit dir nicht vorgestellt«, gestand er flüsternd. Er sah hinunter zu Nick. »Nein, es fühlt sich nicht richtig an. Ich weiß nicht, was ich tun soll.«

»Küss mich«, drängte sie ihn und hob den Kopf, hielt ihm den Mund hielt. »Küss mich.«

Wie in Zeitlupe senkte sich sein Mund. Sanft drückten sich seine Lippen auf ihre. Er küsste sie, machte zarte Liebe mit ihrem Mund. Als seine Zunge sich zwischen ihre offenen Lippen schob, hielt er ihr Gesicht in beiden Händen und stieß die Zunge rhythmisch in sie hinein. Ihre Schenkel pressten sich gegen seine. Sie spürte die Erektion, die gegen ihre Hüfte pochte. Er küsste sie wieder, und diesmal so leidenschaftlich, dass er Nicks Gegenwart vergaß.

Aber Julia konnte Nick nicht vergessen. Er kniete ihr zu Füßen, hatte ihr Höschen nach unten geschoben und atmete schwer gegen die feuchten Schamhaare. Julia schob ihre Beine ein bisschen weiter auseinander, um seinen forschenden Fingern das Eindringen zu erleichtern.

Ihre Nägel drückten sich in Steves Arm, während Nick in sie eindrang, tief und aufwühlend, und ihre Pussy in einen ekstatischen Wirbel versetzte. Julia hielt den Atem an, als seine Finger hineinglitten und die Säfte über ihre empfindsame Knospe verteilten. Er begann sie zu necken, und sie stöhnte in Steves Mund.

»Was ist denn los?«, fragte er.

»Nichts.« Ihre Lider flatterten, und ihre Blicke huschten von Steve zu Nick.

Nick richtete sich auf. »Was willst du?«, fragte er.

Sie wusste es nicht.

Natürlich wusste sie es nicht, aber als Nick in sie eindrang, fühlte es sich herrlich an. Steve wollte gehen, aber sie bat ihn zu bleiben, sie lechzte nach seinen Küssen und nach seinen Umarmungen. Es war ein verblüffendes Erlebnis – Nick liebte sie wie nie zuvor, und Julia glaubte, ihre Sinne zu verlieren. Ihr Orgasmus regierte, löschte alles andere aus. Ekstase in ihrer puren Form. Freudentränen quollen aus Julias Augenhöhlen und flossen über Steves Gesicht.

Er strich über ihre Haare und ließ die Hand auf ihrer Hüfte liegen. Seine Zärtlichkeit stand in krassem Kontrast zu dem wilden Wirbel von vorhin. Erschöpft und glücklich schloss sie die Augen.

»Du bist einmalig«, flüsterte Steve.

Es kostete sie unendliche Mühe, aber Julia hob den Kopf und schlug die Augen auf. »Ich bin froh, dass du geblieben bist«, sagte sie voller Rührung.

»Ich auch«, sagte er und schob mit einer liebevollen Bewegung die Locken zurück, die ihr ins Gesicht gefallen waren. »So etwas Schönes habe ich in meinem ganzen Leben noch nicht gesehen. Aber ich will dich für mich haben. Morgen Abend. Ich will, dass du auch bei mir so kommst wie eben.«

»Morgen Abend muss ich arbeiten. Ich muss den Frühzug zurück nach London nehmen«, erklärte sie, plötzlich fast nüchtern. »Ich muss über eine Filmpremiere berichten.«

»Du kannst nicht zurück«, sagte Steve.

Nick lag auf dem Rücken, erschöpft und befriedigt. Er murmelte Zustimmung.

»Ich muss zurück. Ich muss arbeiten.«

»Ruf an und melde dich krank.«

»Das habe ich schon heute getan.«

Steve drückte ihre Schulter. »Und was wird aus mir?«

»Nun, du musst nach London kommen, wenn du mich sehen willst.«

Er riss den Mund weit auf. »Ich kann nicht. Da gibt es einen wichtigen Deal ... nein, es ist unmöglich. Ich muss bei den Verhandlungen dabei sein.«

Julia hob die Schultern. Plötzlich fühlte sie sich sehr müde. »Es liegt an dir.«

»Aber ich wollte dich zum Essen einladen«, wandte Steve hilflos ein.

Sie legte einen Finger über seine Lippen.

»Geh nicht, Julia«, sagte Nick. »Verlasse mich nicht. Ich brauche dich.«

»Du brauchst mich nicht, Nick. Du brauchst ein Sexobjekt. Ich könnte jede andere sein.«

»Das stimmt nicht«, protestierte er. Seine Stimme klang müde, trunken und lallend. »Du bist immer noch die schärfste Frau, die ich je gekannt habe.« Er drückte die Lippen auf ihr Ohr und kitzelte sie mit seinem Atem. »Bleib hier, scheiß auf deinen Job.« Er beugte den Kopf und küsste ihre Nippel.

Julia erhob sich und drückte beide Hände gegen ihren Kopf, um das Karussell darin aufzuhalten. »So sehr ich es auch möchte, ich kann es nicht. Morgen wartet Arbeit auf uns alle. Ihr habt eure Verhandlungen, und ich muss die Premiere wahrnehmen Ich bin sicher, dass wir bald Zeit finden, uns wiederzusehen.«

Nick grunzte widerwillig, und Steve seufzte ergeben.

»Ich brauche Schlaf. Wer kommt mit?«, fragte Julia.

6

Die Herausforderung

Die üblichen Typen waren schon vor dem Odeon am Leicester Square versammelt, als Julia eintraf. Sie zeigte den Polizisten an der Absperrung ihren Presseausweis und drängte sich in die Meute der Fotografen, die sich gegenüber vom Eingang des Kinos eingerichtet hatten. Sie war spät dran, und die anderen hatten sich schon die besten Plätze gesichert. Doch das störte Julia nicht. Sie kam fast immer zu spät, und trotzdem gelang es ihr fast immer, einen Platz in der ersten Reihe zu erhaschen.

Das lag an einer schlichten Strategie: Hier ein einschmeichelndes Lächeln, da ein freundliches Wort, und schon war sie da, wo sie sein wollte – ganz vorn. Der *Chronicle* war eine auflagenstarke Zeitung, aber vor Ort zählte das nicht. Es waren ihre Brüste, die in diesem Spiel die entscheidenden Vorteile brachten.

Brüste gegen Ellenbogen, dachte sie grinsend, als sie gerade die erste Reihe der Fotografen erreicht hatte. Sie legte die Tasche mit ihrer Ausrüstung auf den Boden und bückte sich, um das lange Objektiv aufzuschrauben. Sie lächelte, als sie spürte, dass

147

Blicke in ihren Ausschnitt fielen. Brüste brachten einen ins Musikgeschäft, in die Zeitungen und zum Film. Aber auch hinter der Kamera waren Julias Brüste von unschätzbarem Wert. Wäre sie ein Mann, müsste sie sich mit einem hinteren Platz begnügen und auf eine Leiter klettern, um die Fotos schießen zu können, die sie haben wollte.

Aber die anderen Fotografen – die männlichen – hatten sie unter ihre Fittiche genommen und ihr den Weg geebnet. Sie lächelten stolz über Julias Erfolge. Die Beschützerrolle war einem Mann wohl angeboren, dachte Julia schmunzelnd. Sexismus in seiner subtilsten Form, nicht beleidigend und leicht zu manipulieren. Julia nutzte schamlos ihre Vorteile, auch wenn sie manchmal Mitleid mit den Männern empfand. Weil Männer von Brüsten besessen waren.

Sie fühlte sich an Nick erinnert. Ein Schauer der Erregung lief durch sie hindurch, als sie Bilder der vergangenen Nacht vor ihrem geistigen Auge sah. Es rieselte ihr heiß und kalt über den Rücken, wenn sie daran dachte, wie Marianne wohl reagieren würde, wenn sie ihr vom Wiedersehen mit Nick erzählte. Was für ein Wiedersehen!

Am Morgen hatte er sie zum Bahnhof gebracht. Da war er wieder der alte Nick gewesen, der gestresste Manager war neu in ihm erwacht, aber verjüngt und mit neuer Energie geladen. Sie hätte ihm die Jugend zurückgebracht, hatte er ihr gesagt, und sie hatte ihn ausgelacht – er war erst fünfundzwanzig.

Im Gegensatz zu ihm war Steve müde und niedergeschlagen gewesen, als er ihr auf dem Bahn-

148

steig nachgewunken hatte. Er hatte in Steves breitem Bett kein Auge zugemacht. Die Situation war zu bizarr für ihn gewesen.

Bizarr war es tatsächlich – Julia, flankiert von den beiden Männern, mit denen sie aufgewachsen war. Aber wenn die beiden letzten Tage schon seltsam gewesen waren, dann waren die beiden letzten Monate surreal gewesen.

Sie hatte Dinge getan, von denen sie sich geschworen hatte, sie nie zu tun: Sie war – ausgerechnet – mit einem Schauspieler ausgegangen und hatte seinen Heiratsantrag angenommen, und dann hatte sie es einem Jungstar der Popszene im Studio ihrer Zeitung französisch besorgt. Sie hatte sich zu Dingen hinreißen lassen, die sie tief entsetzten – zum Beispiel hatte sie in Steves Gegenwart masturbiert. Dann hatte sie sich ihrem Verlobten im Garten seiner Eltern aufgedrängt, bevor sie nach Glasgow zurückgereist war.

Am Ende dieser Reise, hatte sie gedacht, wollte sie wieder einen klaren Kopf haben. Aber dann hatte sie Nick wiedergesehen, und jetzt war ihre Verwirrung größer als vor ihrer Reise.

Als die erste Limousine vor dem Kino vorfuhr, hob Julia die Kamera. Ein junges Paar stieg aus und winkte der Menge zu. Sie war Schauspielerin, er Fußballer. Sie hatten vor kurzem geheiratet, und sie strahlten sich voller Liebe an, als sie sich Händchen haltend den Fotografen stellten. Julia erwischte sie genau im richtigen Moment, als der junge Mann sie stolz ansah und sie ihren Kopf an seiner Schulter barg.

Schuldgefühle wühlten in Julias Sinnen, als ihr

einfiel, dass David noch nicht wusste, dass es vorbei war. Gleich darauf empfand sie noch stärkeres Bedauern, als sie an Steve denken musste. Sie hatte ihm am Samstag gesagt, dass sie ihn begehrte und nach Schottland zurückkehren würde, aber dann war es Nick gewesen, der ihren Körper besessen hatte.

Wie musste sich Steve dabei gefühlt haben? Die Frustration und Eifersucht mussten bitter geschmeckt haben. Kein Wunder, dass er kaum geschlafen hatte; es musste die schlimmste Folter für ihn gewesen sein, während Nick und sie neben ihm befriedigt eingeschlafen waren.

Ihre Augen wurden feucht, und das Bild im Sucher verschwamm. Ein Schauder erfasste sie, als ihr bewusst wurde, dass sich seit der Schulzeit so wenig verändert hatte. Immer noch fühlte sie sich Steve näher. Mit ihm wollte sie reden oder schweigend zusammen sitzen. Steve konnte ihre Gedanken lesen wie früher.

Aber sie konnte auch nicht leugnen, dass Nick immer noch eine starke Anziehungskraft für sie hatte. Er stand für pure, egoistische Lust. Nick kommunizierte nicht mit Worten, das hatte er nicht nötig. Sein Körper war seine Stimme, eine sehr überzeugende sogar. Gemeinsam stellten Nick und Steve alles das dar, was sie seit sieben Jahren in ihrem Leben vermisst hatte.

Sie blickte auf, als sie ihren Namen hörte. Promis trafen im Minutentakt ein, aber Julia achtete nicht auf sie und sah sich in der Menge um. Dann hörte sie wieder die Stimme ihren Namen rufen. Sie erkannte die Stimme.

»Julia! He, Jules! Hier!«

Sie lachte ungläubig und winkte Nick zu. Er saß in einer silbernen Limousine, lehnte sich aus dem Seitenfenster und winkte sie ungeduldig heran.

»Ich kann nicht«, rief sie lautlos. In ihrem Schoß zuckte es, als sie sich fragte, was er hier wollte. »Ich muss arbeiten.« Er würde das von ihren Lippen ablesen können.

Er öffnete die Tür und stieg aus. Frech grinsend forderte er sie auf, über die Absperrung zu klettern und zu ihm zu kommen. Er sah selbst wie ein Promi aus, die Haare frisch geschnitten, der schnittige Körper in einem schwarzen Frack. »Komm.«

Julia drehte sich um. Die anderen Fotografen hatten nichts bemerkt, ihre Objektive waren auf ein Model und ihren Freund gerichtet, die vor dem Kinoeingang posierten. Julia sollte ein starkes Foto von ihnen schießen; der *Chronicle* wartete darauf. George würde wütend sein, wenn sie ihm nicht rechtzeitig das Foto brachte, denn er hatte einen Platz dafür reserviert.

»Komm schon«, rief Nick. »Worauf wartest du?«

Sie bückte sich, hob ihre Tasche auf und floh. Sie ignorierte die Proteste der Kollegen, gegen die sie auf ihrer verrückten Flucht stieß.

»Was machst du hier?«, keuchte sie. »Ich gerate in Teufels Küche wegen dir.«

Er schob sie in den Fond der Limousine.

»Steve! Was ist denn los?«

Nick sprang neben sie auf die Rückbank und knallte die Tür zu. Jetzt drang der Lärm von draußen nur noch gedämpft zu ihnen. Die Limousine setzte sich in Bewegung.

Sie fuhren Richtung Trafalgar Square. Julia schaute von Nick zu Steve und dann zum Chauffeur, der ihr im Innenspiegel zunickte.

»Was habt ihr zwei jetzt schon wieder ausgeheckt?«, fragte sie. »Ihr bringt mich wirklich in eine prekäre Situation. Ich werde gefeuert.«

»Und warum bist du dann gekommen? Ich meine, du hättest nicht kommen müssen. Wir hätten ein paar Runden gedreht und wären später noch einmal vorbeigefahren.«

Sie sah Nick grinsend an. »Du hast ganz genau gewusst, dass ich einer solchen Versuchung nicht widerstehen konnte. Außerdem ist es Zeit, dass ich mich vom *Chronicle* verabschiede. Scheiß auf den Job. Ich werde freiberuflich arbeiten. Ich brauche eine neue Herausforderung.«

»Deshalb sind wir hier«, sagte Steve.

»Ich dachte, ihr hättet wichtige Verhandlungen«, sagte Julia. Steve sah umwerfend in seinem Frack aus.

»Wir wollen mit dir verhandeln«, sagte Nick.

»Oh? Erzähle.«

Ein breites Grinsen zuckte um seine Mundwinkel. Er rutschte im Sitz herum und konnte seine Erregung nicht länger verbergen. »Wir wollen dich beide.«

Julia hob eine Augenbraue. »Das ist hübsch, aber nicht wirklich neu.«

»Wir wollen, dass du dich zwischen uns entscheidest.«

Steve legte eine Hand auf ihren Schenkel. Unter dem dünnen Jersey ihres schwarzen Rocks wurde ihre Haut kalt. »Seit du heute Morgen weggefahren bist, haben Nick und ich pausenlos über dich geredet. Wir kennen keine wie dich, Julia. Wir wollen dich beide – aber nicht mehr zusammen.« Er schüttelte traurig den Kopf. »Ich glaube nicht, dass ich so eine Nacht noch einmal überstehen würde.«

»Wir sind nicht bereit, dich gehen zu lassen«, sagte Nick. »Deshalb musst du eine Entscheidung treffen.«

Sprachlos schaute Julia von einem zum anderen.

»Ich verbringe den Donnerstag mit dir.« Nick wies auf seinen Rivalen. »Steve hat Vorbereitungen getroffen, die Nabelschnur am Freitag zu durchschneiden. Du solltest dich geehrt fühlen – ich glaube nicht, dass er sich einen Tag freigegeben hat, seit er seine eigene Firma besitzt.«

Julia fühlte sich geehrt und geschmeichelt – und amüsiert. »Ihr habt also alles unter euch ausgemacht?«

Nick hob lässig die Schultern, als ob er solche Dinge täglich erlebte. »Wir mussten irgendwie aktiv werden. Ich will nicht riskieren, dass bis zum nächsten Wiedersehen noch einmal sieben Jahre vergehen.«

»Und ich will mir nicht länger den Kopf darüber zerbrechen, ob du lieber mit Nick zusammen bist«, ergänzte Steve.

Julia atmete tief durch. »Damit ich alles richtig begreife – ich verbringe einen Tag mit Nick und einen Tag mit Steve, und danach entscheide ich, auf wessen Liebe ich nicht verzichten will.«

Beide nickten zustimmend.

»Und ganz egal, was passiert – ihr findet euch mit meiner Entscheidung ab?«

Nick sah sie ernst an. »Deine Entscheidung ist endgültig. Der Verlierer akzeptiert sie.«

Julia schnaufte. »Das glaube ich erst, wenn ich es sehe.«

Steve drückte ihr Knie. »Es gibt keinen anderen Weg, Julia. Es muss so sein – es sei denn, du weißt jetzt schon, wen du haben willst.«

»Es sei denn, ich will keinen von euch.«

Dieser Satz löste Entsetzen bei den Männern aus, während Julia aus dem Fenster blickte. Auf dem Trafalgar Square tummelten sich wieder Heerscharen von Touristen. Die Limousine fuhr weiter Richtung Haymarket. Julia versuchte weiter, ganz gelassen zu bleiben, aber das fiel ihr nicht leicht. Am liebsten hätte sie die Spannung in sich durch einen lauten Schrei gelöst. Draußen auf den Straßen war alles wie immer, und niemand ahnte, dass ihr Kopf vor Unentschiedenheit beinahe platzte.

Sie unterdrückte ihre Erregung für den Augenblick und dachte über die Konsequenzen nach. David war die Woche über weg, also brauchte sie nicht zu befürchten, von ihm erwischt zu werden. »Okay«, sagte sie, »aber ich stelle eine Bedingung.«

Nick beugte sich eifrig vor. »Ganz egal, was es ist, wir stimmen zu.«

»Wenn das alles vorbei ist«, sagte sie, »müsst ihr mir versprechen, dass ihr Freunde bleibt.«

Die Männer starrten sich an. »Das wird nicht leicht sein«, murmelte Steve.

»Das ist meine Bedingung. Wenn ihr nicht einverstanden seid, läuft gar nichts.«

»Also gut«, sagte Nick rasch.

Steve nickte.

»Okay, das ist also geklärt. Was wollen wir denn heute Abend machen? Habt ihr schon gegessen?«

Nick öffnete einen kleinen Barschrank neben seinem Sitz. Er zog einen Eiskübel mit einer Flasche Champagner heraus und zog die goldene Folie über dem Korken ab. »Ich fürchte, wir haben keine Zeit zum Essen, Jules. Wir haben einen Frühstückstermin. Wir bringen dich nach Hause, dann müssen wir zurück nach Glasgow.«

Sie blinzelte die beiden verblüfft an. »Ihr seid den ganzen Weg gekommen, um mich von meinem Termin abzuhalten und ein wenig zu plaudern? Hättet ihr nicht telefonieren können?«

»Du hast uns deine Telefonnummer nicht gegeben.« Der Korken knallte, und Nick schenkte in drei Gläser ein. »Außerdem wollten wir dich überraschen.«

»Das ist euch gelungen.« Sie nahm ihr Glas und leerte es in einem Zug. Nick nahm ihr leeres Glas und ersetzte es durch seins, an dem er nur kurz genippt hatte. Dann ging Nick vor ihr auf die Knie. Er schob seine Hände unter ihren Rock und drückte die Schenkel auseinander.

»He, was fällt dir ein?«, flüsterte Julia. Sie fing den Blick des Chauffeurs im Innenspiegel auf. »Er kann uns sehen.«

»Lass dich von ihm nicht stören.« Steve legte eine Hand in ihren Nacken und streichelte sie einfühlsam, als ob er ihre Unsicherheit wegmassieren wollte.

»Aber er sieht zu«, zischte sie. Zwischen ihren Beinen schob Nick den Rock hoch und knüllte ihn um die Taille. Er schnalzte, als er den winzigen schwarzen Tangaslip sah. Er hakte die Daumen unter den Stoff und zog ihn nach unten. Julia half, indem sie die Hüften kurz anhob.

Sie war immer noch unsicher, und fragend huschte der Blick vom Innenspiegel zu Steve und wieder zurück. »Er soll sich auf die Straße konzentrieren«, murmelte sie.

»Er ist ein ausgezeichneter Fahrer«, sagte Nick. Er hielt ihren Slip in der Hand, schloss die Augen und drückte ihn auf sein Gesicht. Dann zog er Julia auf dem Sitz ein wenig vor, hielt ihre Schenkel gespreizt und tauchte zu ihrem Schoß.

Julia verspannte sich, als die Zunge über ihre Labien glitt und sie öffnete. Sie atmete schwer und blickte zu Steve. »Er soll aufhören«, keuchte sie.

Steve schob Nick zur Seite und kniete sich dann selbst auf den Teppichboden und drückte den Mund auf ihr pochendes Geschlecht. Julia begann zu zittern. Sie fühlte sich wie ein gefangenes Tier, aber sie spürte auch, wie die Erregung Besitz von ihrem Körper nahm.

»Du duftest wunderbar.« Steve küsste ihre Lippen mit ungeheuer viel Sanftheit. »Und du schmeckst wunderbar.« Seine Zunge stieß in sie hinein.

Wie von selbst hob Julia ihre Hüften an. Sie öffnete die Beine so weit es ging und achtete nicht mehr auf den Chauffeur.

Steve leckte die Tropfen ihrer Leidenschaft. Julia rollte den Kopf von einer Seite zur anderen, wobei sie Steves Bewegungen verfolgte. Er konzentrierte sich ganz auf sie und ihre Lust. Die Ekstase floss aus ihr heraus, und sie ließ sich tief in die weichen Polster der Limousine sinken.

Er fand ihre pochende Klitoris und stieß mit der Zungenspitze dagegen, ehe er sie zwischen die Lippen nahm und zart saugte. Sie wurde durchgeschüttelt. Es war nicht der wilde, betäubende Orgasmus wie gestern Abend, sondern ein eher stiller, der aber ihren ganzen Körper erfasste und sie in eine Wolke des Glücks hüllte. Ihr wurde warm, als wäre sie aus der Dunkelheit in den Sonnenschein getreten.

»Das war wunderschön«, sagte sie schläfrig, als Steve sich wieder erhoben und neben sie gesetzt hatte.

»Für mich auch.« Er legte einen Arm um ihre Schulter und streichelte den Nacken unter ihren Haaren. »Es fühlt sich unglaublich gut an, wenn man einer Frau einen Orgasmus verschafft. Besonders, wenn es sich um eine so schöne Frau handelt.« Er küsste sie einige Male auf den Mund. »Du schmeckst himmlisch.«

Sie lächelte ein Lächeln, das sie innerlich wärmte. Er sagte einem die schönsten Dinge.

7

Marianne

»Du hast also meine Nachricht erhalten?«

Julia nahm die Hände von der Schreibtischkante und steckte sie unter ihre Schenkel, damit man nicht sehen konnte, wie sehr sie zitterten. »Ja, George, ich habe deine Nachricht gehört. Warum sonst, glaubst du, sitze ich beim ersten Licht des Tages in der Redaktion?«

Er knallte seine Bürotür zu, und vom Windzug und dem Rasseln der Jalousien wehten ein paar Blätter über seinen Schreibtisch. »Werde nicht auch noch frech, junge Frau.« Er nahm wieder hinter dem Schreibtisch Platz. »Du hat eine Menge zu erklären, Miss Sargent.« Er zog das Miss Sargent in die Länge, wie immer, wenn er wütend war, und er spuckte es aus wie einen Priem, der ihm unangenehm auf der Zunge lag.

Zu Julias Unglück war sie noch sehr schläfrig. Sie hatte überhaupt nicht daran gedacht, sich eine überzeugende Entschuldigung einfallen zu lassen, selbst dann nicht, als sie zu Hause den Anrufbeantworter abgehört hatte, um Georges Zorn über sich ergehen zu lassen. Jetzt lief ihr die Zeit davon.

Es war wichtig für sie, sich im Guten vom

Chronicle zu trennen, wenn sie denn gehen musste. George hatte ihrer Karriere geholfen, und sie hatte es ihm vergolten, indem sie ihn im Stich gelassen hatte. Okay, sie hatte bei all ihren Aufträgen gute Arbeit abgeliefert, aber alle Pluspunkte, die sie in den letzten drei Jahren gesammelt hatte, zählten nicht mehr, seit sie gestern Abend die Arbeit niedergelegt hatte. Irgendwie ahnte sie, dass es ihn nicht überzeugen würde, wenn sie von einem Anflug geistiger Umnachtung sprechen würde.

»Also?« Er legte sich im Sessel zurück und zog an seiner dicken Zigarre. »Ich bin ganz Ohr. Nenne mir einen guten Grund.«

Julias Augenlider flatterten. Sie mimte Unschuld. Sie wollte ihn hinhalten, während sie versuchte, ihr Gehirn einzuschalten. »Einen guten Grund wofür, George?«

»Willst du mich auf den Arm nehmen?« Er stieß einen Wurstfinger in ihre Richtung. »Welche Geschichte willst du mir auftischen? Zuerst rufst du an und erzählst irgendeinen Scheiß über Erkältung. Verdammt, ist dir denn nichts Originelleres eingefallen? Und dann lässt du deinen Job einfach im Stich.« Er hob die buschigen Augenbrauen und wartete gespannt. »Also, ich kenne dich doch. Trotz deines Gejammers liebst du diesen Job. Warum also, zum Teufel, lässt du mich im Stich?«

Julia stand auf. Sie ging zum schmalen Fenster und starrte hinunter auf die Straße. Wie sie es sah, gab es nur eine Möglichkeit, aus dieser Situation heil herauszukommen. Sie musste so ehrlich wie möglich sein.

»Ich habe mich gelangweilt.«

George erstickte fast an seiner Zigarre. »Sagst du das noch mal, bitte?«

»Ich habe mich gelangweilt.« Sie wandte dem Fenster den Rücken zu. »Ich weiß, es war unprofessionell, unverantwortlich und all das. Aber ich habe es einfach nicht mehr ausgehalten. Hast du noch nie dieses Gefühl gehabt, George?«

Georges Gesicht war dunkelrot geworden. »Was für ein Gefühl?«

»Dass du es satt hast. Ich sehe auf diese halbgaren Promis, ich sehe mich an, wie ich mich an den anderen vorbei dränge, um die besten Fotos zu schießen, und ich denke: Was tust du hier eigentlich? Wen kratzt es schon, was du hier tust?«

»Ich will dir sagen, wen es kratzt.« Wütend drückte er die Zigarre im Aschenbecher aus, und zweifellos wünschte er, Julias Hand als Aschenbecher benutzen zu können. »Mich kratzt es. Ich sitze hier bis acht Uhr am Abend und sorge mich, was aus dir geworden ist. Den Schlussredakteur kratzt es, wenn ich ihm sagen muss, wir haben in der morgigen Ausgabe ein weißes Loch in der Zeitung, weil unsere Fotografin desertiert ist. Den Buchhalter kratzt es, weil er für Agenturbilder bezahlen muss, obwohl wir eine festangestellte Fotografin haben.« Umständlich kam er auf die Füße, den Bauch voller Wut. »Und die Leser kratzt es, denn sie kaufen die verdammte Zeitung, weil sie die Promis sehen wollen.«

Julia verzog das Gesicht und wich vor dem Angriff des Speichelregens zurück, der auf Schreibtisch und Julia sprühte. »Es tut mir Leid, George.«

»Dir tut es Leid? Ha!«

Bisher lief es nicht sehr gut, dachte Julia. Sie musste die Bombe fallen lassen – würde er sich dann beruhigen, oder drehte er dann ganz durch? Julia atmete tief durch. »Ich habe beschlossen, frei zu arbeiten.«

Einen Moment lang glaubte sie, er würde in der Mitte zusammen klappen. Sein Mund blieb weit aufgerissen, seine Augen traten aus den Höhlen, und seine Arme ruderten durch die Luft, bis er sich mit einer Hand am Schreibtisch festhalten konnte.

»Frei.« Er nickte. Seine Stimme stand in krassem Widerspruch zu seinem Gesichtsausdruck. »Du willst also frei arbeiten. Ist das nicht hübsch? Nach allem, was ich für dich getan habe. Ich habe dich an meine Brust genommen, Julia. Ich will ehrlich sein, du warst nicht der beste Trainee, den wir hier hatten, aber ich habe dein Talent gesehen. Ich habe mich für deine Anstellung eingesetzt, und so dankst du mir.« Seine Schweinsaugen waren schwarz vor Ärger. »Ich gehe davon aus, dass du dir alles gut überlegt hast. Und dass die Entscheidung nicht auf die Tatsache basiert, dass du dich langweilst.«

»Eh … nein«, stammelte sie. »Es gibt … eh … viele Gründe …«

»Es ist dir doch klar, wie viele freiberufliche Fotografen da draußen rumlaufen? Und dir ist auch klar, dass sie ihren rechten Arm opfern würden, um sich eine Festanstellung zu sichern? Damit sie ein regelmäßiges Gehalt, bezahlten Urlaub und eine Rente bekommen?«

»Ich brauche eine neue Herausforderung, George.«
Einen langen Moment starrte er sie an, betrach-

tete sie durch verengte Augen, als wollte er einen Sinn hinter dem erkennen, was sie gesagt hatte. »Also gut«, fauchte er schließlich. »Aber erwarte kein gutes Zeugnis, Julia, nicht nach deinem Verhalten gestern Abend. Und ich kann dich nicht gehen lassen, ohne dich zu warnen. Du wirst es als Freie nicht leicht haben. Dass du einen Auftrag einfach nicht erfüllt hast, wird sich herumsprechen. Kein Redakteur wird dir trauen.«

Julia fühlte, wie ihre Wangen rot wurden. Das hatte sie nicht bedacht. Plötzlich fiel ihr ein, dass die nächste Hypothekenrate fällig war. Zitternd sah sie George an. »Ich will doch nur eine Chance haben, was Ernsthaftes zu tun.«

Er beugte sich vor und nahm ihre kalten Hände in seine dicken feuchten Finger. »Julia, mein Schatz, du bist gut in deinem Job. Deine Arbeit ist vielleicht nicht politisch, und sie mag auch nicht von Bedeutung sein, aber die Leute wollen sich Promis ansehen. Wenn du meinen Rat hören willst, dann bleibe bei dem, was du kannst. Da draußen laufen Hunderte Fotografen herum, die bereit sind zu töten, um deinen Job zu übernehmen. Die Kirschen in Nachbars Garten schmecken nicht immer besser.«

Wahrscheinlich hatte er Recht.

»Du bist gewohnt, dass dir deine Models auf dem Silbertablett präsentiert werden. Die Studiofotografie verlangt Geschick, und das hast du, Julia. Politiker posieren nicht. Die Neuigkeiten finden nicht im Studio statt, unter idealer Beleuchtung. Fotojournalismus ist eine völlig andere Welt.«

Sie spürte, wie sie ihr Kinn vorreckte. »Du glaubst, ich sei damit überfordert?«

Er bedachte sie mit einem väterlichen Lächeln. »Ich glaube, du solltest alle Fakten kennen, bevor du deine Entscheidung triffst. Du bist gerade erst dabei, dir einen Namen zu schaffen. Es würde in diesem Stadium sehr schwierig für dich sein, den Sprung in den Fotojournalismus erfolgreich zu überstehen.«

Wider ihren Willen nahm sie wahr, dass ihre Gedanken wanderten. Was George sagte, hatte Hand und Fuß, aber es waren nicht die Dinge, die sie hören wollte. Um seinem Sermon zu entfliehen, dachte sie an Steve und Nick, und von ihrem Bauch aus verbreitete sich eine nervöse Erregung.

»Du hast kein Wort von dem verstanden, was ich gesagt habe, stimmt's?«

Sie zuckte zusammen und fand in die Gegenwart zurück. »Was? Oh, entschuldige, George. Mir schwirren so viele Dinge im Kopf herum.«

Er ließ ihre Hände los, setzte sich zurück und zündete sich eine neue Zigarre an. Er benutzte die Pause, um sie zu beobachten. Plötzlich stieß er die Arme in die Luft. »Himmel, ich hätte es wissen sollen! Es ist die Hochzeit, nicht wahr? Frauen sind kurz vor der Hochzeit oft nicht zurechnungsfähig. Du hast andere Dinge im Kopf, was?«

»Eh …, ja, könnte man sagen.«

Er drehte sich im Sessel und blickte auf den großen Jahresplaner hinter seinem Schreibtisch. Er war gefüllt mit kleinen Zeichen und gekritzelten Notizen, die kein anderer als George entziffern konnte. Er drehte wieder einen Halbkreis und schlug mit der flachen Hand auf den Tisch. »Ich werde dir sagen, was ich tue, mein Kind. Du nimmst dir den Rest der Woche Urlaub. Die Zeit nutzt du, um dich wieder auf deinen Job zu konzentrieren. Du hast bestimmt tausend Dinge im Kopf, die du noch zu erledigen hast. Also, sieh zu, dass du eins nach dem anderen abhaken kannst, und schlafe dich auch mal aus. Du siehst erschöpft aus.«

Sie biss sich auf die Lippen. So wie die Dinge standen, würde sie nicht viel Zeit zum Schlafen haben. »Danke, George. Du kannst dir gar nicht vorstellen, was das für mich bedeutet.« Sie stand auf, beugte sich über den Schreibtisch und küsste ihn auf die faltige Stirn.

»Hau ab.« Er errötete wie ein Junge und schickte sie mit einer Handbewegung hinaus. »Du kannst dich bedanken, indem du diese Spinnerei als Freie vergisst. Am Montag will ich die alte Julia wieder sehen.«

»Oh, was für eine Überraschung. Womit habe ich diese Ehre verdient?«

Wieder ein Schreibtisch, wieder ein Büro. Aber im Gegensatz zu Georges war Mariannes Büro geräumig, plüschig und spartanisch knapp möbliert. Julia ignorierte die Einladung der Freundin, Platz zu nehmen, und stellte sich nervös zappelnd ans Fenster. »Ich wollte nur mal vorbeischauen – vielleicht hast du Zeit für ein gemeinsames Mittagessen.«

Marianne hockte sich mit einer Backe auf die Schreibtischkante. »Es ist zehn Uhr, Julia.«

»Oh. Ja, dann also Brunch.«

»Arbeitest du heute nicht?«

»Ich habe den Rest der Woche frei.«

»Hast du ein Glück. Wie hast du das denn geschafft?«

»George hat sich eingeredet, ich könnte dem Druck wegen der bevorstehenden Hochzeit nicht standhalten.«

»Du!« Marianne kicherte laut. »Wodurch ist er denn zu diesem Eindruck gelangt?«

»Ich sollte gestern bei der Filmpremiere sein ...«

»Hast du Pierce Brosnan gesehen? O weh, ist dieser Mann himmlisch!«

»Ich habe niemanden gesehen. Ich bin einfach abgehauen. Und bin mit meinen Freunden durch die Gegend gefahren.«

Marianne hatte die Ohren gespitzt, und ihre Augen glänzten. »Du hast ein dreckiges Grinsen über dem ganzen Gesicht, Jules. Also komm, spuck's schon aus.«

»Da gibt es nicht viel auszuspucken.« Sie wartete und wusste, dass sie Marianne damit auf die Folter spannte. »Nick und Steve tauchten plötzlich mit einer Limousine am Leicester Square auf und boten mir an, mich mitzunehmen.«

Mariannes Augen verengten sich voller Argwohn. »Steve ... wie Steve Roth? Und Nick wie in Nick ...«

»Nick Trent«, bestätigte Julia. Ihr Grinsen wurde noch breiter. »Ich sollte hinzufügen, dass sie immer noch für jede Überraschung gut sind.«

Es klopfte an die Tür. Julia lächelte, als Mariannes neu ernannter Assistent in der Tür stand und ankündigte, dass die Konferenz in wenigen Minuten begann. Er war jung, blond und attraktiv, wenn man auf Schuljungen stand. Es war Julia sofort klar, warum er diese Position bekleidete.

Julia wackelte mit dem erhobenen Zeigefinger, als sich die Tür hinter dem Jungen schloss. »War er der beste Kandidat für die Position?«

»Er hat ausgezeichnete Referenzen.«

»Wie, hast du überhaupt einen Blick in seine Bewerbungsunterlagen geworfen?«

»Dummchen, von diesen Referenzen rede ich nicht.« Sie kicherte, dann stieß sie sich vom Schreibtisch ab und strich ihren marineblauen Rock glatt. »Ich muss wirklich in diese Konferenz. Es geht um eine wichtige Präsentation, die ich nicht absagen kann. Aber ich erwarte dich Punkt sieben in meiner Wohnung.« Sie wandte sich zur Tür. »Ich stelle den Wein, und du lieferst die saftigen Einzelheiten.«

Marianne öffnete die Tür in einem langen weißen T-Shirt und Socken. Ihre Haare waren noch feucht von der Dusche, und sie war außer Atem. »Ist es schon sieben?«

»Halb sieben. Ich konnte nicht mehr länger warten und bin einfach früher gekommen.«

»Du hast Glück, dass ich schon zu Hause bin.« Sie ging den Flur entlang zum Wohnzimmer. »Ich bin ein wenig früher aus dem Büro gegangen. Ich habe es nämlich auch nicht mehr ausgehalten und konnte mich nicht konzentrieren.« Sie ließ sich aufs dunkelrote Sofa fallen, und ihre Haare breiteten sich wie Sonnenstrahlen um ihren Kopf aus.

Julia setzte sich neben sie und rutschte zur Seite,

als sie etwas Hartes unter dem Po spürte. Sie hielt den vertrauten schwarzen Vibrator in der Hand und sah die Freundin unter steilen Augenbrauen an.

»Ich habe in Erinnerungen geschwelgt«, erklärte Marianne. »Erinnerungen an Nick.« Sie beugte sich vor und schenkte Rotwein in zwei Gläser ein, die sie neben sich auf den Fußboden gestellt hatte. Sie reichte Julia ein Glas, dann setzte sie sich zurück und stützte sich mit den Ellenbogen auf die Armlehne des Sofas, während sie die Füße in Julias Schoß legte.

»Nun komm schon, ich sterbe, wenn ich nicht sofort höre, was das unanständige Grinsen zu bedeuten hat.«

Julia erzählte ihr alles. Sie schloss auch das Essen bei Davids Eltern am Sonntag ein und die Episode hinter dem Gartenhaus, und sie endete mit dem Geschehen in der Limousine gestern Abend.

Julia hatte mit Marianne immer über alle Einzelheiten reden können, die sich in ihrem Liebesleben abspielten, und auch jetzt überließ sie nichts der Phantasie. Marianne unterbrach nur selten, außer, wenn sie mehr wissen wollte. Sie klebte an Julias Lippen, und Julia fand, dass ihre eigene Erregung durch die der Freundin noch verdoppelt wurde.

Während sie ihre heimlichen Gefühle mit der Freundin teilte, drückte sie die Innenseiten ihrer Schenkel zusammen, um das Lodern in ihrer Pussy zu ersticken. Marianne erging es offenbar nicht anders, sie zog langsam die Knie an und legte die Arme um ihre Beine.

Julia blinzelte und stockte in ihrem Bericht. Ihr

Blick wurde von dem tiefroten Schlitz zwischen Mariannes Schenkeln angezogen. Unter dem T-Shirt war sie nackt, und durch die schockierende Ablenkung verlor Julia den Faden. Marianne, die nicht ahnte, welchen Einblick sie Julia gewährte, bat sie, endlich zu Ende zu erzählen.

Als alle Geheimnisse keine mehr waren, nippte Julia am Wein. In ihrem Innern tanzten die Nerven, in ihrem Bauch flatterten Schmetterlinge. Es war immer ein sinnliches Erlebnis, ihre intimsten Geheimnisse mit Marianne zu teilen. Es erfüllte Julia mit Genugtuung, sie so sehr schockiert zu haben, dass Marianne schwieg. Eine lange Weile saßen sie stumm da und hingen ihren Gedanken und Bildern nach.

Schließlich stieß Marianne einen tiefen, sehnsüchtigen Seufzer aus. »Ist dir eigentlich bewusst, dass du in dieser einen Woche mehr Männer gehabt hast als in den letzten fünf Jahren zusammen?«

Julia fiel in ihr Kichern ein. »Es ist unglaublich, nicht wahr? Ich meine auch, dass ich David so oft betrogen habe ...« Lustig fand sie das nicht, aber es hatte sich so ergeben.

»Was wirst du David sagen?«

Julia atmete tief durch. »Ich habe keine Ahnung. Ich habe ja noch bis Sonntag Zeit, und bis dahin wird mir vielleicht was einfallen.«

Marianne beugte sich vor und legte eine Hand auf Julias Arm. »Du hast die einzig richtige Entscheidung getroffen, was ihn betrifft.«

Julia wandte sich wieder der Freundin zu und nahm sich vor, diesmal nicht zwischen Mariannes Schenkel zu starren.

Das hübsche Gesicht war ein Bild von Ernsthaftigkeit, als sie sagte: »Er war nie der Richtige für dich.« Die blauen Augen blicken voller schwesterlicher Sorge. Sie hatte nie etwas für David übrig gehabt. Julia war enttäuscht gewesen, als ihre beste Freundin mit Ungläubigkeit auf ihre Verlobung mit David reagiert hatte, aber jetzt wusste sie, dass Marianne Recht gehabt hatte.

Mariannes Beziehungen waren zwar auch nur eine rasche Folge von flüchtigen Affären gewesen, aber ihre Einschätzung von Julias verschiedenen Männern hatte stets den Nagel auf den Kopf getroffen.

Julia legte ihre Hand auf Mariannes und lächelte dankbar. Plötzlich und unerklärlich spürte sie das Verlangen, die Freundin zu küssen, ihre gewölbten Lippen mit der Zungenspitze zu öffnen. Entsetzt über ihr Lechzen zog Julia ihre Hand zurück und senkte den Blick auf ihren eigenen Schoß.

Marianne setzte sich zurück. »Wer wird denn der Glückliche sein – Nick oder Steve?«

»Ich ... ich weiß es nicht«, murmelte Julia, immer noch verwirrt von ihrer Sehnsucht nach der Freundin. Entwickelte sie sich zu einer Sexverrückten?

»Versprich mir, dass ich den Verlierer haben kann.« Marianne stieß einen Seufzer aus. »Himmel! Zwei Männer streiten sich um dich, Jules! Das ist doch die schärfste Story, die ich je gehört habe!«

Julia blickte auf, wandte den Blick ab, musste aber noch einmal hinsehen. Marianne stützte sich mit den Ellenbogen auf der Armlehne ab, sie hatte die Knie gespreizt, und in ihrem Schoß bewegte sich eine Hand ganz leicht. »Was machst du da?«, flüsterte Julia, auch wenn es ziemlich offensichtlich war, was die Freundin trieb.

Marianne hatte die Augen halb geschlossen. Sie wölbte den Rücken. »Du hast mich mit deinen amorösen Geschichten so scharf gemacht, dass ich sterben könnte.«

»Entschuldige.« Julias Stimme war kaum hörbar, gedämpft vom Schock, die Freundin so erregt zu sehen.

»Du brauchst dich nicht zu entschuldigen«, stöhnte Marianne. »Warum berührst du mich nicht?«

»Was?«

Marianne antwortete nicht. Sie streckte eine zitternde Hand nach Julia aus. Julia schluckte ihre Verwirrung hinunter, legte ihre Hand in Mariannes und ließ es zu, dass die Freundin die Hand sanft nach unten führte.

Einen Moment nur verharrte ihre Hand; Zeit für eine Million Wolken, die durch ihren Kopf zogen. Das ergab keinen Sinn. Sie waren beste Freundinnen. Dann berührten ihre Fingerspitzen die warme, seidige Nässe von Mariannes Schoß, und in ihrem Kopf klarte es auf. Urplötzlich ergab es einen Sinn – weil sie beste Freundinnen waren. Es war ganz leicht, ganz natürlich. Und es war wunderschön.

Marianne nahm ihre eigene Hand zurück und spreizte die Beine weiter. Sie zog ihr T-Shirt hoch und sah zu, wie Julia auf ihr Geschlecht starrte. Julias Blicke waren auf ihre Finger gerichtet, sie war so konzentriert, dass sie kaum Atem schöpfen konnte.

Mariannes Geschlecht sah nicht anders aus als ihr eigenes, und doch war es ganz anders. Blasse blonde Härchen, wo ihre dunkel waren, und dann gab es auch noch andere Unterschiede in Form und Farbe. Doch die Reaktionen waren gleich – jede Berührung löste einen Schwall von Flüssigkeit aus, und der kleine Kopf der Klitoris wurde hart.

Julias unbeschwerte Freundschaft mit Marianne nahm in diesem Moment eine andere Dimension an; sie spürte es am Zucken ihres eigenen Schoßes. Eine dunkle, klebrige Wärme sickerte in ihr, sämig wie der Wein, den sie trank.

Es schien so einfach zu sein, die Lust aus Mariannes schlanken Schenkeln zu ziehen. Sex und Masturbation wurden eins. Instinktive, pure Lust.

Julia rutschte näher und schob ihre Hand unter Mariannes T-Shirt. Sie starrte auf die Brüste der Freundin, deren sanfte Hügel mit blassrosa Aureolen versehen waren. Mit zitternden, tastenden Fingern strich Julia über die Konturen von Mariannes Brüsten und spürte die Lust zwischen den eigenen Schenkeln. Jetzt legte sie die Hände unter die Brüste und wiegte sie auf und ab.

Mariannes Lider flatterten voller Lust, als Julia die blassen Nippel zwischen Daumen und Zeigefinger nahm und sanft drückte. Julia beugte sich tief hinab und nahm den anderen Nippel zwischen die Lippen. Mariannes Körper schüttelte sich, als Julia mit den Zähnen leicht über die Nippel strich.

Die Brüste geschwollen vor Sehnsucht, die Nippel hart, schob Marianne die Freundin von sich. Sie setzte sich auf und streichelte mit den Fingern über die sanfte Kurve von Julias Nacken, glitt hinüber zum Hals und von dort zur Bluse, deren Knöpfe sie langsam öffnete. Sie schob die zarte

Baumwolle von Julias Schultern und langte mit beiden Händen auf den Rücken, um den weißen Büstenhalter der Freundin aufzuhaken.

Während Marianne ihr eigenes T-Shirt über den Kopf zog, streifte Julia ihre Schuhe ab und befreite sich von Jeans und Slip. Sie tat es Marianne nach und kniete sich ebenfalls aufs Sofa. Unter halb geschlossenen Lidern sahen sie sich an. Marianne bewunderte unverhohlen die atemberaubende Figur der Freundin, und Julia spürte ein scharfes Verlangen in ihrem Schoß. Im Vergleich zu Marianne sah ihre Haut blass aus, und ihr Körper wirkte üppig neben Mariannes schlanker Athletik.

Sie passten nicht wirklich zusammen, und doch, als Marianne ihre Hände auf Julias Taille legte und ihre Körper näher zusammen rückten, ergänzten sie sich auf ideale Weise. Ihre Nippel drückten gegeneinander – Mariannes rosig und steif, Julias braun und weich. Beide Frauen sahen an sich hinunter, als ihre Aureolen sich küssten.

Marianne strich über die Seiten von Julias Brüsten. Ihre Blicke trafen sich, ihre Köpfe bewegten sich langsam aufeinander zu, dann küssten sie sich. Kein zögerlicher, zaudernder Kuss, sondern ein starkes, kräftiges Pressen der Lippen aufeinander, das ihre unbewussten Sehnsüchte verriet. Es überraschte sie beide, wie einfach es war. Zungen, Lippen und Finger fanden und erforschten sich.

In dieser Umarmung gefangen fielen sie um, und ihre Körper wurden eine Einheit, eine fleischliche, sinnliche Masse. Mariannes Hand fuhr zwischen Julias Schenkel, und ihre Finger wühlten spielerisch in den feuchten krausen Härchen, bevor sie die

Labien öffneten und in die heiße Feuchtigkeit eindrangen. Julia rang nach Luft. Mariannes Lippen drückten sich auf Julias Nacken und Hals und küssten in einem Rhythmus, der sich den ruckenden Hüften anpasste.

Julia spielte mit Mariannes Brüsten, drückte und quetschte sie, zwickte ihre Nippel, bis Marianne vor köstlichem Schmerz zu stöhnen begann. Im Gegenzug strafte sie Julia, indem sie den Druck auf die Klitoris verstärkte, bis sie verzweifelt pochte und vibrierte. Julia zitterte vor Lust, sie streckte die Beine aus und zog Marianne auf sich.

Eine Weile saß Marianne auf Julia. Die beiden Frauen zupften sich gegenseitig an den geschwollenen Brustwarzen, während die Hüften gegeneinander schwangen. Dann stieg Julia der weibliche Moschus der Freundin in die Nase, und wie eine Süchtige verlangte sie nach mehr. Sie grub die Hände in Mariannes Pobacken und zog ihre Vulva näher zu ihren Lippen.

Ihr Atem stieß keuchend und heiß gegen den Schoß der Freundin. Sie schaute genau hin, wie die Labien zuckten und wunderte sich, wie sich die Schwellung der Schamlippen von ihren eigenen unterschied. Größer aber als alle Unterschiede waren ihre Gemeinsamkeiten. Sie erkannte in Mariannes Lust ihre eigene Sexualität wieder. Julia umklammerte Mariannes muskulöse Oberschenkel mit den Armen und presste den Mund zwischen ihre Beine.

Ihre Instinkte übernahmen die Regie. Ihre Zunge wand sich wie eine Spirale zu Mariannes Geschlecht, und ohne weiter zu überlegen stieß sie tief in die heiße Öffnung hinein. Verblüfft spürte sie das Spiel der Muskeln in Mariannes Pussy, die nach ihrer Zunge zu greifen schienen.

Sie küsste die Labien, als wären es die Lippen von Mariannes Mund, sie nagte zärtlich am empfindlichen Fleisch und wischte verspielt über das glitschige Gewebe. Sie nuckelte an der harten, gespannten Klitoris, saugte sie tiefer in den Mund und spürte, wie Marianne geschüttelt wurde. Ihre Schenkel zitterten, und mit einem lauten Stöhnen der Erleichterung klappte sie neben Julia zusammen.

Eine Weile lagen sie keuchend nebeneinander, dann küsste Marianne die Flüssigkeit von Julias Lippen. Ihre Augen blickten voller Verwunderung. Sie labten sich gegenseitig an der Ästhetik ihrer Körper und streichelten sich unablässig, als wollten sie sich den Körper der anderen jeweils einprägen – die Kurven der Brüste, die samtenen Innenseiten der Schenkel, die wunderbaren Konturen ihrer Hintern.

»Steve hatte Recht«, flüsterte Julia.

»Mit was?«

Sie sah Marianne an, die Wangen vor Ekstase gerötet. »Es ist ein ungeheures Erlebnis, eine Frau anzusehen, wenn es ihr kommt.« Sie lächelte und fuhr mit den Fingerspitzen über Mariannes Rückgrat. »Es ist, als steckte man die Zunge in den Himmel. Einfach großartig.«

»Du kannst es also empfehlen?«

»Oh, ja«, murmelte Julia und wuselte mit den Händen in Mariannes Haaren, als sie sich nach unten bewegte. »Oh, ja … oh, ja …«

8

Nick

Julia ging vor der U-Bahn-Station auf und ab. Sie hatte sich verspätet, aber Nick war noch nicht da. Jede Minute, die er sie warten ließ, vergrößerte ihre Qual. Zum hundertsten Mal betrachtete sie sich im Schaufenster des Cafés auf der anderen Straßenseite. Ihre Haare glänzten seiden und leuchteten rötlich in der Sonne des frühen Herbstes.

Sie hatte den ganzen Morgen damit verbracht, ihre Kleidung sorgsam auszuwählen, und sie würde Stunden brauchen, um die im ganzen Schlafzimmer verstreut herumliegenden Stücke wieder einzusortieren. Sie trug einen blassgrünen Pullover mit V-Ausschnitt, einen schiefergrauen Rock, der um die Knie flatterte, und dazu schwarze hochhackige Schuhe.

Ein kühler Wind wehte, aber sie hätte auch dann Strümpfe getragen, wenn es wärmer gewesen wäre. Sie liebte das Gefühl, wenn sich die Strapse beim Schreiten über die Haut der Schenkel rieben – und sie liebte Nicks Gesichtsausdruck, wenn er ihr die Strümpfe auszog.

Ihr Blick wurde in eine andere Richtung gelenkt, als sie sah, dass im Café jemand aufstand. Sie legte die Hände in die Hüften, als sie ihn erkannte.

»Ich warte seit einer Viertelstunde auf dich«, tadelte sie, als er auf sie zu kam. »Du sollst doch um einen guten Eindruck bemüht sein. Kein guter Start, was?«

Er steckte eine Hand durch ihre Armbeuge, streichelte ihre Hüfte und küsste sie auf die Wange. »Ich bin absichtlich etwas früher gekommen, weil ich dich beobachten wollte.«

Ihre Braue zuckte, als sie ihn ansah. »Du meinst, du hast die ganze Zeit im Café gesessen, während ich mir die Beine in den Bauch gestanden habe?«

»Ich war überzeugt, dass du mich gesehen hättest, denn du hast die ganze Zeit auf mich geschaut. Erst später habe ich begriffen, dass du dich im Schaufenster selbst betrachtet hast.« Seine Hand glitt hinunter zu ihrem Po. »Ich habe beobachtet, wie deine Brüste bei jedem Schritt wippten. Einmal hat der Wind deinen Rock gelupft, da konnte ich deine Strapse sehen«, flüsterte er ihr ins Ohr. »Ich brauche dich nur anzusehen, und schon habe ich einen Steifen.«

Julia stockte der Atem. Es war unglaublich. Zehn Sekunden bei Nick, und schon wurde sie feucht.

»Hast du deinen Badeanzug mitgebracht?«

Sie nickte. An diesem Morgen hatte sie einen seltsamen Anruf von Nicks Sekretärin erhalten. Sie sollte einen Badeanzug mitbringen. Dann fragte die Sekretärin nach ihrer Schuhgröße. »Wozu wolltest du meine Schuhgröße wissen?«

Er tippte sich an einen Nasenflügel. »Das wirst du alles erfahren, wenn die Zeit reif ist. Komm jetzt. Ich kann es nicht erwarten, dich wieder nackt zu sehen.«

Der Swimmingpool war wunderbar warm, und es waren nur wenige Leute im Wasser. Der Fitness Club wurde von den verschiedensten Menschen frequentiert; Schwule und Lesben, alte Männer und Frauen, stark geschminkte, neureiche Hausfrauen und junge Mütter, die es genossen, mal für sich zu sein, während sie die Kinder in der Krippe wussten.

Als Julia mit gemächlichen Brustzügen eine weitere Länge absolvierte und dabei den Schwimmern auswich, die nicht lang, sondern quer durchs Wasser zogen, war sie nur auf einen einzigen Menschen fixiert. Die anderen waren undeutliche Schemen, kleine Fische unter der Oberfläche einer trüben See.

Nick war die einzige klare Gestalt, die sie wahrnahm. Er hatte die Knie gebeugt, so dass alles unterhalb des Brustkorbs von der Wärme des Wassers umfangen wurde. Seine Blicke durchdrangen sie wie Laserstrahlen.

»Steh auf«, sagte er, als sie dicht vor ihm die letzten Schwimmbewegungen austrudeln ließ. Julia lächelte und war froh, dass sie sich dazu gezwungen hatte, früh aufzustehen und einen neuen Badeanzug zu kaufen. Er war aus schwarzer Seide und besaß ein dunkles, leicht durchsichtiges Fenster, das unterhalb der Brüste begann und etwas unterhalb des Bauchnabels endete.

Nick streckte ein Bein aus und hakte den Fuß um Julias Knie. Ihr Bein knickte ein. Nick fing sie auf und zog sie an sich. Er legte die Hände auf ihre Backen, hob ihren Körper an und schlang ihre Schenkel um seine Hüften. Julia konnte die Beule in Nicks Badehose fühlen.

»Ich hoffe, du wirst dich nicht für mich entscheiden.« Er lächelte, und seine Augen zwinkerten. »Ich glaube, ich kann nicht vierundzwanzig Stunden am Tag mit einer Erektion leben.«

Julia schlang die Arme um seinen Nacken. »Ich bin sicher, dass die Neulust sich bald abschwächen wird.«

»Niemals.« Unter dem Wasser krallten sich seine Finger in ihre Backen. »Dafür werde ich schon sorgen.« Er hielt sie mit einer Hand umschlungen, die andere Hand glitt zwischen ihre Körper. »Ich würde dafür sorgen, dass die Erregung bleibt und immer wieder neu ist.«

»Und wie willst du das schaffen?« Sie schwenkte die Hüften hin und her, als er mit einer Hand an ihr zuckendes Geschlecht griff.

»Indem ich dich immer dann packe, wenn du es am wenigsten erwartest.« Seine Finger schoben sich unter das Plastikband ihres Badeanzugs.

»Oh, Nick.« Sie sah sich im Pool um, aber niemand schien sich für sie zu interessieren. »Nicht. Nicht hier.«

»Warum nicht?« Ohne weitere Vorwarnung stieß er einen Finger in sie hinein.

Julia biss sich auf die Unterlippe und sah sich wieder um. »Jemand wird uns sehen.«

»Nur wenn du schreist.«

Ein böses Grinsen spielte um seine Mundwinkel. Julia klammerte sich an seinen Rücken und wünschte, seine Lippen wären nicht so sexy, seine Finger nicht so geschickt. Während andere Schwimmer an ihnen vorbei zogen oder neben ihnen eine Pause einlegten, schob er einen Finger nach, und der Daumen rieb kundig über ihre Klitoris. Es war fast unmöglich, ein unbewegtes Gesicht zu machen und das lustvolle Stöhnen zu unterdrücken. Sein Griff um ihre Taille war locker genug, sie hätte sich befreien können, aber seine Finger in ihrem Geschlecht waren unwiderstehlich.

Eine ältere Frau schwamm auf sie zu und blieb neben ihnen stehen. Nick sah sie an, dann blickte er zu Julia. Er raunte ihr zu, sich ganz unauffällig zu verhalten, während er die Pein in ihrer Pussy verstärkte. Sein Daumen rieb über die Kuppe ihrer Klitoris, und ihr Körper begann sich zu schütteln.

»Bitte«, ächzte sie, »bitte, hör auf, sonst muss ich schreien.«

»Okay.« Er ließ von ihr ab und zog die Finger heraus. Ihre Lippen öffneten sich enttäuscht. »Das ist es doch, was du gewollt hast, oder?«

Dieses Spiel kann man auch zu zweit spielen, dachte Julia. Sie stand hinter ihm, sah sich unschuldig um und schlüpfte mit ihrer Hand in seine Badehose. Sie schob die Hand an der wachsenden Erektion vorbei und drückte die schweren Hoden. Nick begann zu summen. Julia drückte härter zu, bis er zu zucken begann. Sie rieb an dem Schaft auf und ab, fühlte, wie er zuckte und hörte sein gepresstes Stöhnen.

Julia kicherte laut, ließ ihn mit dem Steifen stehen und schwamm davon. Einen Moment später hörte sie, dass er die Verfolgung aufgenommen hatte. Sie schwamm so schnell sie konnte, rang nach Luft und malte sich Bilder aus, was passieren würde, wenn er sie eingeholt hatte. Lange konnte es nicht mehr dauern.

Eine eiserne Hand griff sie am Fußgelenk und zog sie unter Wasser. Panik erfasste sie, als Nase und Mund sich mit Wasser füllten. Julia strampelte, um sich aus seinen kräftigen Griffen zu befreien. Sie spuckte Wasser, schüttelte den Kopf und tauchte prustend auf.

»Komm.« Nick nahm ihre Hand und führte sie zum Beckenrand.

»Wohin gehen wir?«

»Ich möchte dich einer alten Freundin von mir vorstellen.«

Es war offensichtlich, welche Art Freundin Katja gewesen war. Groß, blond und gut bestückt. Wie man sich landläufig eine Skandinavierin vorstellt. Ihre großen Brüste und die ausladenden Hüften wurden von der weißen Uniform noch betont. Sie lächelte wissend über Nicks Schulter, als er sie auf beide Wangen küsste.

Julia saß abwartend da, während Katja und Nick sich kurz erzählten, was sich in ihrem Leben ereignet hatte, seit sie sich das letzte Mal begegnet waren. Katja war dumm, aber süß, sie lachte lauthals über seine Witze und schob seine frechen Hände nur halbherzig weg, als er sie umgarnen wollte. Julia hatte das Gefühl, Nick wollte sie eifersüchtig machen. Er blickte immer wieder in ihre Richtung, um ihre Reaktionen zu erkennen, und Julia musste sich eingestehen, dass Nick sein Ziel erreichte.

»Und wer ist das?«, fragte Katja in ihrem schwerfälligen skandinavischen Akzent.

»Katja, das ist Julia. Sie kenne ich noch länger als dich.« Nick schob sie in den kleinen Raum. Die beiden Frauen reichten sich die Hand, und er trat zwischen sie und sagte: »Meine beiden Lieblingsfrauen in einem Zimmer. Das ist, als wäre ein feuchter Traum wahr geworden.«

Katja schimpfte wortlos, verdrehte die Augen und sah Julia an. Offenbar kannte sie Nick sehr gut. »Sei still und spring auf den Tisch, Nick.«

»Es ist Julia, die deine magischen Finger braucht, Katja. Sie ist sehr verspannt.«

»Bin ich das?«

Nick klopfte auf das hohe Bett. »Komm schon. Katja ist großartig mit ihren flinken Fingern.«

»Davon bin ich überzeugt.« Julia ließ den Bademantel auf den Boden fallen und kletterte auf den Massagetisch. Katja legte ein weiches Tuch über Julias Po.

Nick ließ sich in einen Sessel fallen. Seine Augen verfolgten jede Bewegung, als Katja mit den warmen, eingeölten Händen über Julias Rücken strich. Wenn das Gefühl nicht so himmlisch gewesen wäre, hätte Julia sich vielleicht gegen sein gieriges Starren gewandt, denn sie hatte nicht erwartet, in diesem kleinen Massagesalon eine von Nicks Lieblings-Fantasien ausleben zu müssen. Sie kam sich wie die Darstellerin in einem sanften Erotikfilm vor.

Aber Katja hatte magische Finger, und Nicks Bewunderung für die Körper der beiden Frauen trug zu Julias Erregung bei. Die Art, wie Katja tief in Julias Muskeln presste und ungewollte Stöhnlaute aus ihren Lungen drückte, war ungeheuer entspannend. Julia hörte das Rascheln des gestärkten weißen Kittels, während sie sich den erfahrenen Händen der fremden Frau hingab. Zusammen mit Nicks Ausdruck der Dankbarkeit entwickelte sich die Szene immer mehr zu einem Betören ihrer Sinne.

»Eine volle Körpermassage?«, fragte Katja.

»Ja, bitte«, antwortete Nick.

Katja schob das Tuch von Julias Po, und Nick richtete sich im Sessel auf und beugte sich vor, als wollte er sicherstellen, dass ihm nichts entging.

Julia fuhr fast aus der Haut, als Katjas Finger sich tief in ihre Backen gruben. Es war ein sehr erotisches Gefühl, besonders, als die Fingerspitzen die empfindliche Haut um den Anus berührten. Julia erschauerte und erinnerte sich an die köstliche Folter, als Nick sie dort genommen hatte.

Katja setzte die Massage der Pobacken fort und dehnte sie auf die Innenseiten von Julias Schenkeln aus. Sie knetete parallel, und dabei öffneten sich ihre Labien. Julia schloss die Augen und schlüpfte in die Erinnerung mit Marianne. Das war erst gestern gewesen.

Katja massierte die Kniekehlen und Waden, nahm sich schließlich die Füße vor und bat Julia, sich auf den Rücken zu legen. Die Masseuse rieb ihre glitschigen Hände über Julias Beine, walkte die Muskeln und beschäftigte sich ausgiebig mit Armen und Schultern.

Sie träufelte mehr Öl auf ihre Hände, und als sie dann wieder mit der Massage begann, hatte das nichts mehr mit dem Kneten und Walken zu tun, es war eher ein Besänftigen, ein sinnliches Streicheln der willfährigen Kundin.

184

Julia seufzte, und ihr Körper begann zu schmelzen. Als Katja mit den Fingerspitzen behutsam über Julias Brüste strich, befand sie sich in einem Zustand tiefer Entspannung, und die Frau hätte sie mit einer federleichten Berührung ihrer pulsierenden Klitoris zum Orgasmus bringen können.

Julia sah an sich hinab. Ihre glühende Haut glänzte vom Öl. Die vollen Kuppen ihrer Brüste schienen sich unter dem sanften Streicheln der Masseuse noch zu vergrößern. Die Nippel hatten sich längst erregt aufgerichtet.

Ihr Blick wandte sich der Frau zu. Was würde wohl geschehen, wenn sie eine Hand ausstreckte und die Knöpfe des weißen Kittels öffnete? Spürte Katja die Erregung unter ihren Fingerspitzen? War sie dem Orgasmus so nahe wie Julia? Sehnte sie sich danach, ihre wogenden Kurven auf eine andere Frau zu pressen, wobei ihre Haut so glitschig würde wie Julias? Würden ihre Finger ihre Arbeit an anderen, heimlichen Stellen fortsetzen wollen?

Julia musste sich wieder auf den Bauch wälzen, damit Katja den Rücken ebenso leicht streicheln konnte wie die Vorderseite. Sie legte ihr Kinn auf beide Hände und sah zu Nick. »Gefällt es dir?«, fragte sie und musste grinsen, als sie Nicks Beule unter dem Bademantel sah.

Seine Antwort bestand darin, seinen Bademantel zu öffnen. Sein Penis federte hart hervor, und der rote Kopf schien vor Frustration zu zittern.

»Du hast es so gewollt«, flüsterte Julia.

Sie gingen gemeinsam zu den Umkleidekabinen.

»Du warst so erregt wie ich, nicht wahr?«, fragte Nick, und seine braunen Augen glitzerten. »Es hat dich schockiert, dass eine andere Frau diese Gefühle in dir auslösen kann.«

»Kaum«, antwortete Julia und drückte die Tür zur Damentoilette auf. »Im Vergleich zu dem, was mit Marianne geschehen ist, war die Massage zahm.«

Nick packte sie an der Schulter und hielt sie fest, als sie durch die Tür gehen wollte. »Marianne?«

»Wir haben Liebe gemacht. Gestern Abend.« Seine weit aufgerissenen Augen und der offenstehende Mund brachten sie zum Lachen. »Mach den Mund zu, Nick, sonst gibt es Durchzug.«

Im Umkleideraum erfuhr Julias Hochstimmung einen Dämpfer. Ihre Kleider waren verschwunden. Sie ging alle Haken durch und wurde immer nervöser, aber sie fand ihre Sachen nicht. Sie stand mitten im gefliesten Raum und überlegte, was sie machen sollte, als Katja eintrat.

»Nick hat mich gebeten, dir diese Klamotten zu bringen.« Sie reichte Julia eine längliche Schachtel. »Du kannst dich glücklich schätzen. Er ist ein guter Fang.«

»Ich kann meine Kleider nicht finden«, platzte Julia heraus. »Jemand muss sie gestohlen haben.«

»Ja, natürlich. Dein Freund hat sie gestohlen. Ich glaube, er will, dass du die Sachen anziehst, die du in dieser Schachtel findest.« Katja zwinkerte ihr zu. »Er hatte immer schon eine Schwäche für Leder, nicht wahr?«

Sie wandte sich um und ging hinaus, wobei ihre Hüften provozierend schwenkten. Julia stellte die

Schachtel auf die Bank und hob den Deckel ab. Unter einer Papierhülle lag eine adrett gefaltete schwarze Lederjacke, und darunter die passende Hose. Dann fand Julia die schwarzen Lederstiefel mit fünf Zentimeter hohen Absätzen. Auf dem Boden der Schachtel lagen ihre zusammengeknüllten Strümpfe und Strapse. Julia nahm das zarte Nylongewebe in die Hand und ließ die Finger darüber gleiten. Die Vorstellung, dass Nick sie berührt hatte, erregte sie.

Mit ungeduldiger Vorfreude zwängte sie sich in ihre Kluft. Was hatte Nick mit ihr vor? Eine Frau, die neben ihr auf der Bank saß, schaute verwundert zu, wie Julia in die Lederhose stieg, obwohl sie darunter nur Strümpfe und Strapse trug. Die Naht zwischen den Beinen drückte sanft in ihre Pussy, und das Gefühl des glatten Leders auf der nackten Haut ließ sie wieder erschauern.

Sie zog die Stiefel an und warf sich die Jacke über. Sie hätte maßgeschneidert für sie sein können. Das Leder schmiegte sich an ihre Kurven an. Den breiten silbernen Reißverschluss konnte sie bis zum Hals hochziehen.

Vor dem Spiegel zog Julia die Lippen mit dem dunkelroten Stift nach, erst dann nahm sie sich Zeit, den ganzen Körper im Spiegel zu betrachten. Sie fühlte sich wie der feuchte Traum eines Heranwachsenden. Sie zog den Reißverschluss nach unten, dass man das Tal ihrer Brüste sehen konnte, dann warf sie die Haare zurück und lächelte sich an.

Nick wusste, was ihm gefiel. Eine Frau mit geringerem Selbstbewusstsein hätte sich vielleicht gegen diese Bevormundung gewehrt, aber sie liebte seine direkte Art. Sie erfüllte seine Fantasien, deshalb war sie bereit, sich von ihm führen zu lassen. Es gab ihr das Gefühl, wirklich eine Frau zu sein.

Im Empfangsbereich trafen sie sich und sahen sich lächelnd an. Nick war so gekleidet wie sie, nur, dass seine Stiefel schwerer waren und flache Absätze hatten, und seine Jacke war auch nicht so figurbetont wie ihre. Seine Hose war nicht so eng wie ihre, aber die Hinterbacken malten sich unter dem glatten Leder realistisch ab. Er reichte Julia einen schwarzen Helm.

»Du siehst fantastisch aus.« Er half ihr, den Helm aufzusetzen. »Hast du schon mal das Klopfen von fünfzehnhundert Kubik zwischen deinen Beinen gespürt?«

»Kann man es mit dem Pochen eines Vibrators vergleichen?«

»Ja, so ungefähr.« Er setzte seinen Helm auf. »Nur tausendmal stärker.«

Das Motorrad wartete draußen auf sie, eine beeindruckende Maschine in glänzendem Schwarz und Silber. Nick setzte sich drauf, und Julia grätschte hinter ihn auf den breiten Sitz und schlang die Arme um Nick.

Nur ein leichter Tritt, und der Motor dröhnte, und dann fuhren sie auch schon die schmale Straße entlang. Nick fuhr Motorrad, wie er sein Leben lebte: Auf der Überholspur. Julia war ein bisschen nervös, weil sie nicht die Kontrolle hatte, aber auf der anderen Seite stellte sie bald fest, dass es ein berauschendes Gefühl war, sich seiner Fürsorge auszuliefern.

Sie schloss die Augen und genoss das Gefühl der Freiheit, den brausenden Fahrtwind und das Pochen zwischen ihren Schenkeln. Als sie die Augen wieder öffnete, sah sie rechts die Themse. Sie fuhren in östliche Richtung.

Julia musste schreien, um sich gegen die dröhnende Maschine Gehör zu verschaffen. »Wohin bringst du mich?«

»Ist dir das nicht egal?«

Sie dachte darüber nach. Sie überlegte, wie sie sich fühlte, wenn sie mit ihm zusammen war, seit sie sich im Aufzug begegnet waren. Sehr lebendig, sehr erregt, immer auf dem Sprung. Es war, als wäre sie wieder achtzehn, aber dies hier war noch besser. Mit Nick zusammen zu sein bedeutete Gefahr, und jetzt wusste sie, dass sie dieses Element in ihrem Leben schon lange vermisst hatte.

Sie verstärkte den Druck ihrer Arme um seine Taille. »Ja, es ist mir egal«, rief sie lachend. »Du kannst mich fahren, wohin du willst.« Sie schmiegte ihr Gesicht gegen seine Schulter. »Ich tue alles, was du willst.«

»Das weiß ich.«

Um die Mittagszeit herrschte starker Verkehr auf der Uferstraße, und Nick musste zurückschalten, als er sich zwischen den Autos durchschlängelte. Er brauchte die Stimme nicht mehr zu heben, um sich verständlich zu machen. »Ihr Karrierefrauen seid alle gleich.«

»Ach, tatsächlich?«

»Ihr wollt völlige Kontrolle über eure Entscheidungen, über euer Geld und eure Zukunft behalten. Aber im Schlafzimmer ist es eine ganze andere

Sache. Im Bett wollt ihr einen Mann, der euch die Kontrolle nimmt. Einen Mann, bei dem ihr euch ganz hilflos und sexy fühlt.«

Julia war erstaunt. »Seit wann bist du ein Experte in Sexualpolitik?«

»Seit ich mit einer Sextherapeutin ausgegangen bin.« Er neigte sein Motorrad und bog auf die äußere Spur. »Ich kann meine Theorie beweisen, wenn du möchtest. Zieh den Reißverschluss deiner Jacke auf.«

»Was?«

»Tu's.« Sein Ton war barsch und arrogant. Etwas in seiner Stimme ließ Julias Herz rasen. Sie nahm eine Hand von seiner Taille, zwängte sie zwischen ihre Körper und zog den Reißverschluss hinunter. Dann klammerte sie sich wieder an ihn und drückte ihre Brüste gegen seinen Rücken. Das Leder seiner Jacke fühlte sich kühl auf ihrer nackten Haut an.

»Siehst du? Du tust, was ich sage. Du wirst feucht, wenn du tun musst, was ich dir befehle.«

Sie konnte es nicht abstreiten. Das lustvolle Pochen tief in ihrem Bauch wandelte sich in Schmerz.

»Wenn wir das nächste Mal an einer Ampel halten, hältst du dich nicht mehr an mir fest. Zeige deine Brüste jedem, der sie sehen will.«

»Niemals!« Sie lachte. »Wie kommst du auf den wirren Gedanken, dass ich so etwas tun würde?«

»Weil du fantastische Titten hast, und weil es dir Spaß macht, sie zu zeigen. Und dass ich dir sage, du sollst es tun, gibt dir den Vorwand, den du brauchst.«

Unruhig rutschte sie auf dem Ledersitz hin und her. Dass er sie so gut kannte, bereitete ihr Unbehagen. Sie liebte es, wenn sie bemerkte, dass ein

Mann sie begehrlich anschaute – aber es musste ein attraktiver Mann sein. Andere Frauen fühlten sich von einem starrenden Mann bedroht, aber Julia erlebte ein Machtgefühl, wenn sie sah, dass er sie begehrte.

Aber sie hätte sich nie so aufdringlich entblößt, wie Nick es jetzt von ihr verlangte. Erst als sich der Gedanke in ihr festsetzte, fand sie ihn elektrisierend.

Der Verkehr floss jetzt besser, und Nick drehte auf. Er schwenkte zwischen den Fahrzeugreihen hin und her, wodurch es ihm gelang, zwei Ampeln bei Gelb zu passieren. Julia mochte es kaum glauben, aber sie hoffte inständig, dass er langsamer fuhr, damit sie bald vor einer roten Ampel anhalten mussten. Sie stellte sich vor, dass sich ein Fallschirmspringer kurz vor dem Sprung so fühlte wie sie in diesem Moment – voller Angst, aber verzweifelt, es zu tun.

Das Unvermeidliche traf ein. Nick fuhr sich hinter einem Auto fest und hatte keine Möglichkeit zu überholen. Er musste anhalten.

Nick schaute über die Schulter. »Tu's.«

Sie zögerte noch. Ihr Puls raste.

»Jetzt, Julia!«

Sie sah nach links. Neben dem Motorrad hielt ein Escort Cabrio, in dem vier junge Männer saßen. Sie fing den Blick des Fahrers auf, löste sich von Nick und lehnte sich nach hinten. Sie griff mit den Händen hinter sich an den Sitzrand und wölbte den Rücken.

Ihr Körper löste sich von Nicks, und ihre Brüste lugten aus dem schwarzen Leder, blass und in starkem Kontrast. Der Fahrer des Cabrios riss den Mund auf und stieß mit dem Ellenbogen den Beifahrer an, der mit unverhohlener Begeisterung aufjuchzte. Die beiden auf der Rückbank fielen in das ungläubige Staunen ein und pfiffen anerkennend. Dieses Machtgefühl flutete wieder durch Julias Körper, während sie alle Augen auf ihre Brüste gerichtet sah. Sie wandte den Kopf ein wenig und sah Nicks lasziven Blick im Spiegel.

Als das Motorrad wieder anfuhr, war es fast mit Widerwillen, dass Julia sich gegen Nicks Körper presste und die Arme um seine Taille schlang. Das war ein irres Gefühl gewesen, sie könnte süchtig danach werden. Ja, sie wollte mehr. Sie wollte jedem Mann in London ihren Körper zeigen.

Sie sah Nicks Helm, der sich auf und ab bewegte. »Ich habe dir doch gesagt, dass du es tun willst. Es hat dir gefallen, nicht wahr?« Er warf einen Blick auf den Escort, der neben ihnen fuhr. Die vier Männer gestikulierten wild und bettelten um eine Wiederholung. »Aber wahrscheinlich hat es denen noch besser gefallen.«

Nick gab Gas, und sie zogen an dem Escort vorbei. Julia drehte sich um und winkte den Männern zu, deren herausgestöhnte Enttäuschung sie hören konnte. Sie schob eine Hand zu Nicks Schoß und lächelte zufrieden, als sie seine Erektion spürte.

Es gab später noch eine heiße Episode, als Nick sie zu einem Hotel fuhr, das Steve gekauft hatte und nun renovieren ließ. Vier Arbeiter waren da, die zuerst verstohlen, dann immer offener auf Julias heißen Körper starrten. Nick spielte mit ihr und den Arbeitern – er zog ihren Reißverschluss auf, er küsste sie vor den Augen der Männer, und er griff ihr lüstern an den Po und zwischen die Schenkel.

Zuerst war es Julia sehr peinlich, und sie vermied es, hinüber zu den Männern zu sehen. Aber als Nick sie immer drängender befummelte und ihre Säfte zu fließen begannen, ignorierte sie die Arbeiter und konzentrierte sich auf die heißen Gefühle, die Nick in ihr auslöste.

Als sie das Stadium erreicht hatte, dass sie sich vor den Augen der Männer von Nick hätte nehmen lassen, zog er ihren Reißverschluss wieder höher, ließ sie stehen und ging hinüber zu den Arbeitern, um ihnen Anweisungen für die nächsten Tage zu geben. Nach einer knappen Stunde kehrte er zu Julia zurück, hakte sich bei ihr ein und führte sie zum Motorrad.

Was er dann mit ihr anstellte, war vielleicht die größte Überraschung. Er fuhr zu Julias Wohnung, öffnete die Satteltasche und reichte ihr die Kleider, die sie an diesem Morgen getragen hatte. Dann nahm er ihr den Helm ab und legte ihn zurück in die Satteltasche. Er gab ihr einen flüchtigen Kuss und startete das Motorrad.

»Ich hoffe, du hast einen schönen Tag erlebt.«

Julia blinzelte und starrte durch sein Visier. Hinter der Plastikscheibe war es ziemlich düster, und sie konnte seine Augen nicht deutlich sehen. »Kommst du denn nicht mit in meine Wohnung?«

»Nein.« Der Motor heulte auf.

»Du machst Witze«, sagte sie lachend, aber ihre Augenbrauen zuckten nervös. Sie konnte es kaum glauben, dass so ein wunderschöner Tag so bedeutungslos auslaufen sollte. »Du willst jetzt wirklich fahren?«

»Ja.«

»Und du kommst nicht mit mir?«

»Nein.«

»Warum nicht?«

»Weil du genau das von mir erwartest.« Er fuhr bis zum Ende der Straße, drehte und kehrte zu ihr zurück. »Du musst sie am langen Arm verhungern lassen«, sagte er grinsend. »Das ist mein Motto. Wir sehen uns, Julia.«

»Wann?«

»Wann du am wenigsten damit rechnest.«

Dann brauste er davon.

Julia fuhr sich mit gespreizten Fingern durch die Haare. Irgendwas lief da ab – das konnte nicht das Ende ihres gemeinsamen Tages sein. Er hatte noch keinen Sex mit ihr gehabt. Sie schlang die Arme um ihren Körper und starrte auf die Stelle, wo er eben noch gestanden hatte. Sie zermarterte sich den Kopf, was er jetzt schon wieder plante.

Ihr fiel nichts ein. Nick war immer schon unberechenbar gewesen. Woher hätte sie ahnen können, was er im Schilde führte? Das war ja das Atemberaubende an ihm – jede Minute mit ihm war ein Abenteuer, man konnte nie wissen, was einen um die nächste Straßenecke erwartete.

Sie ging in die Wohnung. Eigentlich wollte sie nicht zurück in die Wirklichkeit, deshalb schaltete sie auch kein Licht ein. Sie saß da und starrte in die

Nacht. Ihre Pussy zuckte hartnäckig. Sie schloss die Augen und erlebte noch einmal die vielen verrückten Szenen des Tages. Sie fuhr sich mit den Fingern über die Lippen, über den Hals und unter die Lederjacke. Ihre Nippel waren immer noch gereizt.

Wärmeschauer rannen über ihren Rücken, als sie sich an ihr Necken im Pool erinnerte, an Katjas kräftige, einfühlsame Hände, an die gierigen Blicke der jungen Männer im Cabrio, an Nicks frivole Spiele, während die Bauarbeiter lüstern zuschauten. Ihre Finger schlüpften in ihre Hose, und vor Verzweiflung stieß sie tiefe Seufzer aus. Sie war schon wieder nass, und sie wollte, dass Nick das fühlte. Sie wollte ihn in sich haben. Jetzt.

Er würde bestimmt zu ihr kommen. Oder? Aber wann? Sie konnte nicht länger warten. Ungeduldig stand sie auf und stolperte in der Dunkelheit ins Bad. Das grelle Licht blendete sie. Sie zog ihre Kleider aus und betrachtete sich im Spiegel. Ihre Wangen leuchteten vor Erwartung, und in ihren grünen Augen funkelte das Feuer.

Ihre Brüste waren schwer, die Nippel weich und breit. Die Labien waren geschwollen vor Lust. Was bildete Nick sich ein, dass er sie in diesem Zustand zurückließ?

Sie drehte die Brause auf und sah, wie ihr Spiegelbild immer verschwommener wurde, als das Glas beschlug. Sie zog den Vorhang vor und genoss, wie die kräftigen heißen Strahlen die Frustrationen wegspülten. Von ihren Haaren fielen Tropfen über die Rücken und spritzten vom Po in die Wanne. Das sprühende Wasser massierte ihre Nippel. Ihre Spannung wich allmählich einer puren, gedankenlosen Lust. Ihre Muskeln hörten auf, nach Sex zu lechzen , sie entspannten sich und wurden locker. Sie begann vor sich hin zu summen.

Abrupt hörte sie auf, denn sie war sicher, draußen im dunklen Wohnzimmer ein Geräusch gehört zu haben. Sie lauschte angestrengt, während das Wasser noch auf sie prasselte. Ja, da war es wieder, ein schwaches Klopfen, dann ein gedämpftes Fluchen. Trotz der warmen Strahlen lief es ihr kalt über den Rücken. Sie war sicher, dass David gekommen war.

Ihre Gedanken überschlugen sich. Was wollte David hier? Er sollte bis zum Wochenende am Drehort in Yorkshire sein. Vielleicht wollte er sie überraschen. Aber warum schaltete er das Licht nicht ein? Warum rief er nicht ihren Namen? Wie sollte sie ihm die schwarze Lederkluft auf dem Boden erklären?

Die Stimme stieß wieder einen Fluch aus, lauter diesmal. Er musste gleich vor der Tür zum Bad stehen. Aber es war nicht David. Im ersten Moment war Julia erleichtert, aber dann stockte ihr beim nächsten Gedanken der Atem: Wer war es dann? Es würde sich doch kein Einbrecher in die Wohnung trauen, während sie da war? Hatte sie vielleicht vergessen, die Tür zu schließen? War ihr jemand von der Straße gefolgt?

Ihr Herzschlag schien für ein paar Sekunden auszusetzen, als sie die schwarze Gestalt verschwommen durch Dampf und Vorhang in der Tür stehen sah. Sie konnte so gut wie nichts erkennen, außer, dass er groß war und einen dicken Kopf hatte. Die Stiefel quietschten auf den Fliesen, als er sich der

Dusche näherte. Julia schlug sich eine Hand vor den Mund, um einen Angstschrei zu unterdrücken.

Mit einem entschiedenen Ruck wurde der Duschvorhang zur Seite gerissen.

Es war Nick. Seine Augen starrten sie durch das Visier des Helms an. Ihre augenblickliche Erleichterung, dass er es war, wurde im nächsten Moment von Wut abgelöst. Er trat an die Wanne, und sie stieß ihm die Hände vor die Brust, um ihn fernzuhalten. Er packte ihre Gelenke.

»Du tust mir weh«, sagte sie und versuchte, sich zu befreien. »Lass mich los.«

Ohne ein Wort schob er sie zurück, kletterte mit seinen schweren Stiefeln in die Wanne und pinnte ihre Arme hoch gegen die tropfende Wand. Die Strahlen prasselten laut auf das Leder und den Helm. Er lachte laut, aber durch den Helm klang es seltsam dumpf.

»Was tust du hier?«, rief sie außer Atem. »Du Bastard, ich habe fast einen Herzstillstand wegen dir erlitten! Wie, zum Teufel, bist du überhaupt hereingekommen?«

Er ignorierte ihre Frage und drückte sie grob gegen die Wand. »Halt den Mund und schließ die Augen«, zischte er und drückte eine Hand in ihren Nacken. »Ich will nicht, dass du mich siehst. Du musst herausfinden, wer ich bin.«

Julia gehorchte und spürte ihren Puls rasen – aber diesmal nicht aus Angst vor einem Eindringling, sondern weil sie wusste, dass Nick wieder ein besonderes Spiel mit ihr treiben wollte. Es war unglaublich, wie Nicks Gehirn tickte – er wusste genau, was sie wollte.

Eine knisternde Spannung baute sich zwischen ihnen auf, eine Elektrizität, die sie als gefährlich empfand. Sie zuckte zusammen, als sie einen Knall hörte, und erst lange danach wusste sie, woher der Knall kam – er hatte seinen Helm auf den Boden geworfen. Im nächsten Moment erschrak sie wieder, als sie seine Hände auf Bauch und Brüsten spürte.

»Willst du mich haben?« Er drückte ihr Fleisch, als wollte er eine Antwort in seinem Sinne erzwingen. Sie konnte nur mit einem Seufzer antworten, während er seine freie Hand zornig in ihre Haare grub und ihren Kopf zur Seite ruckte, bis er auf seiner Schulter lag. »Willst du mich in dir spüren, du Luder?«

»Nein«, stieß sie hervor, unvorstellbar erregt.

»Du lügst!« Eine Hand packte sie an der Gurgel, dann schob er zwei Finger in ihren Mund. »Du willst meinen harten Schwanz spüren.«

Sie stöhnte schwach, was ein leiser Protest sein sollte. Sie saugte an seinen Fingern, als hinge ihr Leben davon ab.

»Du geiles Luder«, flüsterte er ihr ins Ohr. »Du willst mich, nicht wahr? Du willst mich in dir spüren, stimmt's?« Er quetschte ihren Nippel, und der Schmerz zuckte durch ihren ganzen Körper. »Sage es«, drängte er sie, die Stimme über dem prasselnden Wasser kaum hörbar. »Sage mir, dass du mich willst. Sage mir, dass du meinen Schwanz willst.«

»Nein«, wimmerte sie, »zwinge mich nicht dazu.«

»Sage es«, befahl er. Seine Finger verstärkten den Druck auf den Nippel.

»Besorg's mir«, stöhnte sie. Ihr Atem kam flach, und die Rippen spannten und entspannten sich unter seinen quälenden Fingern. »Bitte, Nick, besorg's mir.«

Er ließ ihre Haare los und streichelte zärtlich über den Nippel, drückte sie aber wieder hart gegen die Wand. Im Gegensatz zu der Wanne waren die Fliesen kalt. Julia zitterte, als sie mit der Vorderseite gegen sie Fliesen gestoßen wurde, aber sie wusste nicht genau, ob das an der Kälte lag oder daran, dass Nick einen Stiefel um ihr Fußgelenk hakte und ihre Beine auseinander zwang.

Eine Hand drückte kräftig in ihren Nacken, die andere schlüpfte zwischen ihre Schenkel. Ihr ganzer Körper erschauerte, als er ohne jede Vorbereitung einen langen Finger in sie hinein schob.

»Oh, ja«, stöhnte sie, »mach mich fertig, mach mich fertig.«

Sie spürte, wie ihre inneren Muskeln sich um ihn klammerten, als er den Finger zwischen den geschwollenen Labien hin und her schob. Die harten Nippel rieben im Takt seiner Hand über die glatten kalten Fliesen. Die Innenseiten ihrer Schenkel bebten, so gewaltig reagierten sie auf das Massieren seines Fingers.

Julia schwenkte die Hüften hin und her, streckte ihm den Po entgegen, als wollte sie den Finger noch tiefer in sich spüren. Immer noch prasselte das warme Wasser auf sie nieder, und gleichzeitig wurde sie von einer Welle der Lust überschwemmt, und ihre Gedanken explodierten, während sie versuchte, sich diesem ›Fremden‹ noch weiter zu öffnen. Aber dieser Fremde war ihr so vertraut, dass seine Grobheit auf sie nicht einschüchternd, sondern erregend wirkte. Es war, als wüsste er, was sie sich im Geheimen schon immer gewünscht hatte.

Er packte sie plötzlich an den Hüften und drehte sie zu sich um. Er strich mit den Fingerspitzen über die geschlossenen Lider, um ihr zu sagen, dass sie die Augen auch jetzt nicht öffnen durfte. Julia spürte, wie er sich vor sie kniete. Laut klatschten die Duschstrahlen auf seine Lederjacke.

Ihre Klitoris vibrierte in Vorfreude, als sie ahnte, dass er sich mit dem Gesicht ihrer Pussy näherte. Er zog sie mit heißen, feuchten Händen, die seine Ungeduld verrieten, an den Schenkel zu sich. Sie öffnete die Beine weiter und hielt sich mit beiden Händen an seinem Kopf fest.

Im nächsten Moment hatte er seine Grobheiten vergessen, und mit einer Zärtlichkeit, die ihr Herz stillstehen ließ, fuhr die Zungenspitzen an den blutgefüllten Labien entlang. Julia hielt den Atem an und wollte diesen Moment verinnerlichen – eine sanft wogende Ouvertüre zur schmetternden Sinfonie, die folgen würde.

Sie verharrte in der feuchten Luft des Badezimmers, und die ganze Welt wurde auf einmal still; sie waren allein in diesem wunderbaren Universum. Ihre Finger fuhren zitternd durch seine nassen Haare.

Dann verwehte der Moment, und ein Crescendo drängender Leidenschaft brach über sie herein, überflutete ihre Sinne mit Farben, Lichtern und Geräuschen. Mit den Daumen teilte er die Pussylippen und entblößte ihr inneres Gewebe, sanft und glatt und nach ihm lechzend. Er leckte darüber, bedeckte ihr ganzes Geschlecht mit langsamen Zügen seiner kundigen Zunge, und sie musste sich verkrampft an seinem Kopf festhalten, während ihre Muskeln von der Ekstase geschüttelt wurden. Er steckte die Zunge tief in sie hinein, schmeckte jede Falte, er leckte und saugte und tupfte voller Eifer, dass sie schon glaubte, er würde nichts von ihr übriglassen, er würde sie verschlingen wie die Wellen das Ufer erodieren.

Die Welle wechselte die Richtung. Die Zunge wischte nach oben über die Klitoris, und Julia wurde hilflos geschüttelt und auf ein neues Plateau der Sinnlichkeit gehoben. Er schwirrte über den kleinen erregten Knopf, saugte ihn tief in den Mund und nagte mit den Zähnen daran, als wollte er ihn kauen und verspeisen. Er drückte hart gegen ihre ruckenden Hüften und presste das Kinn gegen ihre klaffende Vulva.

Seine Lüsternheit war nicht geringer als ihre, sie öffnete sich ihm immer weiter, aber gleichzeitig wollte sie auch die Schenkel schließen, um ihn einzufangen und nie wieder loszulassen. Sie wollte ihn gefangenhalten wie eine Fliege im Bernstein. Ihr Stöhnen wurde lauter und wilder, und in ihren Ohren hörte sie das Klatschen der Wellen an den Strand, und dann kam es ihr so gewaltig, dass sie fast ohnmächtig geworden wäre. Sie roch den Sex in der dunstigen Luft des Badezimmers.

Sekunden später schmeckte sie den Sex. Er drückte seine Lippen auf ihre, und seine Zunge schlängelte sich in ihren bereitwilligen Mund. Er hielt ihr Gesicht umklammert und küsste sie hart und lange, als sollte der Kuss ein Beweis der Dankbarkeit sein für die Lust, die er von ihr genommen hatte.

Dann zog er sich zurück, bis seine Lippen die ihren nur noch ganz leicht berührten. Sie öffnete die Augen und sah, dass er das Spiel seiner Finger verfolgte, die liebevoll über die Konturen ihrer Lippen strichen. Langsam hob er den Blick, und sie sahen sich an, und für eine Weile vergaß er seine Rolle und war gefangen in seiner Bewunderung für Julia. Das Wasser sprudelte immer noch auf ihre Körper, und Nick starrte tief in Julias Augen.

»Julia«, flüsterte er, und er schaffte, so viel Lust in ihren Namen zu projizieren, dass sie innerlich vibrierte.

Dann fand er zu seiner Rolle zurück, zurück in seine Phantasie. Er packte ihren Oberschenkel und hob das Bein so hoch, dass ein Fuß über den Wannenrand ragte. Er ließ sich auf sich fallen, und dabei zog er den Reißverschluss seiner Hose auf. Er stützte sich mit beiden Händen an den Wänden ab.

Julia hielt sich an seinen Oberarmen fest und sah, wie sein langer Penis sich nach ihrem Geschlecht reckte. Er schob sich langsam in sie hinein, dann stieß er zu und spießte sie auf. Seine ruckenden Hüften nahmen den Rhythmus des schwappenden Wassers auf.

Julia lehnte den Kopf nach hinten und drückte ihn gegen die kalten Fliesen, die Augen halb geschlossen. Seine Wildheit bescherte ihr eine Gänsehaut vor nie erlebter Lust. Dies war ein wildes, ungestümes Paaren, ein Teil seines Körpers in ihrem, die leidenschaftliche Reibung, die unbeschreiblichen Gefühle. Sein Penis in ihrer Pussy.

Nichts anderes zählte, nichts anderes war von Bedeutung. Ihre Köpfe waren leer.

Mit einem langgezogenen Stöhnen entlud er sich in ihr. Bevor es Julia hatte kommen können, war sein Penis schon wieder hinter dem Reißverschluss, und er trat aus der Wanne heraus. Offenen Mundes starrte sie ihm nach, wie er sich nach dem Helm bückte und ihn auf die nassen Haare setzte.

»Geh nicht«, bat sie, als er zur Tür ging, aber einen Moment später hörte sie die Wohnungstür knallen.

Verzweifelt rutschte sie tiefer in die Wanne. Sie kauerte dort, die Arme um ihre angezogenen Beine geschlungen. Plötzlich fühlte sie sich ganz schwach und klein, bezwungen von ihrer Leidenschaft.

Sie lag auf ihrem Bett, hatte ihre verführerischste Wäsche angezogen und wartete auf ihn. Die lange Nacht ging allmählich in den frühen Morgen über, und sie wälzte sich auf dem Bett wie eine Mondsüchtige. Aber der Schlaf war nicht ihr Problem; sie war erschöpft genug, um sofort einschlafen zu können. Nick war ihr Problem, oder genauer gesagt: Nicks Abwesenheit.

Sie konnte ihn nicht aus ihren Gedanken verdrängen. Seine Selbstsicherheit war so erfrischend. Bei ihm brauchte sie nicht die Führung zu übernehmen, sie konnte sich treiben lassen und wusste, dass er sie glücklich machen würde. Das gefiel ihr. Dabei strotzte sie vor Selbstvertrauen, und sie war gewohnt, es in ihrer von Männern dominierten Berufswelt einzusetzen. Vielleicht war es deshalb ein befreiendes Gefühl, sich bei einem Mann einmal so richtig gehen lassen zu können.

Was er heute getan hatte, überraschte sie. Sex mit Nick war immer gut gewesen, selbst schon in ihren Teenagertagen, als sie noch nicht viel über Sex gewusst hatten. Die Lust mit ihm war pur und primitiv. Sex um der Lust willen.

Aber jetzt waren sie erwachsen, und mit ihrem Körper waren auch ihre Wünsche erwachsen geworden. Irgendwie hatte er immer gewusst, was sie wollte. Und er würde auch jetzt wissen, dass sie ihn noch einmal haben wollte. Dass sie ihn brauchte. Jetzt. Hier in ihrem Bett.

Ja, das würde er wissen, dachte sie, während eine Hand in ihr seidenes Höschen schlüpfte. Er würde wissen, dass sie nach seinen Berührungen schmachtete, dass sie nach seiner Zunge, nach seinen Lippen und seinem Schaft lechzte. Und das würde ihm gefallen.

Julia zuckte zusammen, als das Telefon klingelte. Es war ein schnurloses Exemplar, und sie konnte es nicht finden. Sie lehnte sich aus dem Bett und wühlte auf dem Boden in ihren abgelegten Kleidern herum, bis das Klingeln lauter wurde. Mit zitternden Fingern hielt sie sich das Telefon ans Ohr.

»Nick?«, flüsterte sie voller Hoffnung.

»Vermisst du mich?«

Sie seufzte vor Erleichterung, dann seufzte sie vor Ärger. Sie brauchte nur seine Stimme zu hören, das reichte schon, um ihre Haut heiß prickeln zu lassen. »Was zum Teufel, stellst du mit mir an? Ich werde noch verrückt.«

In seinem weichen Lachen schwang unverhohlene Genugtuung mit. »Das habe ich so gewollt. Ich wollte, dass du dich nach mir sehnst, wenn ich dich verlasse.«

»Es ist dir gelungen. Ich brauche dich ganz dringend, Nick.«

»Wo bist du?«

»Im Bett.«

»Was trägst du?«

Sie setzte sich auf. Im trüben Licht der Lampe konnte sie sich im Spiegel auf der gegenüberliegenden Wand sehen. »Schwarze Strümpfe, Strapse, ein winziges Höschen und einen Büstenhalter, der so tief ausgeschnitten ist, dass die obere Hälfte der Brustwarzen über die Spitze lugt.«

Nick stöhnte. »Ich wünschte, ich könnte dich sehen.«

»Das wünsche ich mir auch.« Gedankenverloren fuhr sie mit einem Finger über den entblößten Halbbogen der Aureolen. »Wo bist du?«

»Auf dem Weg zurück nach Glasgow. In acht Stunden habe ich einen wichtigen Termin.«

Julia sah auf die Uhr. Ein Uhr in der Früh. In acht Stunden würde sie Steve treffen. »Nick, ich möchte, dass du zu mir kommst.«

»Himmel, wenn ich bei dir wäre …« Er atmete tief durch und stieß langsam und laut die Luft aus. »Streichle dich selbst, Julia. Tu's für mich.«

Julia beugte die Knie und spreizte die Schenkel ein wenig. Ihre Finger strichen über die straffe Seide über ihrem Geschlecht. Es fühlte sich heiß und klamm an. Sie konnte die leicht vibrierende Erhebung der Klitoris fühlen. Unwillkürlich zuckten ihre inneren Muskeln.

»Julia?« Er schluckte geräuschvoll. Man hörte ihm an, unter welcher Spannung er stand. »Ist dein Höschen feucht?«

»Ja.« Ihre Stimme klang heiser und dunkel, schwer vor Geilheit. »Es ist klatschnass. »Sage mir … sage mir, was du tun würdest, wenn du bei mir wärst.«

Er beschrieb in unglaublichen Einzelheiten, was er mit ihr anstellen würde. Julia folgte seinen Instruktionen. Zuerst glitt ein Finger in ihre warme, feuchte Vulva, dann waren es zwei, dann drei. Sie ließ sich auf die gespreizten Knie nieder. Sie zog das Höschen zur Seite. Ihre Klitoris schwoll an und zuckte verlangend, während Julia mit kreisenden nassen Fingern darüber strich.

Sie seufzte so laut, dass sie nicht hörte, wie ein Schlüssel im Schloss gedreht wurde.

Und doch – als Nick die Schlafzimmertür aufdrückte, war sie nicht sehr überrascht. Er steckte das Handy in die Tasche seiner Jeans, und über Julias Gesicht breitete sich ein glückliches Lächeln aus. Unter ihren Fingerkuppen entstand ein warmes Glühen, das ihren ganzen Körper erfasste.

»Ich wusste, du würdest zurückkommen«, sagte sie glücklich.

Er setzte sich neben sie aufs Bett und nahm ihr das Telefon aus der Hand. Ihre Finger berührten sich, dann übernahm er es, ihr zuckendes Geschlecht zu streicheln.

»Ich kann nicht lange bleiben«, sagte er bedauernd. »Ich muss wirklich zurück nach Schottland.«

»Und warum bist du zurückgekommen?«

»Ich musste dich noch ein letztes Mal sehen.

Ohne Schau, nur du und ich in einem Raum. Wenn du dich nicht für mich entscheidest, Julia, wird dies unser letztes Mal sein.«

Sie hob eine Augenbraue. »Und was ist, wenn ich mich für dich entscheide?«

»Dann verspreche ich dir, dass jeder Tag so sein wird wie heute.«

Das bezweifelte sie. Und für den Bruchteil einer Sekunde zweifelte sie auch daran, dass sie so ein Leben auf Dauer haben wollte. Ihr fiel ein, dass sie während des Tages kaum ein Wort zusammen gesprochen hatten. Er hatte sich nicht nach ihrem Leben erkundigt, nach ihrem Job, nach ihren Liebhabern – nichts schien Nick zu interessieren.

Für ihn zählte nur der Augenblick. Und in dieser Minute war sie bereit, auch nur für den Augenblick zu leben. In der warmen Lust seiner Augen zu baden, sich mit dem Körper in die stürmische See der Lust zu werfen.

Sie legte sich hin und zog ihn mit sich.

»Nichts hat sich geändert«, sagte er und barg sein Gesicht in ihre Schulterbeuge. »Wir sind älter und ein bisschen verrückter, und du bist schöner denn je.« Er saugte gierig an ihrer Haut. »Aber abgesehen davon ist es so, als wären wir wieder Teenager. Wir treiben uns immer noch gegenseitig in den Wahnsinn. Genau wie früher.«

Und immer noch finden wir keinen Gesprächsstoff, fügte Julia stumm hinzu. Sie schloss die Augen.

Er klatschte seine Lippen auf ihre, stieß die Zunge in ihren Mund und nahm von ihr Besitz.

Sie vergaß die Sache mit dem Reden.

9

Steve

Steve war schon da und ging nervös auf und ab, als
sie eintraf. Er stand draußen vor der National Por-
trait Gallery und sah zwischen den Studenten-
gruppen, die vor der Galerie Schlange standen und
fast alle bunt gekleidet waren, ziemlich fehl am
Platz aus. Auf der anderen Straßenseite wartete
Julia auf eine Lücke im Verkehr, damit sie unfallfrei
über den Zebrastreifen schreiten konnte. Sie beobachtete ihn.

Er sah umwerfend aus. Seine beeindruckende
Gestalt überragte alle anderen, und sein wohlpro-
portionierter Körper bot das Bild eines lässigen
sexy Mannes. Sie war sicher, dass er nicht einmal
wusste, wie sexy er war.

Da der Himmel sich bedeckt zeigte, hatte er zur
Vorsicht einen Regenmantel mitgenommen, der
über seinem Arm hing. Er trug schwere ochsenblut-
farbene Schuhe, dunkle Jeans, ein hellgraues T-Shirt
und eine braune Jacke, die farblich von seinen
Haaren kaum zu unterscheiden war und seine blassen Augen noch mehr hervorhob.

Während er auf und ab ging, als wollte er ein
Karree abschreiten, das er für sich reklamierte,

spähte er in alle Richtungen, um ein Zeichen von Julia zu erhaschen. Als sie die Straße überquerte, bemerkte er sie und winkte ihr erleichtert zu.

»Ich fing an, mir Sorgen zu machen«, sagte er und schaffte ein mühsames Lächeln. Seine Hände hoben sich leicht, verharrten aber kurz vor ihren Schultern, unschlüssig, ob er sie umarmen sollte oder nicht.

Julia schaute auf ihre Uhr. »Ich habe mich nur um drei Minuten verspätet.«

»Ich weiß, ich weiß.« Er starrte auf seine Füße. »Ich dachte nur, du könntest es dir anders überlegt haben.«

Sie legte eine Hand auf seine Hüfte, und er sah sie wieder an. »Wieso, um alles in der Welt, denkst du an so was?«

»Nun ja, du könntest deine Entscheidung schon getroffen haben. Ich weiß doch, wie gut du dich immer mit Nick verstanden hast.«

Sie zuckte und zog ihre Hand zurück. Plötzlich und unerklärlich wurde sie von Schuldgefühlen erfasst, als sie daran dachte, dass Nick erst vor ein paar Stunden ihr Bett verlassen hatte. Es war albern, dass sie sich so fühlte – schließlich hatten sie eine Abmachung getroffen, sie drei. Ganz nüchtern. Und trotzdem – im grauen Licht des Tages und im Angesicht von Steves verletzt blickenden grauen Augen kam ihr die Abmachung bizarr und auch gefährlich vor. Einer von ihnen würde am Ende sehr verletzt sein.

»Reden wir nicht über Nick«, sagte sie gewollt heiter und bemühte sich um ein ungezwungenes Lächeln. »Heute geht's um dich und mich.«

Er schien nicht überzeugt zu sein und senkte den Kopf. Julia küsste ihn auf die Wange, was ihn zu wecken schien. Er betrachtete sie von oben bis unten, sah ihre braunen Rindslederstiefel, den kurzen braunen Rock und den dunklen Kamelhaarpulli, der sich sanft um ihre Brüste schmiegte. Auch sie hatte einen Regenschutz über ihren Arm geworfen, eine Jacke aus Moleskin. Selbst wenn sie es abgesprochen hätten, hätten sie kaum ähnlicher gekleidet sein können.

»Du siehst großartig aus«, sagte er lächelnd. Er nahm ihre Hand und hakte sich bei ihr unter. »Komm, da ist was, was ich dir zeigen will.«

Die Atmosphäre in der Galerie war wie an einem perfekten friedlichen Sonntagnachmittag – wenn man davon absah, dass es Freitagmorgen war. Es war warm und ruhig und die Galerie voller Menschen, die sich der schlichten Freude verschrieben hatten, schöne Bilder zu betrachten. Wenn Julia allein gewesen wäre, hätte sie wahrscheinlich im Stehen schlafen können, eingelullt von sanften Stimmen und gedämpften Schritten.

Aber Steve war an ihrer Seite, da kam ihr der Schlaf gar nicht erst in den Sinn. Es erfüllte sie mit Stolz, in seiner Begleitung gesehen zu werden, und sie fühlte sich absolut wohl bei ihm. Sie brauchten sich gegenseitig nichts vorzumachen, so konnten sie völlig vorurteilsfrei über die Meriten der verschiedenen Künstler plaudern.

Es war, als teilten sich ihre Gedanken dem anderen mit. Julia begann einen Gedankengang, und

Steve setzte ihn fort. Sie schaute zu ihm auf, während er redete, und spürte ein warmes Glühen des Glücks, das sie bestrahlte.

»Was ist denn?«, fragte er, als ihm auffiel, dass Julia ihn betrachtete.

»Ich habe nur nachgedacht«, murmelte sie. »In all den Jahren scheint sich zwischen uns nicht viel geändert zu haben.«

»Du irrst dich, Julia. Alles hat sich geändert.«

»Wirklich?«

»Natürlich.« Er blinzelte. »Du hast nie gewusst, wie sehr ich dich mochte, als wir jünger waren. Jetzt weißt du es.«

Sie wich seinem Blick aus und wandte sich dem Bild zu, vor dem sie standen. »Ich habe immer gewusst, wie sehr du mich mochtest.«

»Du hast es gewusst? Wie denn?«

Sie sah ihn an, und ihre Blicke trafen sich. Das warme Glühen seiner Augen sandte erregende Schauer über ihren Rücken. »Es war ziemlich offensichtlich, Steve. Wie du mich angeschaut hast. Wie du den anderen Mädchen ausgewichen bist.« Sie legte eine Pause ein und erinnerte sich an den Moment, in dem sie sicher gewesen war, dass Steve für sie schwärmte. »Ich werde nie deinen Blick an dem Tag vergessen, an dem Nick mich zu sich nach Hause eingeladen hat.«

Er verzog das Gesicht. »Den Tag werde ich auch nicht vergessen«, murmelte er. »Es war einer der schlimmsten Tage meines Lebens.«

Sie griff nach seiner Hand und streichelte behutsam über seine Finger. »Weißt du, wenn du mich eingeladen hättest, hätte ich auch ja gesagt.«

Er räusperte sich. »Nein, das hättest du nicht gesagt. Du warst eines der begehrtesten Mädchen der Schule. Du musstest mit einem beliebten, erfolgreichen Typen ausgehen, einem Typen wie Nick.« Er drückte ihre Finger. »Gib es zu, Jules. Du hättest dich nie mit einem stillen, unspektakulären Kerl wir mir sehen lassen wollen.«

Der Gedanke bereitete ihr Unbehagen. Wahrscheinlich hatte er Recht. Wenn man achtzehn war, zählte Aussehen mehr als alles andere. »Heute bist du nicht mehr still und unspektakulär«, sagte sie, ohne seine Behauptung zu widerlegen.

»Mit anderen Worten – was ich gesagt habe, stimmt.«

Sie lächelte verlegen. »Du hast mich nie eingeladen, deshalb werden wir es auch nie erfahren.«

Es entstand ein längeres Schweigen. Julia erinnerte sich an etwas, was ihr an Steve immer schon gut gefallen hatte, wenn sie zusammen gewesen waren. War ein Thema abgehandelt, brauchten sie nicht krampfhaft nach neuem Gesprächsstoff zu suchen; auch ihr Schweigen war beredt gewesen.

»Was wolltest du mir eigentlich zeigen?«, fragte sie nach einer Weile.

»Das ist hier drüben.« Er fasste sie an der Schulter an und führte sie durch eine Türbogen in den nächsten Saal. »Hier ist es.«

Vor einem breiten Gemälde blieben sie stehen. Sie setzten sich auf eine Bank vor das Bild und betrachteten die ruhende Frau. Sie lag auf einem Bett und hatte dunkle Haare, die ihr über die Schultern fielen und in die Stirn, zerzaust, als wäre sie gerade erst aufgewacht. Sie lag auf der Seite und stützte den Kopf mit einer Hand. Sie war nackt, und die Schatten der Schamhaare bildeten einen scharfen Kontrast zur hellen Haut. Eine Brust war verborgen von dem Buch, das sie in der freien Hand hielt. Aber sie las nicht, sie schaute über das Buch hinweg auf den Betrachter. Die Augen waren unglaublich, blassgrün und rund und groß, und sie sahen den Betrachter herausfordernd an. Es gab keine andere Erklärung – sie sah ihren Liebhaber an.

»Sie ist eine wunderschöne Frau«, sagte Steve voller Bewunderung. »Ich habe sie schon vor Jahren gefunden. Wann immer ich in London bin, komme ich zu ihr.«

Julia konnte das gut nachvollziehen. Sie war eine Frau mit hypnotischer Anziehungskraft.

»Ich stelle mir vor, dass sie mich mit diesem Blick meint, der mir sagt, ich soll zurück in ihr Bett kommen. Ich kann mir nicht vorstellen, warum ich nicht bei ihr im Bett bin – es muss einen ernsthaften Grund dafür geben. Vielleicht muss ich telefonieren. Ich sehe sie an und begehre sie ganz schlimm und kann mich nicht auf das Telefongespräch konzentrieren. Als ich endlich fertig bin, knie ich mich vor sie, nehme ihr das Buch aus der Hand und küsse sie auf die Lippen.«

Seine Hand glitt über Julias Knie. »Erinnert sie dich an jemanden?«

Julia schaute genau hin, aber sie sah keine Ähnlichkeit mit irgend jemanden, den sie kannte. »Nein, ich glaube nicht.« Sie hob die Schultern.

»Du bist es, Julia. Es sind deine Augen.«

Langsam wandte sie sich ihm zu. Sie fühlte sich geschmeichelt, dass er sie mit einer solchen Schönheit verglich und wollte ihm das gerade sagen. Aber da bewegte sich sein Gesicht schon auf ihres zu, und sie wartete auf seinen Kuss. Als sie ihn auf den Lippen spürte, war er sanft und zärtlich, und dann folgte eine Reihe weiterer Küsse.

»Ich habe mir immer vorgestellt, dass du diese Frau bist, Julia. Ich stelle mir vor, du liegst in meinem Bett und wartest auf mich.«

Wieder ein Kuss. Julia schloss die Augen und spürte, wie sich in ihrem Kopf alles drehte. Seine Lippen waren zart, voller Sehnsucht. Er schob eine Hand in ihren Nacken und streichelte sie sinnlich.

Sie öffnete die Augen und bemerkte, dass er sich langsam von ihr löste. Er erhob sich und sah sie mit jenem hingerissenen Blick an, mit dem er auch das Gemälde angeschmachtet hatte.

»Wohin gehst du?«, fragte sie.

»Ich habe was arrangiert. In einer Minute bin ich wieder bei dir.«

»Das letzte Mal, als du mir das gesagt hast, warst du zwei Stunden weg.«

Er strich ihr mit einer Hand über die Wange. »Ich verspreche, es wird nicht lange dauern.«

Sie sah ihm nach. Die langen Schritte zeigten von seiner Entschlossenheit. Sie spürte ein Glühen in ihrem Leib, ein Verlangen, das immer stärker wurde und fast schon schmerzte. Sie schaute wieder auf das Gemälde an der Wand. Es hatte jetzt eine größere Bedeutung für sie, nachdem Steve ihr erklärt hatte, was und wen er darin sah. Was für eine rührende Geschichte, dass er die Galerie eigens wegen dieser Frau besuchte, in der er Julia zu erkennen glaubte.

Sie schloss die Augen und senkte den Kopf, wie sie es immer tat, wenn sie sich hinter ihren Gedanken verstecken wollte. Ihre Haare fielen nach vorn und verbargen die geröteten Wangen. Sie wollte in Steves Phantasie eintauchen.

Sie war es wirklich, die Frau in diesem Bild. Sie wartete, dass Steve endlich sein Telefongespräch beendete und zurück zu ihr ins Bett kam. In der nächsten Sekunde würde er den Anrufer abwimmeln, sich vor sie knien, ihr das Buch aus der Hand nehmen und sie küssen.

Jemand setzte sich neben sie. Steve. Sanfte Finger schoben die Haare aus ihrem Gesicht und steckten sie hinter ihre Ohren. Julia spürte eine unendliche Sehnsucht.

»Das hast du am letzten Schultag auch getan«, sagte sie leise.

Steve hob die Augenbrauen. »Was habe ich getan?«

»Das.« Sie legte ihre Finger auf seine Hand, die ihre Haare aus dem Gesicht schoben.

»Himmel.« Er legte wieder eine Hand in ihren Nacken. »Daran erinnerst du dich?«

»Ja.«

»Ich auch.«

Sie rutschte erregt auf dem Sitz herum und fragte sich, ob seine Erinnerung an den Moment mit ihrer eigenen übereinstimmte. »Woran erinnerst du dich genau?«

Er zögerte keine Sekunde. »Du sahst atemberaubend aus. Du hast ein grünes Kleid getragen, das perfekt zu deinen Augen passte. Die Sonne schien auf dein Haar, dadurch sah es leuchtend rot aus. Wir füllten die Listen aus, aber du hattest keine

Lust dazu. Ich sagte, dass du großartig aussiehst. Du wurdest ganz verlegen und hast den Kopf gesenkt, um dich hinter deinen Haaren zu verstecken. Ich wollte dich unbedingt ansehen, deshalb schob ich deine Haare aus dem Gesicht.«

Seine Finger glitten wehmütig über ihren Oberarm. »Nick spielte Fußball mit den anderen. Du hast mich aufgefordert, ich sollte was Spontanes tun.« Er schaute auf das Gemälde. »Du hast mich angesehen, genau wie sie. Herausfordernd. Ich zog dich auf die Decke, und ich wollte dich gerade küssen, als Nick kam und mit dir in den Wald ging.« Steves Augen sahen sie hart an. »Ich erinnere mich noch ganz genau an diese Szene.«

Unglaublich genau, dachte Julia. Sie war verwundert, dass Männer solche Momente ebenso registrieren wie Frauen. In ihr begann es wieder zu kribbeln. »Das verblüfft mich. Aber du hast was ausgelassen. Du wolltest mir etwas sagen, bevor Nick kam und mit mir in den Wald ging. Ich habe dir geschrieben und dich danach gefragt, aber du hast nie geantwortet.«

»Ich weiß.« Er sah auf seine Hand und legte sie auf ihre. »Als Nick zurückkam, war der Moment zerstört.« Er verlor sich in seinen Gedanken und starrte eine Weile auf ihre Finger. »Es ist das, was ich dir auch im Schloss sagen wollte. Aber auch da hatte ich keine Chance mehr.«

Er ließ den Kopf hängen, um ihren fragenden Augen auszuweichen. Dann rieb er sich mit einer Hand über die Stirn, als wollte er einen Schmerz wegreiben. »Es ist auch das, was ich in meine verdammte Liste geschrieben habe. Die Liste hat mein

Leben beherrscht. Stell dir nur mal vor, ich hätte es dir damals gesagt, als wir die Formulare ausfüllten.«

Er schüttelte den Kopf, und Julia hatte den Eindruck, als redete er mit sich selbst. Er war anders, als sie ihn in Erinnerung hatte – angespannt, gereizt und verkrampft.

»Nun, wenn ich es getan hätte, wäre ich in den letzten sieben Jahren nicht durch die Hölle gegangen. Immer wieder habe ich mich gefragt, wie deine Antwort gelautet hätte … Wenigstens hätte ich Gewissheit gehabt – so oder so.«

Julia hob sein Kinn und sah ihm in die Augen. »Warum sagst du es mir nicht jetzt?«, flüsterte sie und fuhr zärtlich über seine Wange. Als ob er ein Schlafwandler wäre, den sie vorsichtig zurück ins Bewusstsein holen musste.

Er atmete tief ein und bemühte sich, ruhiger zu atmen. »Ich werde es dir sagen, wenn die Zeit reif ist.« Er lächelte und stand auf. »Komm«, sagte er brüsk. »Es gibt noch viel zu sehen.«

Auf ihrem Weg aus der Galerie kamen sie an einer kleinen Fotoausstellung vorbei. Schwarzweißbilder berühmter Politiker und Könige, Staatsmänner, Diktatoren und Revolutionäre. Faszinierende Fotos. Jedem Fotografen war es gelungen, einen Moment im Leben des Politikers einzufangen, der viel über ihn aussagte. Während sie ergriffen durch den Saal schritten, wurde Julia von der Kraft der Bilder gepackt. Sie atmete tief durch.

»Was ist los?«, fragte Steve.

»Nichts«, antwortete sie und versuchte ein Lächeln, um ihre Gedanken zu verbergen.

»Doch, du hast was.« Er blieb stehen und legte eine Hand auf ihren Arm. »Ich kann es in deinen Augen sehen. Womit beschäftigst du dich?«

Sie blickte auf die Wand. Ein großes Porträt Lenins schien sie zu erdrücken. Daneben hing ein Bild von Adolf Hitler, der sich bückte, um ein Reh zu streicheln. Die Szene war so widersprüchlich, dass es Julia kalt über den Rücken lief.

»Halt mich fest«, flüsterte sie und schmiegte sich in Steves Arme. Er zögerte kurz, aber dann zog er sie an sich und wärmte sie. Sie barg den Kopf an seine Schulter und sog seinen Geruch ein, der ihr so vertraut war. Sie musste an sich halten, um nicht aufzuschluchzen.

Ein Wirrwarr von Gedanken krabbelte durch ihren Kopf und wollte ins Freie. Aber Julia zwang ihre Gedanken, sich zu formieren, damit sie herausfinden konnte, warum sie sich plötzlich so schwach und ergriffen fühlte. Das war eine altgewohnte Übung, wenn sie den Tränen nahe war: Sie analysierte ihre Gedanken, um ihre Emotionen in den Griff zu bekommen.

Sie hatte wenig geschlafen. Sie fühlte sich so schwach, dass ihr schwindlig wurde. Die bizarren Erlebnisse des Vortags hatten sie in ein euphorisches Hoch katapultiert. Dieses Hoch war in sich zusammengebrochen, als sie Steve gesehen hatte. Statt Euphorie blieben nur noch Schuldgefühle.

Das war an sich schon verwirrend genug, aber dann hatte sie entdeckt, dass Steve den Moment, der seit sieben Jahren ihre Träume infiltrierte, ebenso lebendig verinnerlicht hatte wie sie – das hatte sie sehr berührt. Hinzu kam die Anspannung dessen, was er ihr sagen wollte. Ihr Verdacht, was das sein könnte, ließ sie am ganzen Körper zittern.

Um alles noch zu verschlimmern, hatte sie die brillanten Fotos gesehen, die sie an ihre eigene Karriere erinnerten. Und an David. Eine Welle der Scham durchflutete sie, und dann stellte sie sich sein Gesicht vor, wenn sie ihm sagte, dass es aus wäre, dass sie die Hochzeit absagen müsste, dass sie sich geirrt hätte.

Steve fasste sie an den Schultern und rüttelte sie, um sie aus ihren Gedanken zurück in die Wirklichkeit zu holen. »Was ist los, Julia?«

»Ich … ich brauche frische Luft«, stammelte sie.

Sie saßen am Trafalgar Square. Es war kühl, und Julia fröstelte. Geistesabwesend sah sie den Touristen zu, während Steve ihnen was zu trinken besorgte. Hand in Hand die lächelnden jungen Paare, deren einfache, unkomplizierte Zuneigung sie zu verspotten schien.

Wieso, zum Teufel, hatte sie sich auf dieses lächerliche Spiel eingelassen? Mit Lust und Liebe zu spielen war gefährlicher als das Spiel mit dem Feuer. Jemand würde sich verbrennen, und sie hatte eine starke Vorahnung, dass sie das sein würde.

Steve reichte ihr eine Dose und setzte sich neben sie. Lange Zeit schwiegen sie. Als er zu sprechen begann, klang die Resignation in seiner Stimme mit.

»Du bereust das alles, nicht wahr?«

Als Julia nicht antwortete, schüttelte er zornig den Kopf. »Ich wusste es. Ich wusste, dass dieser verrückte Plan ein Fehler war. Ich hätte mich von

Nick nicht überreden lassen sollen. Aber ich war betrunken und wollte dich unbedingt noch einmal sehen.« Er griff ihren Arm, was so überraschend kam, dass sie fast aufgesprungen wäre. »Es tut mir Leid, Julia. Wir hätten dich nicht in diese Situation bringen dürfen. Was musst du von mir denken?«

Sie wandte den Kopf und sah in seine panisch blickenden Augen. »Die Situation ist bizarr, aber ich habe zugestimmt, wenn du dich erinnerst. Es ist nicht deine Schuld.« Es ist meine Schuld, dachte sie. Sie war nach Schottland gefahren, um Steve zu treffen – warum hatte sie Nick nicht abgewiesen?

Es war Gier. Gier hatte sie dazu gebracht, Leon Spatz im Studio zu verführen, und Gier hatte den Ausschlag gegeben, dass sie diesen verrückten Wettstreit zwischen Nick und Steve zugelassen hatte. Sie gierte nach Nicks Leidenschaft, aber sie sehnte sich auch nach Steves Intensität, nach seiner Bewunderung, nach der Lockerheit, mit der sie miteinander umgingen. Sie wollte alles haben. Plötzlich wurde ihr klar, dass das unmöglich war – aber jetzt war es zu spät.

»He, wir haben den ganzen Tag zur Verfügung«, sagte sie, aber in ihr Lächeln mischte sich ein nervöses Zucken.

»Bist du sicher? Wenn du unser Treffen nicht fortsetzen willst, wäre es mir lieber, du sagst …«

»Steve.« Sie legte einen Finger über seinen Mund. »Ich bin glücklich, wenn ich bei dir sein kann. Wir sollten beide nicht so viele Gedanken wälzen. Genießen wir, dass wir unter uns sind.«

Die Sonne kam heraus, als sie durch den Hyde Park spazierten. Am Tor wartete Steves Chauffeur, um sie die kurze Strecke zum Piccadilly zu fahren. Sie hatten im Ritz zu Mittag gegessen, und der Wein wirkte beruhigend auf Julias Nerven. Sanfte Musik im Hintergrund und das Klingen der Kristallgläser.

Sie begann sich zu entspannen und kicherte vor sich hin, als sie an einem Tisch einen Promi mit einer jungen Frau sah, die nicht seine eigene war. »Wenn ich die Kamera bei mir hätte, hätte ich bei George wieder einen Pluspunkt einfahren können«, sagte sie zu Steve und erklärte ihm die Situation in der Redaktion. Es verblüffte sie, als er ihr auf den Kopf zusagte, dass ihre schlechte Stimmung von der Fotoausstellung verursacht worden war. Ohne sie bevormunden zu wollen, ermutigte er sie, ihren Traum zu verfolgen. Julia fühlte, wie sich eine angenehme Wärme in ihr ausbreitete und sonnte sich in seiner ernsthaften Aufmerksamkeit.

»Das Leben ist zu kurz, um unglücklich zu sein«, sagte er und griff über den Tisch nach ihrer Hand. »Du hast das Talent, Julia. Verschwende es nicht mit einer Arbeit, die dich nicht ausfüllt. Wenn du etwas unbedingt willst, kannst du es erreichen, aber du musst dein Ziel mit allen Mitteln verfolgen. Wenn du es nicht tust, wirst du dir nie verzeihen.«

Er wandte für einen Moment den Blick, als der Kellner diskret die Rechnung neben Steve auf den Tisch legte. Julia wurde plötzlich klar, dass Steve nicht nur von ihrem Job gesprochen hatte.

»Du bist der einzige Mensch, der mich versteht«, sagte sie seufzend. »Alle anderen sagen, ich müsste verrückt sein, den *Chronicle* zu verlassen. Es ist ein wunderbarer Job. Die meisten Leute würden ihre Seele für meinen Job verkaufen. Filmpremieren und Partys, Schulter an Schulter mit den Promis ... aber mir reicht das nicht.«

Er lehnte sich über den Tisch und streichelte ihre Wange. »Ich würde auch meine Seele verkaufen. Für dich.«

Die anderen Gäste im exklusiven Restaurant verschwanden im Hintergrund. Es saßen nur sie zwei hier, nur sie zwei waren auf dieser Welt, allein in Zeit und Raum. Er hatte es ernst gemeint. Wenn jetzt der Teufel neben ihm stünde, hätte Steve ihm bereitwillig seine Seele für sie geboten.

Ihr Kopf wurde schwer. Ihre Zweifel und Sorgen schwanden in ihrem weingetränkten Gehirn, und die Gier nahm wieder Besitz von ihr. »Steve, wohin können wir gehen?«

Seine sinnlichen Lippen öffneten sich. »Du meinst ...?«

»Ja.« Ihre Stimme zitterte, ihr Atem kam flach, aber ihre Entscheidung stand fest. Sie wollte diese Lippen auf ihrem Mund spüren, auf dem Hals. Sie sollten den Schmerz zwischen ihren Beinen wegküssen. Unter dem Schutz des weißen Tischtuchs berührte sie seinen Schuh mit ihrer Stiefelspitze. »Komm, lass uns hinausgehen.«

»Und wohin?« Er nahm ein paar Scheine aus seiner Brieftasche und steckte sie in die Rechnung. Er stand auf, sah sich verunsichert um und half Julia in ihre Jacke.

»Wo ist dein Auto?«, fragte sie, obwohl sie dem Chauffeur nicht schon wieder eine kostenlose Schau liefern wollte.

»Ich habe dem Chauffeur bis fünf Uhr freigegeben«, sagte Steve.

»Und was sollen wir den ganzen Nachmittag tun?«

Er schlang einen Arm um ihre Taille und führte sie rasch aus dem Restaurant. »Ich wollte mit dir in die New Bond Street und dir ein Kleid kaufen und etwas Besonderes, das du heute Abend tragen sollst.«

Ein frivoles Glitzern blitzte in Julias Augen auf, und aufgeregt atmete sie hastig ein und aus. »Wunderbar«, flüsterte sie.

»Aber ich dachte, du wolltest …«

»Ja, klar, aber einkaufen ist auch gut. Vielleicht lässt sich da was kombinieren.«

Der Himmel hatte sich zugezogen, und es begann zu nieseln. Während sie Piccadilly überquerten und in die Old Bond Street gingen, nahm der Regen zu. Steve nahm Julias Hand, und dann rannten sie, kicherten wie Teenager und versuchten, dem Regen zu entkommen. Wo die Old Bond Street in die neue überging, zog Steve sie unter die Markise von Chanel. Sie stolperte, aber er fing sie in seinen Armen auf.

Er strich über ihre nassen Haare, und sie fühlte seinen Atem heiß und keuchend auf ihrem Gesicht. Julia schaute wieder auf seinen Mund, und in ihr zog sich alles vor Verlangen zusammen. »Du siehst so sexy aus«, murmelte sie.

»Wirklich?«, fragte er lachend. Er schien nicht überzeugt zu sein.

»Du weißt es. Komm, drücke deine geilen Lippen auf meine.« Sie schlang einen Arm um seinen

Nacken und zog seinen Mund auf ihren. Sie hatte für einen Moment die Kontrolle übernommen, aber Steve brauchte nur einen kleinen Anstoß. Seine Küsse waren tief und intensiv, sie spiegelten ihre Leidenschaft. Nachdem er ihren Mund erforscht hatte, drückte er die Lippen auf ihre Wangen und aufs Kinn, dann weiter hinunter auf ihren langen Hals. Mit einer Hand hielt er ihre Schulter fest und drückte sie, die andere Hand schlüpfte unter ihre Jacke und legte sich sanft auf ihre Brust. Sie nahmen die Fußgänger nicht wahr. Julia stöhnte leise.

Steve erstarrte plötzlich. Er schaute über Julias Schulter. »Himmel, sieh dir das an.«

Sie drehte sich um. Im Schaufenster trug eine Puppe ein atemberaubendes blutrotes Abendkleid in einem asymmetrischen Schnitt mit nur einer bedeckten Schulter. Der Ausschnitt verlief in einer diagonalen Linie, die den Ansatz der Brüste sehen ließ. Das Kleid war auf Taille gearbeitet. Der Rock war lang und wieder asymmetrisch geschnitten, so dass der Saum auf einer Seite dramatisch hoch war und die Mitte zwischen Knie und Hüfte traf.

»Das würde dir fantastisch stehen«, sagte Steve.

Julia musste ihm zustimmen. Die dunkle Farbe war ein toller Kontrast zu ihrer blassen Haut und zu ihren rötlich schimmernden Haaren. »Ich wollte in einem Kleid dieser Farbe heiraten«, sagte sie ohne eine Spur des Bedauerns in ihrer Stimme.

»Ich möchte dir das Kleid gern kaufen.«

»Hast du eine Vorstellung, was ein Modell von Chanel kostet?«

»Das ist mir egal.« Er hielt ihr die Eingangstür auf. »Ich möchte dich in dem Kleid sehen.«

Julias Herz klopfte, als sie in die glitzernde Welt der Designermode trat. Sie war schon einmal in dieser Boutique gewesen, zusammen mit Marianne. Aber um ehrlich zu sein, sie mochte diesen Laden nicht. Zu perfekte, zu hochnäsige Verkäuferinnen. Sie hätte wetten wollen, dass sie mit Röntgenaugen ausgestattet waren und in ihre leere Geldbörse blicken konnten. Sie hatte sich einen Nagellack gekauft, und Marianne wollte sich ein Kostüm für die Arbeit aussuchen. Die Verkäuferinnen hatten sie behandelt wie zwei fünfzehnjährige Mädchen vom Land, die in die Stadt gekommen waren, um ihr Taschengeld auf den Kopf zu hauen.

Damals hatte sie sich vorgenommen, keinen Fuß mehr in dieses Geschäft zu setzen.

Und jetzt war sie wieder hier und würde ein Kleid anprobieren, das wahrscheinlich das teuerste Stück im ganzen Laden war. Und wenn sich die Gelegenheit bot, nahm sie sich vor, würde sie die Umkleidekabine nicht nur dazu benutzen, sich umzuziehen.

Steve strahlte die Aura des Geldes aus. Offensichtlich war er es gewohnt, von vorn und hinten bedient zu werden, und nun verlangte er, dass die Verkäuferinnen sich um Julia bemühten. Mit ehrerbietigen Stimmen – eigentlich fehlte nur noch, dass sie knicksten und scharrten – ersuchte das Personal sie in die obere Etage, wo in einem großen, elegant eingerichteten Raum schon andere potenzielle Käufer bedient wurden.

Als sie oben eintrafen, wartete das Kleid schon auf Julia. Sie wurde in den Umkleideraum gebeten, dessen Wände mit Spiegeln versehen waren. Ja, es war ein kleiner Raum, aber als Umkleidekabine war es ein riesiger Palast. Eine der Verkäuferinnen half Julia mit der roten Kreation und murmelte anerkennende Worte, als sie sah, wie das Gewebe Julias Kurven umschmiegte. Eine Kollegin brachte ein Paar schwarzer Stilettoschuhe.

»Sie werden sehen, in diesen Schuhen kommt das Kleid noch besser zur Geltung, Ma'am.«

Julia musste zustimmen, als sie die Stiefel ausgezogen hatte und in die Schuhe mit den acht Zentimeter hohen Absätzen geschlüpft war. Sie bewunderte sich im Spiegel, drehte sich einige Mal nach rechts und links und verließ dann den Raum. Steve wartete in dem großen Saal.

Die kleine Gruppe der Kunden und Verkäuferinnen wurde ganz still, als Julia den Raum betrat. Sie sah an den neidischen Blicken, dass sie beeindruckte. Steve stand vom Sofa auf und sog ihren Anblick in sich hinein, von den Spitzen ihrer Schuhe bis zu den glänzenden Augen.

»Nun?«, fragte sie und drehte ihm den Rücken zu. Im hohen Spiegel sah sie, dass er sich ihr langsam näherte. »Was meinst du?«

Seine langen Finger glitten über ihre Taille. Sie sah über die Schulter auf ihr Spiegelbild und fand die Antwort in seinen Augen. »Du siehst fantastisch aus.«

Die Blicke bohrten sich ins Glas, und dann sah sie, dass sie auf der gleichen Wellenlänge lagen. Er wusste genau, was sie gemeint hatte, als sie angedeutet hatte, ihre beiden Leidenschaften zu kombinieren – Sex und Einkaufen.

»Hilf mir, es auszuziehen.« Sie fasste ihn an der

Hand und zog ihn in Richtung Umkleideraum. Eine der Verkäuferinnen folgte ihnen eifrig.

»Ist alles in Ordnung, Ma'am?«

»Ja, danke.« Julia bedachte sie mit einem zuckersüßen Lächeln und drückte ihr die Tür vor den perfekt bemalten Lippen zu.

Im großen Raum stand Julia mit dem Rücken zur Wand. »Passt es mir?«, fragte sie neckend. Sie sah, wie sich Steves Gesichtsausdruck veränderte – von Staunen zu Begehren. Julia spürte das Flattern in ihrem Bauch.

Steve trat einen Schritt näher. Ein unsicheres Lächeln umspielte seine Mundwinkel. Gleichzeitig hob er wie in Zeitlupe seine Hand. Sein Blick blieb auf Julia fixiert, während die Hand sanft über ihre Brust strich, über Taille und Hüfte. »Es passt dir vollkommen«, sagte er heiser.

»Auf der anderen Seite zeigt es aber viel Bein.«

»Ja, stimmt«, sagte er und strich mit einer Hand über ihren nackten Schenkel.

»Ich fürchte, man kann die Strapse sehen«, meinte sie.

»Oh, davon muss ich mich mal überzeugen.« Er ließ sich auf die Knie nieder und legte die Hände um ihre Fußgelenke. Eine Hand fuhr quälend langsam das nackte Bein hoch. »Nein, ich kann keine Strapse sehen.« Er blickte zu ihr hoch, die großen Augen voller Enttäuschung.

Julias Finger zuckten und zogen den Rock beiseite. Sie sah, dass Steves Lippen ein großes ›O‹ formten. Ihre Pussy zog sich in Vorfreude zusammen.

Zart folgten seine Finger einem schwarzen Seidenband. Er streichelte die Innenseiten ihrer Schenkel und glitt mit den Fingern immer höher. Im Dreieck verharrte er, als wollte er das Gefühl ihrer kühlen Haut möglichst lange auskosten. Er strich zurück zum Saum ihrer Strümpfe, und erregt stellte Julia die Beine weiter auseinander.

Benommen vor Lust und überwältigt davon, ihrem Geschlecht so nahe zu sein, begann die Hand vor ihrer Vulva zu zittern. Julia hörte seinen rasselnden Atem, denn näherten sich seine Lippen ihrer Pussy, die noch hinter dem winzigen Satindreieck verborgen lag. Julia spürte, wie ihre Klitoris versteifte und Aufmerksamkeit erheischte.

»Himmel, das fühlt sich so gut an«, stöhnte Julia, die Stimme kaum lauter als ein Atemzug. Sie langte hinunter und legte ihre Finger auf seine. Ah, wie sich seine Finger bewegten … Sie erforschten zärtlich die feuchten, heißen Falten ihres Geschlechts. Sie glühte. »Ah, ah, Steve …«

Sie sprach nicht weiter und gab ihm auf andere Weise zu verstehen, was sie wollte. Während sie den Rock mit einer Hand zur Seite zog, schob sie mit der anderen Hand den Schleier ihres Höschens nach unten. Sie entblößte ihr Geschlecht und schaute zu, wie er begeistert starrte und schluckte.

Sie brauchte nicht lange zu warten. Zuerst mit den Daumen, dann mit der Zunge entdeckte er die Freuden ihrer Pussy neu. Er rieb leicht über ihre geschwollenen Labien und sah, wie sie zuckend auseinander glitten. Er fühlte ihr inneres Gewebe, das so geschmeidig war, und tauchte hinein in die Geheimnisse ihres Inneren.

Julias Pobacken spannten sich, als sein Daumen langsam in sie eindrang, dann spürte sie seine leckende Zunge. Seine Finger spreizten sich über ihrem Schoß. Er zog sie ungeduldig näher zu sich. Er murmelte vor sich hin, betört von dem Fest der Sinne, das ihn umfing. Er verschlang ihren Schmerz und löste ihre Verspannung. Wellen der Lust schlugen über ihr zusammen, als er mit der Nasenspitze gegen ihre Klitoris rieb.

»Das gefällt dir, nicht wahr?«, fragte er und blickte zu ihr hoch. »Es gefällt dir, wenn ich dich da berühre.« Mit der Kuppe seines Daumens strich er leicht über die gerötete Spitze ihres Kitzlers.

»Ich liebe es«, keuchte sie und ließ den Rock fallen, damit sie mit den Fingern über seine Oberlippe streifen konnte, die von ihren Säften glänzten. Ich liebe *dich*, hätte sie beinahe gesagt. Aber sie schluckte die Worte hinunter.

Steve schob den langen Rock zur Seite, und seine Finger waren nicht beeindruckt, dass es eine Chanel-Kreation war. Seine Lippen tauchten wieder zu ihrer pulsierenden Klitoris, und mit geschickten Wischern seiner Zunge brachte er Julia rasch an den Rand eines weiteren Orgasmus. Julia seufzte und bebte. Ekstase schoss durch ihren Körper. Sie hätte den Höhepunkt jetzt schon erleben können, allein schon, wenn sie an seine Geilheit dachte, an seinen pochenden Schaft. Aber sie war gar nicht in der Lage zu denken.

Seine Lippen, seine Zunge und seine Zähne verscheuchten alle Gedanken und schufen neue Sensationen in ihr, die sie zu einem geschüttelten Bündel Lust machten. Er leerte ihre Seele und füllte sie mit einer so puren, lockeren Befriedigung, dass sie süchtig danach werden könnte. Sie wollte mehr, immer mehr, ein nie endender Kreislauf aus Spannung und Erleichterung, aus Geilheit und Erlösung.

Als der nächste Orgasmus sie überfiel, hielt sie seinen ruckenden Kopf fest, als wollte sie ihn zwingen, ihr weiter alles zu geben, was er hatte. Er küsste sie und sog die Feuchtigkeit aus ihr heraus.

Ein Klopfen an die Tür beendete ihre Lust. »Sir? Madam? Ist bei Ihnen alles in Ordnung?«

Julia schloss die Augen. Sie konnte nicht sprechen, sie brachte nur ein tiefes Stöhnen hervor.

»Alles bestens«, sagte Steve. »Wir haben nur ein paar Schwierigkeiten, das Kleid auszuziehen.«

»Oh.« Es entstand eine unsichere Pause. Julia konnte beinahe hören, wie die Gedanken der armen Frau tickten. Sie hatte ein Problem – zwei Kunden fummelten mit einem Zweitausendpfund-Fummel. Aber es waren zwei Kunden, die sie nicht verärgern durfte. »Möchten Sie Hilfe, Sir?«

»Nein, danke.« Julia blickte nach unten und sah, dass Steve nach ihren Brüsten griff. Er lächelte feixend. »Ich bin sicher, wir werden es schaffen.«

Julia spürte sofort, dass etwas nicht stimmte, als sie ins Auto einstieg. Kaum hatten sie sich es in den weichen Ledersitzen bequem gemacht, als Steves knisternde Aura der Selbstsicherheit von ihm abbröckelte. Die Verspieltheit, die er im Geschäft gezeigt hatte, war verschwunden. Er rutschte unruhig im Sitz herum und starrte angelegentlich aus dem Fenster, als wollte er Blickkontakt mit Julia vermeiden.

Er hatte sich in seine private Welt zurückgezogen. Sie kannte diesen Gesichtsausdruck, diese Haltung des verkrampften Körpers. Er dachte über etwas nach, was ihn beunruhigte. Ihr Herz öffnete sich für ihn, und in ihrem Bauch flatterten Schmetterlinge. Sie legte eine Hand auf seinen Schenkel.

»Was ist los, Steve?«

Er steckte so tief in seinen Gedanken, dass es einige Sekunden dauerte, bis er die Frage registrierte. Langsam wurden seine Augen klar. »Nichts«, log er und versuchte ein Lächeln, das ihm nicht gelang.

»Ach, komm schon. Du kannst mir nichts vormachen. Das hast du noch nie gekonnt. Deine Gedanken beschäftigen sich mit irgendwas.«

Er sah sie kurz an, bevor er den Blick wieder senkte. Seine Finger öffneten und schlossen sich, und er verzog das Gesicht, als ob er Schmerzen hätte. »Hattest du gestern eine schöne Zeit mit Nick?« Der Name klang wie ein Peitschenschlag.

Ungläubig schüttelte sie den Kopf. »Ich dachte, wir hätten abgesprochen, dass wir darüber nicht reden.«

Er wandte sich ab, um ihren fragenden Blick nicht sehen zu müssen. Julia verstand sofort: Heute würden sie das erste Mal Liebe machen. Wie sie Steve kannte und wusste, wie ernst er alles nahm, konnte sie sich vorstellen, dass er alles bis ins kleinste Detail geplant hatte. Er hatte es sich tausendmal vorgestellt, wie es sein würde.

Doch seine Gedanken wogen schwer mit Erinnerungen – Erinnerungen an Nick. Als Steve sie in Nicks Büro überrascht hatte. Und vor sieben Jahren, als Nick und sie ihre Unschuld verloren hatten. Und jetzt dachte er daran, dass er im Wettstreit lag mit dem, was Nick gestern mit ihr angestellt hatte.

Steve hätte aufgeregt und gespannt auf ihr gemeinsames erstes Mal sein sollen, genau wie sie. Aber offenbar konnte er das nicht, weil seine Erinnerungen es nicht zuließen. Zum Glück wusste er nicht, wie sehr sie den Tag mit Nick genossen hatte.

Sie sah, wie sich Falten der Sorge und Unsicherheit in seine Stirn gruben. Wie gern hätte sie ihn getröstet. Sie kam sich wie eine ältere Frau vor, die dabei war, einen hübschen Jüngling zu deflorieren. Sie wollte ihn an die Brust drücken und mit ihm langsam die Lust genießen. Aber ihr fiel nicht ein, was sie ihm sagen sollte.

Steve seufzte, und Verbitterung lag in seiner Stimme, als er gehässig sagte: »Ich wette, du hattest eine fantastische Zeit mit ihm, was?«

Julia konnte das nicht abstreiten. Sie öffnete den Mund, um etwas zu sagen, aber es kam nichts heraus.

»Ich wusste es«, zischte er und schüttelte den Kopf. »Warum habe ich mich darauf eingelassen? Wie kann ich denn mit diesem arroganten Bastard konkurrieren? Was sollte mir denn einfallen, womit ich dich noch beeindrucken kann?« Seine Augen verengten sich, und seine Hände krallten sich ins Leder der Rückbank. »Wie oft ist es dir bei ihm gekommen, Julia? Viermal? Fünfmal? Hat er dich hart rangenommen? So hart, dass du hast schreien müssen?«

Seine gehässige Stimme traf sie so unerwartet, dass ihr der Mund offenstehen blieb. »Steve!«

Er schlug die Faust auf den Sitz und strafte das Leder für seine Eifersucht.

Julia zuckte zusammen, völlig perplex über seinen Ausbruch. Dies war eine Seite von Steve, die sie noch nicht kannte. »Du brauchst überhaupt nichts zu tun, um mich zu beeindrucken«, sagte sie leise und versuchte, ihn zu beschwichtigen. Sie legte eine Hand auf seine gespannte Faust, als wollte sie die aufgestaute Wut ersticken. »Du brauchst auch nicht mit Nick zu konkurrieren. Mir genügt es, wenn du du selbst bist.«

Steves Finger verkrampften sich unter ihrer Hand noch mehr. Seine Augen glitzerten eisig. »Ich kann den Gedanken an euch nicht ertragen ... an ihn und an dich.«

»Steve«, sagte sie und bemühte sich, die aufkommende Verärgerung aus ihrer Stimme fernzuhalten. »Heute geht es nur um dich und mich.« Sie sprach langsam und leise, wie mit einem schwierigen Kind. »Ich will dich, und du willst mich. Heute Abend ... ich möchte nur, dass du mir zeigst, was du fühlst. Zeige mir, wie sehr du mich begehrst.«

»Oh, das werde ich«, versprach er, Zorn in der Stimme.

Julia zog rasch ihre Hand zurück. Die Entschlossenheit seines Ausdrucks schockierte sie. Wieder hatte sie das Gefühl, dass ihr dieses Spiel entglitt, und diesmal schlich sich ein wenig Angst ein. »Steve ...«

»Halt an.« Die Limousine hielt an der nächstmöglichen Stelle an, und er sprang hinaus und knallte die Tür hinter sich zu. Er bückte sich zum Fahrerfenster und murmelte ein paar Anweisungen. Julia konnte nichts verstehen. Offenen Mundes schaute sie zu, wie Steve hastig davonging, ohne noch einmal einen Blick zurückzuwerfen.

»Was hat das denn zu bedeuten?«, fragte sie gepresst und lehnte sich im Sitz vor.

Der Fahrer konzentrierte sich auf den Verkehr, als er einfädelte. Dann sah er in den Innenspiegel. »Ich bringe Sie nach Hause, warte auf Sie, bis Sie sich umgezogen haben, dann bringe ich Sie zu Steven.«

»Warum?« Sie schaute hinaus, um ihn im Pulk der Fußgänger auf den Bürgersteigen ausfindig zu machen. Sie wollte wissen, was er im Schilde führte. »Wo ist er hin?«

»Ich weiß es nicht, Miss. Er sagte, er hätte irgendwas vorzubereiten. Für heute Abend.«

Seine dunklen Augenbrauen hoben sich anzüglich. In seinen Augen konnte Julia lesen, wie sehr ihm die Schau mit Steve und Nick gefallen hatte. Sie wandte den Blick von seinem gierigen Grinsen und kochte vor Wut auf Steve, der sie in diese Situation gebracht hatte.

Sie braute einen Kaffee für den Chauffeur und setzte ihn vor den Fernseher, dann ging sie ins Bad. Es war ihr unbehaglich, ihn in der Wohnung zu wissen, während sie baden wollte. Sie hatte ihm nahegelegt zu gehen, aber er hatte bleiben wollen – offenbar folgte er bestimmten Anweisungen.

Sie versuchte zu vergessen, dass er nur durch eine Wand von ihr getrennt war, und auch, dass die Badezimmertür sich nicht abschließen ließ. Sie zog sich aus, ließ Wasser in die Wanne ein und wartete darauf, dass die Wärme die Anspannung aus ihrem Körper vertrieb.

Aber wie die blassen blauen Flecken ganz oben an den Innenseiten ihrer Schenkel – unleugbare Erinnerungen an den gestrigen Tag mit Nick – vom Wasser nicht gelöscht wurden, so wurde auch ihre Nervosität nicht geringer. Im Gegenteil – je länger sie im heißen Wasser blieb, desto mehr spannten sich ihre Nerven an. Ihre Befürchtungen wuchsen noch und zwickten schmerzhaft in ihren Eingeweiden.

Steve verursachte ihr Sorge. Sein Verhalten war nicht normal. Der Druck des heutigen Abends musste schwer auf ihm lasten. Im Laufe der Jahre hatte sie gehofft und sich oft vorgestellt, dass Sex mit Steve so wunderbar sein würde wie die intensiven Gespräche mit ihm.

Aber jetzt gruben sich ihre Zweifel an der Nacht der großen Leidenschaft fest. Steve würde aufgedreht sein, besessen von den Dingen, die sie und Nick gestern erlebt und getrieben hatten, und es würde ihm unmöglich sein, einen ganz normalen Liebesabend mit ihr zu verbringen. Wie schade, dass Steve sich nicht von dieser albernen Rivalität lossagen konnte. Es war unglaublich, dass er sich nach all den Jahren immer noch in Konkurrenz mit Nick sah.

Im Gegensatz zu ihm hatte Nick während des ganzen Tages mit Julia kein einziges Wort über Steve verschwendet. Das war der Unterschied zwischen den beiden. Nick besaß mehr als genug Selbstvertrauen. Trotz der Tatsache, dass Steve sein Boss war, dass er mehr Geld und Intellekt hatte und vielleicht auch besser aussah, war Nick selbstsicher genug, an sich zu glauben, wenn es um Frauen ging.

Bei Julia jedenfalls war Nicks Selbstvertrauen gerechtfertigt. Er wusste genau, was sie wollte. Unter dem parfümierten Wasser rieb sie die Schenkel gegeneinander, aufgeregt von den Erinnerungen an den gestrigen Tag.

Zugegeben, Nick und sie hatten während des Tages nicht viel miteinander geredet, aber das war auch nicht nötig gewesen. Sie hatten auf einer primitiven Ebene miteinander kommuniziert. Julias Herz pochte schneller, als sie sich an die einzelnen Szenen erinnerte. Bei Katja. Auf dem Motorrad. Vor den Bauarbeitern. Was Nick an Konversation mangelte, machte er durch seine Leidenschaft wett. Und durch seine verrückten Ideen. Er ahnte ihre Begierden. Auf vielfältige Weise war er das, was sie von einem Mann erwartete: Er war bestimmend, fröhlich und übernahm die Kontrolle.

Ob Steve auch so verdorbene Gedanken hatte wie Nick? Wenn, dann hatte er das bis heute vor Julia gut kaschieren können. Und dominant war er auch nicht.

Es war Julia gewesen, die am Nachmittag einen Orgasmus von ihm erzwungen hatte. Wenn sie ihn nicht gedrängt hätte, wäre nichts weiter als ein Kuss bei Chanel geschehen, dachte sie. Auf eine Weise war seine Schüchternheit rührend, aber sie war nicht wirklich das, was sie wollte. Sie waren keine Teenager mehr, die ihre Gefühle auf Zehenspitzen auslebten. Er tat ihr Leid, denn schließlich war es nicht seine Schuld, dass er so schüchtern war. Seine jugendliche Schwärmerei für sie komplizierte die Situation für sie beide.

Sie ließ sich tief in die Wanne sinken, und damit versanken auch ihre Schuldgefühle. Die Ohren unter Wasser, klangen alle Geräusche um sie herum wahnsinnig gedämpft. Sie hörte nur ihren eigenen Atem und das stete Pochen ihres Herzens. Jetzt endlich wurde ihr bewusst, was für ein schwerer Fehler es gewesen war, sich auf diesen Wettstreit eingelassen zu haben. Es war unfair, die beiden Männer zu vergleichen, und es würde ihr unmöglich sein, eine Wahl zu treffen. Sie waren so unterschiedlich, und sie hatten ihr so unterschiedliche Dinge zu bieten. Wie konnte sie eine Entscheidung treffen, ohne den einen zu verletzen, der zu kurz kam?

Es wäre am besten, wenn sie jetzt damit aufhörte. Bevor Steve sich noch mehr aufregen konnte.

Aber sie wusste, dass auch das unmöglich war. Er wartete auf sie und zählte die Minuten, bis er seinen Traum endlich erfüllen konnte.

Abgesehen davon – sie war neugierig. Es war egoistisch, aber sie konnte nicht einfach aufhören, ehe diese Nacht vorüber war. Sie wollte erfahren, wie sich Steves Jahre des Hungerns nach ihr im Bett umsetzen würden.

Deshalb bereitete sie sich auf Sex vor, als sie aus der Wanne stieg. Sie massierte eine duftende Creme in ihre Haut, bis sie sich sahnig glatt anfühlte. Unter dem Kleid konnte sie keinen Büstenhalter tragen, und um Steve zu überraschen, verzichtete sie auch auf ein Höschen. Vielleicht würde es ihn erfreuen, wenn er ihr Kleid auszog und feststellte, dass sie nur die fleischfarbenen Strümpfe und Strapse trug. Augenstift und Mascara halfen, die Augen zu betonen. Rouge war nicht erforderlich – ihre Wangen waren schon gerötet. Ein scharlachroter Lippenstift schien genau auf die Farbe des Kleids abgestimmt zu sein.

Sie stellte sich aufrecht vor den Spiegel und bewunderte sich ohne falsche Bescheidenheit. Sie sah fantastisch aus. Das Kleid fiel locker über Brüste und Hüften. Sie war willig und bereit für alles, was Steve ihr zu bieten hatte.

Julia sah, dass etwas nicht in Ordnung war, als der Chauffeur ihr die Wohnung zeigte. Sie war begeistert gewesen, als die Limousine in die St. Katherine's Docks eingebogen war. Das Penthouse bot einen atemberaubenden Blick über den kleinen exklusiven Jachthafen. Im Hintergrund erhob sich die angestrahlte Pracht der Tower Bridge. Aber die Wohnung selbst war unheimlich leer. Es gab keine Möbel, und – wie sie bemerkte, als sie auf den Lichtschalter drückte – auch keine Elektrizität. Draußen warfen die hohen Straßenlampen glitzernde Lichter auf die dunkelblaue Themse, in der sich die teuren Jachten spiegelten, und drinnen war es kalt und dunkel, und es wurde rasch noch dunkler.

»Was sollen wir hier?«, fragte sie, als sie sich vom Fenster abwandte.

»Das ist Stevens neue Wohnung. Er hat sie gerade erst gekauft. Wie Sie sehen, ist er noch nicht eingezogen.« Lachend zeigte er auf die Leere um sie herum. »Also, ich wünsche Ihnen einen schönen Abend, Miss.« Er winkte ihr aufreizend lässig zu und ging zur Tür.

»Sie gehen?« Julia lief nervös zu ihm. »Wann wird Steve kommen?«

Der Chauffeur hob grinsend die Schultern. »Das weiß ich nicht, Miss. Mein Auftrag lautete nur, Sie in diese Wohnung zu bringen.«

Sie bemühte sich, ihr Unbehagen zu schlucken. »Können Sie nicht ... eine Weile bleiben? Ich meine, bis Steve hier ist?«

»Nun ...« Er drehte die Mütze in seinen Händen, als müsste er sich überlegen, wie er eine schlechte Nachricht am besten in Worte kleidete. »Nun, eigentlich nicht, Miss. Sehen Sie, das ist mein freier Abend, und ich habe mich mit meiner Freundin verabredet.« Er nahm ein paar kleine Schritte rückwärts, als wollte er verschwinden.

»Dann gehen Sie lieber.« Julia biss sich auf die Zähne, als er die Tür laut zuschlug. »Gute Nacht«, flüsterte sie zur geschlossenen Tür.

Sie schlang den Mantel enger um sich und sah sich im Zimmer um. Sie blinzelte in die Dunkelheit, aber es gab nichts zu sehen. Auf der einen Seite des Zimmers verschwand ein Flur in der Dunkelheit. Sie hätte gern jedes Zimmer erkundet, aber sie fürchtete sich vor dem Unbekannten. Zu Hause war die Nacht ihre Freundin. Sie saß oft in der Dunkelheit, vielleicht nur mit einer flackernden Kerze oder dem ungewissen Licht des Fernsehers. Doch in einer fremden Wohnung hielten die dunklen Schatten unsichtbare Plagen für sie bereit: Spinnen, Mäuse, Ratten, Männer.

Als ob ihre bösen Ahnungen bestätigt werden sollten, hallte irgendwo ein Quietschen wider. Julia stand wie erstarrt da und wartete auf eine Wiederholung. Als sie nichts mehr hörte, redete sie sich ein, dass es ein ganz normales Geräusch in einer leeren Wohnung war. Holz, das sich bei Temperaturveränderungen dehnte.

Sie zwang sich zur Bewegung und schritt vorsichtig zum Fenster. Dort konnte sie wenigstens Leben sehen. Pärchen spazierten am Hafen vorbei, verliebt und eng umschlungen. Sie hörte fernes Lachen, und aus einem Pub, den sie nicht sehen konnte, drang gedämpfte Musik. Immer wieder fuhren Taxis das Tower Hotel an. Julia hielt sich an diesen Geräuschen fest und schlang sie um sich wie eine schützende Decke.

Sie hatte ihre Armbanduhr vergessen, aber sie war sicher, dass sie jetzt schon eine Stunde hier am Fenster stand. Wie lange wollte Steve sie warten lassen? Wenn dies seine Art von Scherzen war – nun, sie konnte nicht darüber lachen. Dies war eine Vergeudung ihrer Zeit zusammen. Was, zum Teufel, führte er im Schilde?

Sie verrenkte den Hals, um gerade nach unten sehen zu können, denn sie hörte Schritte, die sich draußen näherten. Aber es waren nicht Steves Schritte. Sie stieß einen schweren Seufzer aus und schüttelte sich. Es wurde kalt in der Wohnung, und ihr Unbehagen nahm zu. Sie wollte die Stille nicht durch das Klacken ihrer Absätze stören, deshalb ging sie auf Zehenspitzen zur Tür. Steve war offenbar durch irgendetwas aufgehalten worden, vielleicht durch einen dringenden geschäftlichen Anruf. Sie konnte sich eine Weile in den Pub setzen, dort war es wenigstens warm. Sie konnte Steve einen Zettel schreiben, um ihm zu sagen, wo er sie finden würde.

Im nächsten Moment zuckte sie zusammen. Sie hatte ihre Tasche in der Limousine vergessen. In der Tasche befanden sich nicht nur Kuli und Zettel, sondern auch Geld, Handy und Hausschlüssel.

Sie blieb stehen und kämpfte gegen die Panik an, die in ihr aufsteigen wollte. Meilen von zu Hause entfernt, und sie hatte keinen Penny bei sich. Was war, wenn Steve gar nicht kam? Nun, sie konnte in den Pub gehen und Marianne anrufen. Die Freundin würde sie bestimmt abholen.

Julia schüttelte den Kopf. Es war Freitagabend. Marianne würde nicht zu Hause sein. Wer hat sonst noch einen Schlüssel zu ihrer Wohnung? David. Aber David hielt sich noch am Drehort auf. Es gab noch den Ersatzbund, den Nick gestern Abend an sich genommen und nicht zurückgegeben hatte – aber Nick hielt sich längst wieder in Schottland auf. Sie wusste nicht einmal seine Telefonnummer.

Denk nach, feuerte sie sich verzweifelt an. Denk nach!

Das Nachdenken brachte nichts ein. Sie konnte gar nicht aus der Wohnung. Sie zog und zerrte am Türknopf, versuchte ihn zu drehen, aber es tat sich nichts. Sie weigerte sich zu glauben, dass sie eingesperrt war – aber das war die Wahrheit. Sie begriff nicht warum, aber die Tür war verschlossen. Jetzt brach die Panik in ihr aus. Ein dünner Schweißfilm legte sich über ihre Haut. Sie war eingesperrt und musste hier in der Dunkelheit ausharren.

Das Geräusch eines weiteren lauten Knisterns ließ sie zusammenfahren. Sie ruckte herum und stand mit dem Rücken zur Tür. Ihr Zittern steigerte sich in ein Schütteln. Ihre Ellenbogen ratterten gegen das Türblatt. Angst trieb ihr die Tränen in die Augen. Wieder ein Knistern. Sie hielt den Atem an. War jemand in der Wohnung? Jemand, der in der Dunkelheit lauerte und die ganze Zeit schon da war?

Das Geräusch, das sie vorhin gehört hatte, kam nicht vom sich dehnenden Holz sondern von dem Fremden, der sein Gewicht von einem auf den anderen Fuß verlagert hatte. Er beobachtete sie aus dem Schutz der Dunkelheit.

Sie biss sich auf die Lippe, um den Schrei zu unterdrücken, der aus ihr heraus wollte. Angestrengt starrte sie in die Dunkelheit. Sie war sicher, dass sie dort die dunklen Umrisse einer großen Gestalt sehen konnte. Sie nahm nicht wahr, dass die Gestalt sich ihr näherte, aber sie konnte ihre Gegenwart spüren. Sie konnte sogar das Atmen hören.

Furcht grub tiefe Falten in ihre Stirn. Sie schloss die Augen. Es gab keinen Ausweg. Am Ende des Flurs würde der Unbekannte sie schnappen. Die Tür hinter ihr war fest verschlossen. Das Gebäude war zu hoch, um aus dem Fenster zu springen. Nein, sie konnte nur auf der Stelle verharren und still beten. Vielleicht hörte ja jemand zu.

»Bitte«, flüsterte sie, und die Angst schnürte ihr fast die Kehle zu. »Bitte, tu mir nichts.«

Es gab keine Antwort, aber die Atemzüge des Unbekannten wurden lauter. Kam er näher? Ja, jetzt hörte sie seine Schritte, entsetzlich langsam auf dem nackten Fußboden.

»Oh, Gott, bitte …«

Er packte sie, als sie sich von ihm abwenden wollte. Er war kräftig und drehte ihre Arme auf den Rücken, bevor sie es bemerkte. »Tun Sie mir nicht weh«, jammerte sie.

»Wieso kommst du auf die Idee, dass ich dir wehtun könnte?« Seine Lippen drückten sich auf ihren Hals, und Julia erkannte den schwachen Duft seines Rasierwassers.

»Du Bastard!«, schrie sie und wehrte sich gegen seinen Griff. Er hielt sie zu fest, deshalb konnte sie sich nicht befreien. Ihr schossen Fetzen von Informationen über Selbstverteidigung durch den Kopf. Sie setzte die einzige Waffe ein, an die sie sich erinnern konnte, hob einen Fuß und drückte die Schuhspitze gegen sein Schienbein. Er zuckte zurück und lockerte den Griff für einen Augenblick, aber der genügte ihr.

Sie riss sich los, warf sich herum und stand wütend vor ihm. Sie setzte den letzten Rest von Energie ein und ging mit beiden Fäusten auf ihn los. Sie schlug und traf alles, was sie erwischen konnte – Arme, Brust und Bauch.

Eine Weile wehrte er sich nicht und ließ alles über sich ergehen, aber dann fing er ihre Arme ein und drückte Julia gegen die Wand. Er stand dicht vor ihr, und sie spürte seinen Atem auf ihrem Gesicht.

»Beruhige dich«, sagte er, und seine Stimme klang auf angsterregende Weise emotionslos. »Ich bin es.«

»Ich soll mich beruhigen?«, kreischte sie mit hysterischer Stimme. »Seit Stunden werde ich hier in der Dunkelheit gefangengehalten. Ich glaubte, allein zu sein, und dann tauchst du wie ein Alptraum aus der Dunkelheit auf. Was, zum Teufel, soll das, Steve?«

Er hob ihre Arme über den Kopf und hielt sie mit einer Hand fest, während er mit der anderen Hand ihren Mantel aufknöpfte. »Du warst nur fünfundvierzig Minuten hier eingesperrt, Julia, das ist alles.«

Sie wollte ihm entweichen, der Bedrohung seines Körpers entkommen. »Ich hatte entsetzliche Angst, Steve.«

»Tatsächlich?«, raunte er. »Hast du dich allein und hilflos gefühlt? Hast du geglaubt, es gibt keinen Ausweg? Glaubtest du, vor Angst zu ersticken?«

»Steve«, bettelte sie, »bitte, lass mich gehen. Du machst mir Angst.«

Er hielt ihre Handgelenke fest gepackt und strich mit der freien Hand über ihren Hals. »Du wolltest, dass ich dir zeige, wie ich mich fühlte. Nun, jetzt weißt du es. Eine Dreiviertelstunde hast du gelitten, Julia. So habe ich mich die letzten sieben Jahre gefühlt. Allein, hilflos, dem Ersticken nahe.«

Er presste den Körper gegen ihren und rieb seine Erektion gegen ihr Geschlecht. »Ich habe mit anderen Frauen geschlafen, aber das hat mir nicht geholfen. Danach habe ich immer noch nach dir gehungert. Allein, hilflos, nach dir lechzend.«

Er seufzte unter der Bürde seines jahrelangen Verlangens. »Wenn ich mich zu einer anderen Frau hingezogen fühlte, dann nur deshalb, weil sie eine

Ähnlichkeit mit dir hatte. Dein Lächeln, deine Haarfarbe oder die Art der Kleidung. Aber sonst waren sie ganz anders als du, Julia. Anschließend fühlte ich mich allein und verbittert, und natürlich fragte ich mich jedes Mal, wie viel besser es mit dir sein würde.«

Sie hielt den Atem an. Diesen Ton hatte sie in seiner Stimme noch nie gehört. Niedergeschlagenheit, gepaart mit wilder Entschlossenheit. Aber hinter ihrer Angst entfaltete sich auch die Knospe der Lust.

»Wenn du dich so sehr nach mir verzehrt hast, warum hast du dann nicht den Kontakt gehalten?«

Er lachte verbittert auf. »Du hättest mich nicht gewollt, Julia. Ich musste mich erst ändern, was aus meinem Leben machen, bevor ich dir wieder unter die Augen treten konnte, sonst hättest du mich nicht mal mit dem Arsch angesehen.«

»Das stimmt nicht«, protestierte sie. »Ich habe dich immer gemocht.«

»Aber Nick hast du immer geliebt.«

»Himmel!«, rief Julia. »Ich bin ein paar Jahre mit ihm gegangen. Das war zu unserer Schulzeit!«

»Aber du magst ihn auch heute noch, nicht wahr?«

Ein nervöses Seufzen stieg aus der Luftröhre hoch. Wie konnte sie Steve erklären, was Nick ihr auch heute noch bedeutete, ohne ihn zu verletzen? »Ja, ich mag Nick. Aber dich mag ich auf eine andere Weise. Immer schon.«

»Ich weiß, ich weiß«, spuckte er und mahlte seine Hüften gegen ihre. »Mich hast du gemocht, weil ich dir alles gegeben habe, was Nick dir nicht geben konnte. Mit mir konntest du reden. Ich war ernst und still, empfindsam und romantisch.« Er nahm die Hand von ihrem Hals und klatschte sie neben ihrem Ohr gegen die Wand. »Aber ich bin ein Mann, Julia. Ich bete dich an. Ich habe immer Sex mit dir gewollt.«

Ihre Pussy zuckte, und Flammen der Begierde loderten in ihr, als sie spürte, wie sein Schaft sich gegen ihr heißes Fleisch drückte. »Du hast Recht«, sagte sie seufzend, »wegen all dieser Dinge habe ich dich gemocht. Ich liebte dich, weil ich über alles mit dir reden konnte. Ich liebte die Gespräche mit dir, wenn wir auf der Schulwiese lagen und uns küssen wollten. Aber dann auf deinem Schloss, da habe ich dich auf eine ganz andere Weise begehrt.«

Sie brach ab und keuchte, als seine Erektion gegen ihre Klitoris rieb. »Ich wollte, dass du mit mir schläfst, Steve.«

Sie konnte nichts sehen, aber in der Dunkelheit fühlte sie seinen Atem dicht vor ihrem Gesicht. Er drückte seine Lippen auf ihren Mund. »Jetzt werde ich mit dir schlafen, Julia. Jetzt sofort.«

Er schleppte sie an den Handgelenken grob durch den Flur. Julia stolperte ihm auf den hohen Absätzen hinterher. Die Art seiner Begierde passte eher zu Nick als zu ihm, schoss es Julia durch den Kopf. Nie hätte sie geglaubt, dass Steve jemals so dominant sein könnte. Es erregte sie, seine Wildheit zu spüren. Sie zürnte ihm, weil er ihr Angst eingejagt hatte, aber ihr Zorn wich schon bald einem kuriosen Verlangen, als er sie durch einen offenen Türbogen zwang.

Er zog ihr gewaltsam den Mantel aus und stieß

sie auf den Boden. Sie fiel und wartete auf den Schmerz des harten Fußbodens, aber sie landete auf etwas Weichem, wahrscheinlich auf einer Matratze, die ihren Sturz abfederte. Verdutzt sah sie zu, wie Steve eine Kerze anzündete. Das flackernde Licht fing den grimmigen Blick seiner Augen ein, und aufgeregt schwenkte sie die Hüften hin und her.

Steve hockte neben ihr und blickte auf sie hinab. Seine Finger streichelten sanft über ihre Wangen. Er strich über ihren Hals und fuhr in den Ausschnitt des teuren Kleids. Die Hand blieb auf ihren Brüsten liegen. Julia legte eine Hand auf seine und schob die Finger zu ihrem Nippel. Das war ihm Aufforderung genug, er gab seine Zurückhaltung auf und kniete sich über sie.

Sie keuchte und spürte seine Erektion. Dann keuchte sie noch lauter, als er ihren Arm zur Seite zog und in eine Ledermanschette schob, die an der Wand befestigt war. Sie wandte den Kopf und sah zu, wie er den anderen Arm fesselte. Es war ein irres Gefühl, von ihm gefesselt zu werden – sie hätte ihm so etwas nie zugetraut. Sein Gesicht verriet, wie sehr er sie begehrte.

»Wie lange hast du das alles schon geplant?«, flüsterte sie erregt.

»Seit heute Nachmittag.« Er setzte sich auf die Fersen und bewunderte ihren ausgestreckten Körper. »Ursprünglich wollte ich mit dir ins Theater, dann zu einem festlichen Essen, und anschließend in eine Suite im Savoy Hotel. Ich wollte romantisch, sensibel und fürsorglich sein. Genau das, was du von mir erwartet hast.«

»Was ist geschehen?«, fragte sie. »Ich meine, was

hat dazu geführt, dass du deinen Plan geändert hast?«

Seine Blicke bohrten sich in ihre. »Du hast mir gesagt, ich soll dir zeigen, wie ich mich fühle.« Er packte ihr Kleid an den Hüften und zog es hoch, zerknautschte es in seinen Händen. »Das ist es, was ich für dich fühle, Julia. Was ich fühle, wenn ich dich in diesem Kleid sehe.« Er starrte an ihr hinunter und sah ihre nackte Pussy. »So fühle ich mich, wenn ich mir vorstelle, wie du mit Nick zusammen bist.«

Er kniete sich aufrecht hin und öffnete den Reißverschluss seiner Hose. Eine Handfläche strich über die Innenseiten ihrer Schenkel. Er schob sie auseinander. Julia zog die Knie an und war auf ihn vorbereitet, als er sich über ihr niederließ. Seine flinken Finger teilten ihre Labien.

Er schob die Penisspitze dazwischen. Er legte seine Hände um ihr Gesicht und verharrte eine lange Weile in dieser Position. Ihre Blicke wichen nicht aus, während sie beide warteten, atemlos gespannt, was jetzt geschehen würde.

Dann stieß er tief und fest in sie hinein. Julia schrie auf, geschockt von seiner Brutalität. Sie krümmte den Rücken und spürte seine Bewegungen mitten in ihre Ekstase hinein. Er war unerbittlich, egoistisch und pumpte so hart in sie hinein, dass sie morgen blaue Flecken haben würde, wo seine Hüften auf ihre stießen.

Sie hob die Beine und schlang sie um seinen Rücken, aber nichts konnte sein Tempo und seine Wucht bremsen, er schien sich selbst nicht mehr unter Kontrolle zu haben. Julia lag hilflos da; ihr blieb nicht anderes übrig, als sich der zügellosen Lust hinzugeben, die ihre Sinne beherrschte.

Dies war kein Akt für sie, dachte sie, als sie hingestreckt unter ihm lag. Dies war für ihn, eine verzweifelte Erlösung, ein Ausleben aufgestauten Verlangens, ein gewaltsamer Ausbruch von Lust. Die Anspannungen und Frustrationen der letzten sieben Jahre kochten über – und es war wunderbar.

Das ruckende Reiben seines Schafts brachte sie zum Glühen. Es war großartig, wie seine geschwollene Länge sie ausfüllte. Sein erbarmungsloses Pumpen, so schien es, hinterließ Narben – tief im Zentrum ihres Seins. Ihr Kopf war taub vor Entzücken, und stöhnend mahlte sie den rotierenden Unterleib gegen seinen mächtigen Stab.

Ihre schwachen flehenden Laute verfehlten jede Wirkung auf ihn. Wahrscheinlich hörte er sie gar nicht. Er starrte auf ihren zuckenden Körper, als er sich gewaltig in ihr entlud, tief in ihrer klammernden Vagina. Prustend und keuchend ließ er sich auf sie fallen und begrub sie unter sich. Ein langer, schwerer Seufzer entrang sich seiner Brust, angefüllt mit Pein und gleichzeitiger Erleichterung.

Julia bebte immer noch, entsetzt über die Gewalt seiner Gefühle.

Nach einer Weile begann er Liebe zu machen. Das war ganz anders. Er stand auf und entledigte sich seiner Kleider. Er kniete neben ihr, befreite ihre Arme und half ihr, sich aufzurichten. Langsam streifte er ihr Kleid vom zitternden Leib. Seine Finger strichen über ihren nackten Körper, dann folgten die Lippen der Spur der Finger. Er erforschte ihre Nässe, ihr sanftes Gewebe und streichelte jede Senke, jede Erhebung ihres Körpers.

Er löste die Strapse und rollte liebevoll die Strümpfe von ihren Beinen. Er küsste ihre Zehen, die Innenseiten ihrer Schenkel und ihren Bauch. Seine Zunge tauchte in ihren Nabel, in das Grübchen ihrer Kehle und dann in ihren Mund.

Er legte sie behutsam auf den Bauch und küsste ihre Wirbelsäule hinab. Genüsslich drückte er den Mund auf ihre strammen Backen, er spreizte sie und glitt mit forschenden Fingern in die Kerbe.

Die Lippen saugten sich fest, dann strich er mit der Zunge langsam über die Runzeln ihres Anus. Julia seufzte voller Entzücken und ließ stöhnend die Hüften kreisen.

Ihre beiden Körper bewegten sich wie in dickem, zähflüssigem Öl. Steve kniete hinter ihr und zog sie auf seinen Schoß. Julia, mit dem Rücken zu ihm, hob sich leicht an, dann ließ sie sich langsam auf seinen harten Penis nieder, verleibte ihn sich ein und genoss, wie köstlich er sie ausfüllte.

Diesmal war es nicht gewalttätig, nicht hektisch. Es war, als ob sich eine Zunge den Weg durch sämigen Sirup bahnt. Sein Körper schmiegte sich um ihren, während sie sich wie in Trance hob und senkte und jede Bewegung seines harten, dicken Stabs spürte. Stöhnend warf sie den Kopf zurück und lehnte ihn gegen seine Schulter.

Seine warmen Hände langten um ihren zuckenden Leib. Er umfing ihre geschwollenen Brüste. Julia wölbte den Rücken, hob die Arme und wuselte in seinen Haaren. Seine Lippen drückten sich in ihren Nacken. Eine Hand glitt zwischen ihre Beine und fand ihre pochende Klitoris. Die Knospe wuchs und schwoll an unter seinen rotierenden Fingern, und Julia stöhnte leise und fühlte sich so hilflos wie eben, als sie gefesselt war.

Ihr Kopf barg sich in die Mulde seiner Schulter. Sie verlor sich in der wiegenden Kommunikation ihrer Körper. Ihr war nicht mehr kalt. Sie spürte die Hitze, die er durch den Schaft auf sie übertrug. Ihre Haut glühte von der geteilten Wärme. Es war, als würden ihre Körper miteinander verschmelzen.

Ein tiefer rumpelnder Orgasmus begann unter seinen Fingerspitzen und strahlte von dort in ihren ganzen Körper aus. Steve hielt sie umschlungen und federte ihren durchgeschüttelten Körper ab.

Bevor das sanfte Beben ihres Orgasmus abgeklungen war, bewegte er sich wieder. Er hob ihren Leib von seinem Schaft und stieß sie nach vorn auf Hände und Knie.

Julia ahnte, dass er hinter ihr irgendwas vorbereitete, dann spürte sie auch schon was Warmes, Öliges, das er in die Kerbe ihrer Backen rieb. Er schlang einen Arm um ihre Taille und stieß mit der Penisspitze gegen seinen Anus. Julias Körper verhielt sich ganz still, während er sich in die unglaubliche Enge ihres Pos bohrte.

Julia war absolut sprachlos. Sie hatte die Augen fest geschlossen, und ihr Mund war weit aufgerissen. Mit jedem weiteren Stoß drang er tiefer in die verbotene Öffnung ein, und dann steckte er bis zum Anschlag in ihr, während seine Finger über die wunde Klitoris rieben.

Das brachte sie über den Rand der Klippe – es

war, als befände sie sich im freien Fall. Sie schrie auf und wurde durchgeschüttelt, während sie sich immer noch schweben sah.

Diesmal war nichts da, um ihre Landung sanft abzufedern. Eine atemberaubende Ekstase erfasste sie, und ihr Blut brodelte. Sie gab ihrem Kampf auf und gab sich der Macht seines Schafts hin.

Steve und sie, sie und Steve. Das war alles, was zählte. Sie ließen sich erschöpft auf die Matratze sinken. Julia lag auf der Seite, und immer noch spürte sie seinen dicken Penis zwischen den Backen. Tränen rannen ihr über die Wangen, und unkontrollierte Zuckungen quälten ihre erschöpften Gliedmaßen.

Steve berührte ihr nasses Gesicht. »Du weinst«, flüsterte er in ihre Haare. »War ich zu grob? Habe ich dir wehgetan?«

Julia erschauerte in seinen Armen. »Ich weine vor Freude«, keuchte sie. »So viel … Freude.«

»Ah, dem Himmel sei Dank«, sagte er erleichtert. »Es war wunderbar.«

»Ja«, stimmte sie zu.

Sie hatte ihre Entscheidung getroffen.

Julia wachte auf und war verwirrt. Sie blinzelte einige Male und wusste nicht, wo sie war. In der Schwebe zwischen Schlaf und Halbbewusstsein dauerte es eine Weile, bis sie sich an alles erinnerte. Nachdem ihr das gelungen war, brauchte sie erneut einige Zeit, um herauszufinden, wo diese Stimme herkam. Schließlich war sie wach genug, um zu wissen, dass die Stimme nichts mit ihrem Traum zu tun hatte. Die gedämpften Worte drangen aus dem Flur zu ihr.

Sie rollte sich aus der Decke und schlich zur Tür. Sie starrte in die Dunkelheit und sah tanzende Lichter, die sich im Takt zu leisen Schritten bewegten. Die Lichter gehörten zur Digitalanzeige von Steves Handy. Sie leuchtete in der Dunkelheit wie Glühwürmchen.

»Nun sieh es doch endlich ein«, flüsterte Steve. »Du hast verloren.«

Er ging im Zimmer auf und ab, während er hörte, was der andere zu sagen hatte. Dann: »Ob du es glaubst oder nicht, Nick, sie gehört mir.« Ein schmutziges Lachen drang trocken aus seiner Kehle. Er konnte es nicht unterdrücken, und jetzt schallte es als Echo von den Wänden im leeren Zimmer zurück.

»Ja, hat sie.« Wieder eine Pause, dann klang seine Stimme verschwörerisch. Julia wusste, dass er lächelte. »Ja, das hat sie auch getan. Es war fantastisch.«

Er reagierte mit einem ärgerlichen Zischlaut auf das, was Nick ihm sagte, dann räumte er ein: »Nein, das hat sie noch nicht gesagt, aber sie wird es tun. Ich weiß es.«

Wieder eine Pause, wieder ein trockenes Lachen. »Du musst endlich einsehen, Nick, dass du verloren hast.« Er blieb endlich einmal stehen. Sein Ton veränderte sich, er wurde todernst und entschlossen, so wie Julia ihn früher am Abend erlebt hatte. »Nein, das habe ich noch nicht getan. Aber ich werde es tun, das verspreche ich dir. Ach, hör schon auf, Nick. Sei nicht so ein schlechter Verlierer.«

Sie hörte ein schwaches Fiepen, dann drückte er auf den Ausknopf. »Du mich auch«, murmelte er in die Dunkelheit hinein.

Julia schlich geräuschlos zurück zur Matratze. Sie stieß mit dem großen Zeh gegen irgendwas, aber sie unterdrückte jeden Laut. Sie kuschelte sich in die Decke ein und konzentrierte sich auf ihren Atem. Er sollte glauben, dass sie schlief. Nach dem, was sie gehört hatte, wollte sie nicht mit ihm reden müssen. Typisches Gockelgehabe auf dem Misthaufen.

Er kam zurück ins Zimmer und legte sich neben sie. Julia wandte ihm den Rücken zu. Sie zuckte leicht, als er mit den Fingerspitzen über ihren Nacken strich. Sie widerstand der Versuchung, ihn von sich zu schieben und drückte die Augen fest zu. Vorher war seine Berührung warm gewesen, und sie hatte sein Verlangen gern gesehen und gespürt, aber jetzt war die Berührung so kalt, dass ihr Blut zu gefrieren schien. Sie konnte es kaum noch ertragen, ihn neben sich zu wissen.

Er murmelte vor sich hin. »Jules«, flüsterte er. »Bitte, du musst dich für mich entscheiden. Ich habe Nick schon gesagt, dass er verloren hat.« Seine Finger glitten über ihren Rücken. »Ich kann nicht zulassen, dass er mich schon wieder besiegt«, fuhr er mit einem Seufzer fort. Seine Handfläche strich über ihre Hüfte. »Ich lasse dich diesmal nicht wieder gehen, Julia. Für mich steht zu viel auf dem Spiel. Ich muss gewinnen. Ich muss meine Liste abhaken.«

Er rutschte näher an sie heran. Seine Knie schoben sich in ihre Kniekehlen. Sein Schaft, wieder hart, drückte sich zwischen ihre Backen. »Ich werde den letzten Punkt auf meiner Liste abhaken, und wenn es das Letzte ist, was ich auf dieser Welt tun muss. Das ist jetzt alles, was mich interessiert.«

Es war ein harter Kampf, den sie mit sich selbst austrug, um ganz still zu bleiben, auch wenn sie angewidert von seinem Gerede war. Sie musste schlucken. Am liebsten hätte sie sich aufgerichtet und ihm ihre ganze Wut ins Gesicht geschlagen. Aber sie widerstand. Eine einzige Träne quetschte sich unter dem Lid hervor.

Sie war so nahe gewesen, ihm zu gestehen, dass er es war, den sie wollte, dass er sie in diesem albernen Wettstreit überzeugt hatte. Zuerst hatte er ihr mit seiner gewalttätigen Lust einen Schlag in die Magengrube versetzt, aber dann hatte er sie mit seiner zärtlichen Liebe gewonnen. Da hätte sie ihm sogar gestehen können, dass sie sich in ihn verliebt hatte.

Er mochte sie, vielleicht mehr, als je ein Mann sie gemocht hatte. Aber wenn man unter die Oberfläche seines Mögens tauchte und seine wirkliche Motivation bedachte, dann … es schüttelte sie.

Er begehrte ihren Körper, natürlich. Vielleicht begehrte er sie auch wegen ihres Intellekts, aber an erster Stelle stand seine Liste, die er abzuarbeiten hatte. Sieben Jahre lang hatte sie sein Leben beherrscht. Jetzt wusste Julia ganz genau, was sein ultimatives Ziel war: Nick, den Rivalen aus Kindheit und Jugend, endgültig zu besiegen.

Beruflich hatte er Nick schon um Weiten abgehängt, jetzt wollte er ihn auch auf sexuellem Gebiet demütigen. Es war pathetisch, einen erwachsenen Mann zu sehen, der so besessen war, einen anderen Mann zu bezwingen.

Als Steve und Nick sie gedrängt hatten, sich zwischen den beiden zu entscheiden, hatte sie sich geschmeichelt gefühlt. Sie war der Mittelpunkt ihres Machospiels. Jetzt fühlte sie nichts als Traurigkeit. Sie hatte sich für Steve entschieden, aber noch bevor sie ihm das hatte sagen können, hatte er ihr mit seiner idiotischen Besessenheit, Nick besiegen zu müssen, einen Schlag ins Gesicht versetzt.

Ihre Vorahnung hatte sich bewahrheitet: Sie war es, der aus diesem gehässigen Krieg als Verliererin hervorging.

Sie wünschte fast, sie wäre nicht wach geworden. Wenn sie weiter geschlafen hätte, wäre sie nicht Zeugin des Telefongesprächs geworden, als er von ihr geredet hatte, als wäre sie der Preis eines Wettstreits geworden. Es hätte so schön sein können. Am Morgen wäre sie in seinen Armen aufgewacht, und sie hätte ihm gesagt, dass sie sich für ihn entschieden hatte. Sie hätte sich lieb von Nick und David verabschiedet und keinen weiteren Gedanken mehr an sie verschwendet. Aber was für ein Fehler wäre das gewesen!

Sie fluchte über sich selbst. Wie hatte sie nur zu einer solchen Fehlentscheidung gelangen können? Wie hatte sie sich überhaupt auf dieses Spiel einlassen und sich dann für Steve entscheiden können – ein Mann, der sich mehr um das sorgte, was er vor Jahren auf einen Fetzen Papier geschrieben hatte, als um ihre Gefühle?

Sie hasste sich selbst wegen ihrer Gier. Warum

hatte sie nicht glücklich sein können mit dem Mann, den sie hatte? David. Der liebe, süße David. Der ernste, intelligente David. Sein Name klopfte in ihrem Kopf, als wollte er sie verfolgen.

Sie lag wach da. Die Schulter, auf der sie lag, schmerzte, aber sie traute sich nicht, sich zu bewegen, bis sie einen Plan festgezurrt hatte.

Jetzt beschäftigte nur noch eins ihre Gedanken – wie konnte sie zurück in ihr altes Leben finden, ehe es zu spät war? Während sie darauf wartete, dass Steve einschlief, fragte sie sich verzweifelt, was sich in der vergangenen Woche in ihrem Kopf abgespielt hatte. Seit dem verdammten Klassentreffen hatte ihre Gedanken verrückt gespielt. Halbgare Ideen über ein neues Leben, das um die nächste Straßenecke auf sie wartete. Ein besseres Leben mit unglaublichem Sex, inhaltsschweren Gesprächen und einer wunderbaren Karriere, die sie ganz ausfüllte. Ja, sie musste verrückt gewesen sein.

Es dauerte Stunden, ehe Steve einschlafen konnte. Einige Male glaubte sie, jetzt hätte er es geschafft, dann wollte sie ein Stück von ihm wegrutschen, aber kaum hatte sie sich bewegt, rutschte er nach und schlang seineArme noch ein wenig fester um ihren Körper. Dann fing die Prozedur von vorne an: Warten, bis sein Atem tief und regelmäßig kam und sich langsam aus seinem Griff befreien.

Julia fühlte sich wie eine Gefangene, die ihren Entführer überlisten wollte. Ihr Puls raste, als sie fürchtete, er könnte jede Sekunde aufwachen. Aber er war erschöpft, und schließlich fand er seinen tiefen Schlaf. Sie schaffte es, ein Handgelenk zu fesseln, bevor er begriff, was sie tat.

»Julia?«, murmelte er. »Was machst du da?«

Sie zog die andere Hand über seinen Kopf, steckte das Gelenk durch die Ledermanschette und zog sie fest. Sie zog an den in der Wand befestigten Ketten, die mit den Manschetten verbunden waren. Sie hielten den Druck aus. Er würde sich nicht so leicht befreien können.

»Julia?« Er hob den Kopf von der Matratze, während sie sich aufrichtete. »Jules?« Seine Stimme klang gepresst.

Sie hockte sich hin und zündete die Kerze an. Sie störte sich nicht an Steves Fragen und zog sich in aller Ruhe an. Er lächelte, als sie ihre Strümpfe über die Beine zog und sie an den Strapsen befestigte. Er dachte, das gehörte zu ihrem Spiel. Aber als sie ihr Kleid anzog, in die Schuhe stieg und ihren Mantel überwarf, wurden seine Augen immer größer, und sein Lächeln zerbröselte.

»Ist etwas nicht in Ordnung? Wohin gehst du?«

Sie bückte sich und suchte in seinen Taschen, bis sie die Schlüssel gefunden und eine Zwanzig-Pfund-Note aus seiner Brieftasche geholt hatte. »Ich gehe nach Hause, Steve. Meine Tasche liegt in deinem Auto, deshalb borge ich mir Geld für ein Taxi. Ich schicke dir einen Scheck.«

»Wa … warum ge …gehst du?«

»Ich habe einige Dinge zu erledigen«, sagte sie kalt. »Mein Verlobter kommt morgen nach Hause.«

Er versuchte sich aufzurichten, aber die Ketten verhinderten das. »Julia!«, rief er. »Was … warum?«

An der Tür drehte sie sich um und starrte ihn so

wütend an, als könnte sie ihm was antun. »Ich habe dein Telefongespräch hören können.«

Steves Mund öffnete sich und klappte wieder zu. Julia sah, dass er sich verzweifelt zu erinnern versuchte, was er zu Nick alles gesagt hatte.

Sie rief es ihm in Erinnerung zurück. »Du warst gerade fertig mit mir, als du auch schon Nick anrufen musstest, um ihm gegenüber zu prahlen.«

»He?« Er hatte immer noch Mühe, den Schlaf abzuschütteln. »Aber so war es doch nicht. Ich ... wollte nur ...«

»Was denn? Ich habe jedes Wort gehört, Steve. Du hast ihm gesagt, dass du gewonnen hast.«

Er schüttelte mit kleinen, heftigen Bewegungen den Kopf. »Julia, es tut mir Leid. Ich habe doch nicht gemeint ... ach, du verstehst das nicht.«

»Oh, ich glaube doch. Ich habe dich auch gehört, als du zurück ins Bett gekommen bist. Du hast geglaubt, ich schlafe, aber ich habe jedes Wort gehört.« Ihre Kehle verengte sich vor Wut. »Du bist besessen, Steve. Besessen von dieser verfluchten Liste. Nichts anderes interessiert dich – genau so hast du es formuliert.«

»Bitte, du musst mich das erklären lassen. Die Liste ...«

»Nein.« Sie schüttelte bedächtig den Kopf, und ihre Augen verzogen sich zu schmalen Schlitzen. »Ich werde dir etwas erklären. Ich bin kein Besitz, über den du und Nick streiten könnt. Ich bin kein Preis, um den man kämpfen kann, ich bin kein Gegenstand, den man auf einer krankhaften Liste abhaken kann.«

Sie redete sich in Rage. Sie griff einen von Steves

Schuhen und schleuderte ihn gegen die Wand hinter ihm. Steve duckte sich im letzten Moment.

Ihre Stimme bebte vor Emotionen. »Ich habe viel für dich empfunden, Steve, und ich hatte den Eindruck, dass du auch was für mich empfindest. Aber sei doch ehrlich, was immer auch auf deiner albernen Liste steht, ist dir wichtiger als ich.« Ihre Augen verengten sich wieder. »Nick besiegen. Das ist dein wichtigstes Ziel, nicht wahr? Nach all den Jahren willst du ihm auch bei mir überlegen sein, willst ihn aus dem Feld schlagen.«

Ihr Brustkorb hob und senkte sich dramatisch. »So ein unreifes Verhalten hätte ich Nick vielleicht noch zugetraut, aber dir nicht.« Sie schnaufte verächtlich. »Du und Nick, ihr passt wunderbar zusammen. Ihr solltet auf mich verzichten und euch gegenseitig ins Knie ficken.« Ihre Stimme war scharf wie ein Rasiermesser. »Du bist ein kalter, herzloser Geschäftsmann.« Sie wandte sich zur Tür. Notfalls würde sie fliehen, bevor er ihre Tränen sehen konnte.

»Goodbye, Steve. Tut mir Leid, dass du den letzten Punkt auf deiner Liste nicht abhaken kannst.«

»Geh nicht, bitte, geh nicht. Lass mich jetzt nicht im Stich. Ich kann dir alles erklären …«

Seine Worte hallten ihr noch nach, als sie durch den Flur rannte und in der Dunkelheit mit den Schlüsseln fummelte. Das Flehen in seiner Stimme hätte sie fast wankelmütig werden lassen. Aber sie widerstand.

»Julia!«, schrie er. »Es ist nicht so, wie du denkst! Bitte, wenn ich dir noch irgendwas bedeute, dann lass mich erklären …«

Sie knallte die Tür hinter sich zu, aber zuvor hatte sie noch seinen herzerweichenden Schluchzer gehört, der in ihre Seele drang.

»Goodbye«, flüsterte sie.

»Julia! Nimm den Hörer ab, wenn du da bist!«

Julia schloss die Augen. Sie saß auf dem Sofa, die Knie gegen die Brust gedrückt, die Hände um die Knie geschlungen.

»Julia? Julia!« Davids beunruhigte Stimme klang blechern aus dem Anrufbeantworter. »Es ist spät. Wieso bist du noch nicht zu Hause? Ich hoffe nicht, dass Marianne dich auf die schiefe Bahn bringt. Ich versuche es später noch mal, Darling.«

Ihr Kopf sank auf die Knie, schwer von ihren Schuldgefühlen. Da war David, der sie in den frühen Morgenstunden des Samstags anrief, die Stimme voller unschuldiger Sorge. Und sie saß hier auf dem Sofa und versuchte, den Tumult in ihrem Kopf aufzulösen. Stille Tränen strömten über ihr Gesicht, wenn sie daran dachte, wie sie ihren Verlobten betrogen hatte.

Dies war das sechste Mal, dass er angerufen hatte, und sie hatte immer noch nicht den Mut gefunden, den Hörer in die Hand zu nehmen. Wie konnte sie auch mit ihm reden und so tun, als ob alles in Ordnung wäre?

Eine halbe Stunde später klingelte das Telefon wieder. Das schrille Geräusch hörte sich in ihren Ohren wie eine Alarmsirene an. Sie hielt sich die Ohren zu, verzog das Gesicht und hoffte, dass sich die Maschine bald einschaltete.

»Julia? Ich bin's, David. Bist du da?« Er wartete und hoffte, dass sie den Hörer abnahm. »Es ist drei Uhr. Wo bist du?« Wieder eine Pause. Er dachte nach. »Ich muss mit dir reden. Ich werde versuchen, dich über dein Handy zu erreichen.«

Ihr Handy lag noch in Steves Limousine. Vielleicht würde der Fahrer den Anruf beantworten – das musste sie vermeiden. Julia lief zum Telefon. »Hallo, David.«

»Gott sei Dank«, sagte er seufzend. »Wo bist du gewesen? Ich versuche seit drei Stunden, dich zu erreichen.«

»Ich war mit Marianne unterwegs.«

»Noch um diese Zeit? Wo wart ihr?«

»In einem Nachtklub. Es … Wir waren lauter Frauen. Eine Party unter Hühnern, weißt du.«

»Ah! Ich hätte wissen müssen, dass du über die Stränge schlägst, wenn ich nicht da bin. Hast du dich wenigstens gut amüsiert?«

»Nein, nicht wirklich«, sagte sie und bemühte sich, den Eindruck zu vermitteln, sie hätte einen langweiligen Abend erlebt.

»Ach, du brauchst dich nicht zu verstellen, Darling. Ich kann mir denken, was bei solchen Partys abgeht. Ich wette, ihr hattet einen geilen Abend. Scharfe Kleidung und wildes Flirten mit allem, was Hosen trägt.« Sein fröhliches Lachen ließ Julia zusammenzucken. »Und? Hast du?«

»Habe ich was?«

»Mit jemandem geflirtet?« Seine Stimme klang tief und lauernd. »Mich stört das nicht, aber das weißt du ja.«

Julia war verwirrt. »Das hört sich fast so an, als

ob du es kaum erwarten könntest, dass ich mit einem anderen Mann flirte.«

»Nun, ich würde mich dann vielleicht ein bisschen besser fühlen.«

»David? Was willst du mir sagen?«

Er lachte nervös. »Hast du die Zeitungen schon gesehen, Darling?«

»David?«, wiederholte sie und wünschte, er würde fortfahren mit dem, was er zu sagen hatte.

Sie hörte, wie er einen schweren Seufzer ausstieß. Dann plapperte er los, als hätte er die ersten Sätze auswendig gelernt. »Weißt du, Jay-Jay, kann sein, dass in den Morgenzeitungen ein Bild von mir steht. Die meisten Schauspieler wurden heute nicht gebraucht, deshalb haben wir am Abend schon die Schlussfete organisiert. Irgendein Idiot hielt es aus Publicitygründen für eine gute Idee, einen Pressefotografen einzuladen, und es kann sein, dass er mich genau in dem Moment überrascht hat, als ich … nun, ich hatte gerade Verity geküsst. Aber das hat nichts zu bedeuten, Darling. Wir waren beide betrunken, und alles war nur Spaß. Ich meine, wenn man so lange zusammen ist, dann entsteht so eine Kumpanei …«

»Verity«, murmelte Julia ruhig, froh, dass sie über etwas anderes nachdenken konnte als über ihre eigene Untreue. »Verity ist doch die Schauspielerin, die in der Serie deine Ehefrau spielt, nicht wahr?«

»Eh … ja, ich fürchte ja, Darling. Aber der Kuss hatte nichts zu bedeuten, wirklich. Julia, das musst du mir glauben. Wir waren beide betrunken, und es sollte ein Abschiedskuss sein, als der verdammte

Fotograf plötzlich auf den Auslöser drückte. Es war nichts, weniger als nichts.«

Julia lächelte verbittert. Was für eine Wende! David rief an, um ihr von seinem privaten Kuss der TV-Ehefrau zu erzählen, während Julia in seiner Abwesenheit mit drei Männern untreu gewesen war. Und sich in einen auch noch verliebt hatte.

»Und deshalb wolltest du mich unbedingt erreichen?«, fragte sie. »Du hast also nicht angerufen, weil du dir Sorgen um mich gemacht hast«, stellte sie fest. »Du wolltest mich nur beschwichtigen, bevor ich die verräterischen Fotos in den Zeitungen sehe.«

»Darling«, sagte er stöhnend, und fuhr dann mit zuckersüßer Stimme fort: »Ich will bloß vermeiden, dass die alberne Geschichte übertrieben rüberkommt, verstehst du? Die Reporter wissen, dass ich mit dir verlobt bin, deshalb ist es ihnen ein gefundenes Fressen, dass sie mich bei diesem dummen Kuss erwischt haben. Du kennst doch die Reporter der Boulevardpresse«, fügte er verächtlich hinzu.

»Ja, ich glaube ja. Schließlich bin ich auch so eine Reporterin«, sagte sie gequält.

»Genau. Deshalb weißt du, dass sie sich gern in solchen Sachen suhlen und oft den größten Blödsinn verzapfen. Ich dachte, das Foto könnte dich in Verlegenheit bringen, deshalb wollte ich dir vorher sagen, dass es ein absolut harmloser Kuss war. Er hat nichts zu bedeuten.« Er hustete verlegen, wie so oft, wenn er emotional sein wollte. »Julia, ich will dich nicht über so eine Lappalie verlieren.«

Julia schloss die Augen. Verity war eine schöne Frau – groß, blond, klassisch. Julia stellte sich vor, wie die Schauspielerin David küsste, und spürte einen Stich der Eifersucht, der mitten in ihr Herz traf. Ein Kuss, das war alles, sagte sie sich, und doch wollte sie ihm mitteilen, dass er die Hochzeit vergessen sollte. Am liebsten würde sie in Tränen ausbrechen, damit er sich so verzweifelt fühlte wie sie. Sie könnte alle Schuld auf diesen blöden Kuss schieben.

Aber David war nicht einfältig. Er würde wissen, dass mehr hinter ihrem Gesinnungswandel steckte, und dann würde sie ihm alles gestehen müssen.

Sie zwang sich zu schweigen, denn sie hatte Angst, dass eine falsche Aussage über ihre Lippen käme. »Danke für den Anruf«, sagte sie.

»Was … was heißt das? Ist alles in Ordnung bei dir, Julia?«

»Ja, es geht mir gut. Es war nur ein Kuss, wie du gesagt hast. Es wäre albern, wenn so etwas Harmloses unsere Beziehung beeinträchtigen könnte.«

»Ah, du bist wunderbar.« Sie hörte sein erleichtertes Seufzen durchs Telefon. »Ist dir eigentlich bewusst, dass es nur eine Woche dauert, bis wir den Sack zumachen?«

»Ja, ich kann es kaum erwarten.« Sie hob die Stirn und spürte wieder das Brennen der Tränen. »Sage mir, dass du mich liebst«, flüsterte sie.

»Was?«

»Ich will es hören.«

»Natürlich liebe ich dich.«

Das klang so nebensächlich, da war keine Leidenschaft, nur ein nüchternes ›natürlich‹. Das würde er auch antworten, wenn sie ihn fragte, ob sie am Sonntag zu seiner Mutter zum Mittagessen führen.

»Ich brauche Schlaf«, sagte sie. »Wir können morgen weiter reden.«

»Ich werde dich morgen *sehen*«, betonte er. »Ich starte in aller Frühe und werde dich um eins bei meiner Mutter treffen. Zum Abendessen sind wir dann allein, nicht wahr?«

»Natürlich«, sagte sie und biss auf die Zähne.

Julia befand sich im Übergang vom Dösen in den Schlaf, als sie den Summer hörte. Sie drückte die Tür für Marianne auf, dann öffnete sie ihre Wohnungstür und ließ sich wieder aufs Sofa fallen. Sie schaffte ein schwaches Lächeln, als ihre Freundin hereinkam.

»Seit acht Uhr heute Morgen versuche ich dich am Telefon zu erreichen«, sagte Marianne und schritt mürrisch ins Wohnzimmer. »Die Leitung war tot. Ist sie kaputt?«

Julia war für eine Erklärung zu müde und wies mit einer schlaffen Handbewegung auf den Telefonanschluss in der Wand. Er war leer, das Kabel lag nutzlos auf dem Fußboden.

»Warum hast du das denn getan?«, tadelte Marianne, ging in die Hocke und steckte das Telefon wieder ans Netz. »Das nenne ich unglaublich gemein.« Sie grinste und wackelte mit einem Finger. »Ich sterbe vor Neugierde. Ich muss unbedingt wissen, wie es mit dem nichtsnutzigen Nick und dem seriösen Steve gelaufen ist. Und?« Sie wartete gespannt. »Puh«, rief sie dann aus, und ihr Lächeln ging über in einen Ausdruck von Neid. »Was für ein Kleid!«

Julia sah an sich hinunter. Ihr Körper steckte noch im langen roten Kleid. Das Mieder wies ein paar Kränze von ihren Tränen auf, aber das war ihr egal. Sie würde dieses Kleid nie wieder tragen. »Es ist ein Chanel«, murmelte sie schwach.

»Ich weiß«, raunte Marianne in stiller Verehrung. »Ich habe es im Fenster gesehen. Es ist fantastisch. Es passt zu dir.«

»Steve hat es mir gekauft.« Julia unterdrückte ein neuerliches Schluchzen.

»Wie war es denn mit ihm? Hattest du eine gute Zeit?«

»Es war ein wunderbarer Abend«, schluchzte sie. »Es war der beste Abend meines Lebens.«

»Und warum brichst du in Tränen aus?«

Julia konnte sich nicht mehr halten. Marianne setzte sich neben sie aufs Sofa und rieb ihre Hände über Julias zuckende Schultern. Ihre Kehle war wie zugeschnürt, sie brachte keinen einzigen Ton heraus. Marianne wartete geduldig. Sie drückte die Freundin an sich, bis das Zittern nicht mehr den ganzen Körper erschütterte.

Sie schenkte Julia einen kräftigen Drink ein und holt die Zudecke aus dem Schlafzimmer, in die sie den fiebrigen Körper der Freundin rollte. Dann setzte sie sich auf die Sofalehne und fuhr zärtlich über Julias Haare. »Himmel, du siehst schrecklich aus«, sagte Marianne.

»Danke.«

»Wirst du mir sagen, was dich so entsetzt hat?«

Julia sagte es ihr. Einige Male erstarb ihre Stimme in einem Anfall von Selbstmitleid, dann musste sie abbrechen und ihren Tränen freien Lauf lassen.

Aber schließlich hatte sie der Freundin alle Einzelheiten anvertraut: Nicks bizarre Ideen, Steves Leidenschaft, gefolgt von dem – bildlich gesprochen – Schlag ins Gesicht.

»Ihm geht es nur um seine verdammte Liste«, spuckte sie aus. »Das ist alles, was ihn interessiert. Und ich dachte ...« Sie schüttelte den Kopf, entsetzt über sich selbst, dass sie so wenig Menschenkenntnis hatte. »Ich dachte, er empfindet was für mich«, flüsterte sie.

»Was für ein Bastard«, sagte Marianne zustimmend. »Ich habe immer gesagt, dass er ein Sonderling ist. Er hat diesen irren abschweifenden Blick in den Augen, der einem sagt, dass er in seiner eigenen Welt lebt.«

»Da gehört er auch hin«, sagte Julia. »In seine eigene Welt. Und dort wird er ganz allein sein.«

Marianne stand auf und ging zu den Fenstern. Sie öffnete die Vorhänge und ließ einen schönen sonnigen Morgen herein. »Aber natürlich weißt du immer noch nicht mit Sicherheit, ob der mysteriöse letzte Punkt auf seiner Liste wirklich etwas mit der albernen Rivalität mit ihm und Nick zu tun hat.« Sie hob die Schultern. »Es könnte auch etwas ganz anderes sein.«

»Was, zum Beispiel?«, fuhr Julia sie an.

»Zum Beispiel, dass er dich heiraten will.«

»Das bezweifle ich«, gab sie mürrisch zurück, aber sie musste sich eingestehen, dass es ihr kalt über den Rücken lief, als sie an diese Möglichkeit dachte.

Marianne drehte sich vom Fenster weg, ein kleines Lächeln um die glänzenden Lippen. »Er sitzt draußen in einem großen silbergrauen Wagen, und neben ihm sitzt ein geiler Typ, der verdächtig nach Nick aussieht.«

Julia war die Zudecke auf den Boden und sprang vom Sofa auf. Sie duckte sich hinter Marianne und blinzelte hinaus. Die Männer saßen auf der Rückbank der Limousine, und man konnte sehen, dass sie sich über ein offenbar ernstes Thema unterhielten.

Steve blickte hoch, als Marianne gerade winkte. Er sprang aus dem Auto und blieb dann abrupt stehen wie ein Sprinter, der durch einen Fehlstart verunsichert worden war. Dann stürzte er auf den Pfad zur Haustür, während Nick sich umständlich vom Sitz erhob. Er blieb neben dem Auto stehen und lächelte Marianne an.

»Oh, Himmel. Scheuch sie davon«, zischte Julia, als sie den Summer hörte.

»Du willst nicht mit ihnen reden?«

»Nein.«

Marianne hob eine Augenbraue. »Ich glaube, sie wollen aber mit dir sprechen.«

»Nein! Warum, glaubst du, habe ich das Telefonkabel aus der Wand gezogen? Ich rede mit keinem von beiden.« Sie lief Richtung Schlafzimmer. »Du hast ihnen gewunken, jetzt sieh zu, wie du mit ihnen fertig wirst.«

Sie kauerte hinter der angelehnten Schlafzimmertür und lauschte der gedämpften Unterhaltung im Flur. Sie hörte Marianne einige Male ›nein‹ sagen, dann hörte sie die Freundin aus vollem Hals lachen.

Ein paar Sekunden später schloss Marianne wieder die Wohnungstür. »Sie werden nicht gehen«, sagte sie. »Sie bestehen darauf, dass du eine Entscheidung triffst.«

»Das werde ich nicht.« Sie schob Marianne zur Wohnungstür. »Geh und sage ihnen das.«

Sie setzte sich aufs Bett. Kaum hörte sie Mariannes Schritte auf den Fliesen, kamen sie auch schon wieder zurück.

»Sie sagen, ihr hättet eine Abmachung getroffen, und dass du keinen Rückzieher machen kannst.«

Julia kochte. »Aber genau das tue ich. Sage ihnen, ich will keinen von ihnen noch einmal sehen.«

Marianne verdrehte die Augen. »Sie werden nicht so leicht aufgeben, Jules. Kannst du nicht hinausgehen und es ihnen selbst sagen?«

»Nein.« Sie verschränkte schmollend die Arme. »Ich will sie nicht wiedersehen.«

»Der arme Nick«, sagte Marianne. »Er hat doch nichts falsch gemacht.«

»Aber ich will Nick nicht«, zischte Julia. »Das habe ich dir doch schon erklärt.«

Mariannes Augen sprühten. »Vergiss Steve. Ich an deiner Stelle würde Nick nehmen.«

»Ich kann es nicht glauben!«, rief Julia. »Ich bin schlecht drauf wie noch nie, und du flirtest mit Nick?«

Marianne setzte sich auf den Bettrand und grinste verlegen. »Er ist ein Schatz, Jules. Ich verstehe ja, warum du dich von Steve verabschiedest, aber warum gibst du nicht Nick eine neue Chance?«

»Eine neue Chance?« Sie schüttelte den Kopf. »Ich sage dir doch, ich habe mit Nick nichts gemeinsam – vom Sex abgesehen. Du magst dich mit einer solchen Beziehung zufrieden geben, aber ich nicht. Ich will mehr.«

»Ach? Gibt es mehr?« Marianne schaute verlangend zur Wohnungstür.

Julia rüttelte die Freundin an den Schultern und zwang sie auf die Füße. »Marianne, es ist mir egal, wie du es anstellst, aber schaffe mir die beiden weg von hier.«

Diesmal dauerte es länger, ehe Marianne zurückkehrte. Sie ignorierte Julia und ging gleich zum Toilettentisch und arbeitete sich durch die Farbnuancen in der kleinen Lippenstiftsammlung der Freundin. Schließlich hatte sie einen Ton gefunden, der ihr gefiel, und zog sich die Lippen nach.

»Und?«, fragte Julia. »Sind sie weg?«

»Steve sagt, er geht nicht eher weg, bis du zu ihm kommst und mit ihm sprichst.« Marianne lockerte ihre blonden Haare. »Er sagt, du hättest alles falsch verstanden. Er will es dir erklären, also musst du ihn anhören.«

»Nun, du kannst ihm Folgendes sagen: Ich habe seine kindischen Spiele satt. Ich habe beschlossen, dass meine Hochzeit doch stattfindet.«

Marianne ließ die Hände sinken. Offenen Mundes starrte sie Julia an, als ob sie zwei Köpfe hätte. »Das kann nicht dein Ernst sein!«

»Mach den Mund zu und sage es ihm.«

Marianne sah der Freundin besorgt in die Augen. »Du kannst dich doch nicht für David entscheiden, nur weil Steve dich enttäuscht hat!«

Julia senkte den Blick.

»Jules. Jules, sieh mich an. Was ist aus der Frau geworden, die gesagt hat, sie würde für die Liebe und die Wahrheit kämpfen? Findest du nicht auch, dass du es Steve schuldig bist, ihn wenigstens anzuhören?« Sie trat näher und hob Julias Kinn. »Bist du dir das nicht auch selbst schuldig? Du bist in ihn verliebt, nicht wahr?«

Julia schloss die Augen und knirschte mit den Zähnen. »Bitte, Marianne. Ich habe meine Entscheidung getroffen. Ich kann ihn jetzt nicht sehen.«

Seufzend ging Marianne und überbrachte die Nachricht. Sie seufzte erneut, als sie zurückkam und die Antwort ablieferte. »Er sagt, du kannst nicht heiraten, ohne ihn vorher anzuhören. Er muss heute Nachmittag auf eine Geschäftsreise. Er wird eine Woche weg sein, also musst du heute mit ihm reden.« Sie warf Julias Handtasche aufs Bett. »Die hast du offenbar in seinem Wagen liegengelassen.«

Julia hob die Handtasche auf und holte eine Zwanzig-Pfund-Note aus der Geldbörse. »Gib ihm den Schein. Das ist es, was ich ihm schuldig bin. Und sage ihm, er soll gehen.«

In ihrer Stimme musste Unsicherheit mitschwingen, denn Marianne rührte sich nicht von der Stelle.

»Ich werde nicht mit ihm sprechen«, sagte Julia mit Nachdruck. »Ich will nicht hören, was er zu sagen hat. Sage ihm, dass mein Verlobter jeden Moment zurückkehren wird, und dann will ich Steve nicht mehr in dieser Gegend sehen.«

Während Julia darauf wartete, dass der Kurier ihre letzte Botschaft übermittelte, spürte sie einen Wirbel widerstreitender Gefühle, der in ihr tobte. Ärger, Ängste, Enttäuschungen und auch noch eine unerklärliche Erregung – wie der Nachgeschmack von Chili, der auf der Zunge zerplatzt. Ein Teil von ihr war enttäuscht, als Marianne allein in ihr Schlafzimmer trat.

»Er ist weg«, sagte sie triumphierend.

»Oh.«

Marianne verdrehte die Augen. »Himmel, Jules, du hast mir gesagt, dass ich ihn wegschicken soll. Willst du jetzt, dass ich ihn zurückrufe?«

»Nein.« Sie sah nervös zu ihrer Freundin. »Was hat er denn gesagt?«

»Nichts.«

»Nichts?«

Marianne klopfte sanft mit den Knöcheln gegen Julias Kopf. »Hallo, ist da jemand? Du hast nicht hören wollen, was er dir zu sagen hat, erinnerst du dich?« Auf dem Weg zur Tür warf sie einen raschen Blick in den Spiegel. »Kann ich dich jetzt allein lassen?«

»Wohin gehst du?«

»Nick und ich wollen einen Kaffee trinken gehen.« Sie grinste. »Du hast doch nichts dagegen?«

Marianne warf ihre blonden Haare in den Nacken und rauschte aus der Wohnung.

Julia fühlte sich allein und leer und ging langsam hinüber ans Fenster. Sie sah Nick und Marianne lachend und flirtend die Straße hinunter gehen. Steve lehnte noch an seinem Auto, die Hände tief in die Taschen gesteckt, die Schultern eingefallen, als ob auch er sich allein und leer fühlte.

Julia beobachtete ihn hinter dem Schleier der Netzgardine. Seine Augen blickten abwesend und verzweifelt. Sie verlangte nach ihm. Vielleicht würde es nicht schaden zu hören, was er zu sagen hatte.

Als sie ihn dort stehen sah, der Körper eingefallen wie nach einem Schlag in die Magengrube, dachte Julia, dass Marianne vielleicht Recht gehabt hatte. Vielleicht hatte Steves letztes Ziel auf der Liste doch nichts mit ihr und Nick zu tun.

Bevor sie die Gardine zur Seite schieben konnte, stieg der Chauffeur aus. Er öffnete die Fondtür für Steve, der auf seine Uhr schaute. Steve nickte kurz und stieg ein. Er hatte den Kopf gesenkt, und die Limousine fädelte sich in den Verkehr ein. Julia sah ihr nach und fühlte sich wie eine Lottogewinnerin, der das Los gerade aus den Fingern geglitten war.

10

Das letzte Treffen

Die folgende Woche war die seltsamste in Julias Leben. Es war, als wäre sie ruhiggestellt und betrachtete die Welt durch einen dichten Schleier, während sich die Ereignisse um sie herum entfalteten.

Die Tage liefen an ihr vorbei, eine Stunde ging bedeutungslos in die andere über. Es kam ihr so vor, als lebte sie das Leben eines anderen Menschen, auf den sie keinen Einfluss hatte. Sie konnte nur zuschauen, während der Tag ihrer Hochzeit immer näher rückte.

David war nie liebevoller gewesen. Seit das Foto von ihm und Verity in mehreren Boulevardzeitungen gedruckt worden war, hatte er sie mit Aufmerksamkeiten zugeschüttet, und wenn sie ganz die Alte gewesen wäre, hätte sie ihn zum Hinknien hinreißend gefunden. Aber da sie nicht die alte Julia war, nahm sie seine Blumen, die Schokolade, die Küsse und den zärtlichen Sex entgegen, ohne darauf zu reagieren.

Wenn er Liebe mit ihr machte, kam er über sie wie eine Lawine, während sie still unter ihm lag. Sie spürte den Schnee, der sie einhüllte, konnte die Flocken sehen, die durch die Luft wirbelten und den Himmel verdunkelten. Sie lächelte, küsste und stöhnte, wenn es angebracht war, aber innerlich war sie verletzt und leer.

Sie erledigte ihren Job mit dem stillen Gehorsam eines Menschen, den man einer Gehirnwäsche unterzogen hatte. George fragte sogar, was mit ihr los wäre – warum sie nicht mehr protestierte, wenn er ihr einen Auftrag gab, von dem er wusste, dass sie keinen Spaß daran haben würde, aber sie lächelte nur. Niemand wusste, was mit ihr los war. Weder David, George noch Marianne wussten, was sich in ihrem Kopf abspielte.

Es war ein einziger Gedanke, der sie durch das Mittagessen bei Davids Eltern rettete. Derselbe Gedanke, der ihr Trost spendete, als Davids Schwester kam und die Einzelheiten des Büfett für die kleine Hochzeitsgesellschaft besprach. Derselbe Gedanke, der die Qual der vielen Fototermine, der Abschiedsfeiern vom Junggesellenleben und der Abende mit David erträglich machte. Der Gedanke, der es zuließ, dass David in sie eindringen konnte – der Gedanke an Steve.

Aber am Freitag hatte er immer noch nicht angerufen. Julia hatte die Redaktion früher verlassen – ein Hochzeitsgeschenk von George – und stampfte in ihrer Wohnung auf und ab. Sie hatte noch viel zu erledigen, aber ihr stand der Sinn nicht danach. Ihre Gedanken beschäftigten sich nur mit einem Thema – mit Steve. Sollte sie ihn anrufen?

Ein Teil von ihr war noch wütend auf ihn, ein anderer Teil war erstaunt, dass er sich überhaupt mit ihr eingelassen hatte. Und dann gab es noch einen Teil in ihr – sie wollte seine Stimme hören und ihm eine Chance geben, seinen Standpunkt zu erklären.

Sie wusste, dass sie einen Fehler beging, noch bevor sie die Nummer gewählt hatte. Als die Telefonistin sich mit ihrer kalten Stimme meldete, zögerte Julia.

»Hallo?«, rief die Telefonistin voller Ungeduld. »Hallo? Hallo?«

»Hi«, sagte Julia still. »Ich wollte nur … ist Steve vielleicht zu sprechen?«

»Mr. Roth?«, berichtigte die Telefonistin, als wäre es Blasphemie, den Vornamen des Chefs zu benutzen. »Wen darf ich melden?«

»Miss Sargent«, sagte Julia wütend. »Ich bin eine gute Bekannte von ihm.«

»Ach so. Bitte, bleiben Sie am Apparat.«

Julia hielt den Hörer ans Ohr gedrückt und trommelte mit den Fingern auf den Tisch.

»Miss Sargent? Mr. Roth nimmt an einer Besprechung teil.«

»Es ist wichtig«, bettelte Julia. »Es dauert auch nur eine Minute.«

»Nun, vielleicht nimmt er den Anruf entgegen, wenn es um etwas Wichtiges geht«, sagte sie mit einer Stimme, die deutlich zu verstehen gab, dass es nichts Wichtiges gab, wenn Mr. Roth an einer Besprechung teilnahm. Nach ein paar Sekunden meldete sich die Stimme wieder. »Es tut mir Leid, aber Mr. Roth darf nicht gestört werden. Er hat mich gebeten, eine Nachricht in Empfang zu nehmen, wenn Sie es möchten. Hallo? Sind Sie noch da?«

Julia hatte aufgelegt. Es wurde ihr schlagartig klar. Wenn er ihr was zu sagen hätte, hätte er sich längst bei ihr gemeldet. Falls er ihre Telefonnummer nicht kannte, hätte er sie irgendwie herausfinden können.

Okay, das war es dann, dachte sie, ging ins Schlafzimmer und warf sich aufs Bett. An der Kleiderschranktür hing ihr Hochzeitskleid. Es würde ihr nichts anderes übrigbleiben. Ihre letzte Fluchtmöglichkeit war geplatzt.

Ich heirate morgen. Ich heirate den liebsten Menschen auf der ganzen Welt.

Sie wälzte sich auf den Bauch und weinte schluchzend ins Kissen.

»Du kannst alles abblasen.«

Julia verdrehte die Augen und legte die Haarbürste mit einem lauten Knall auf ihren Toilettentisch. »Verpiss dich, Marianne.«

Marianne sah beleidigt aus. »Das finde ich aber gar nicht nett von dir.«

»Nun, du sollst mir bei meinen Vorbereitungen behilflich sein, statt dessen versuchst du, mir die Hochzeit auszureden.«

Marianne stand hinter Julia. Sie griff die Haarbürste und zog sie sanft durch Julias seidiges Haar. »Ich weiß. Entschuldige. Aber ich bin deine beste Freundin, und ich kann immer noch nicht glauben, dass du die Sache durchziehen willst.«

Julias Augen glänzten. Sie selbst konnte es auch kaum glauben. »David tut mir gut«, sagte sie, aber ihr war, als lese sie den Text eines Stückes. »Ich brauche jemanden wie ihn, der mich mit beiden Füßen auf der Erde hält. Du kennst mich doch, ich verrenne mich in spontane Dinge, ohne an die Konsequenzen zu denken.«

»Ja. Zum Beispiel heiratest du den falschen Mann.« Marianne hörte auf, Julias Haare zu bürsten. »Du liebst ihn nicht.«

»Doch.«

»Aber nicht so, wie du Steve liebst.«

Julia stand vom Stuhl auf und entfernte sich von Marianne und der Wahrheit. Sie beugte sich übers Bett und beschäftigte sich mit der Wäsche, die dort ausgebreitet lag. Zur Hochzeit sollte sie Weiß tragen, dachte sie. Aber dies war keine normale Hochzeit. Die Braut würde ein rotes Kleid tragen, dazu schwarze Strümpfe und Strapse, ein G-String und einen Wonderbra aus Satin. Julia tat nie, was von ihr erwartet wurde.

»Steve«, sagte Marianne. »Du denkst gerade an ihn, nicht wahr?«

»Nein«, log Julia. »Ich habe die ganze Woche keinen einzigen Gedanken an ihn verschwendet, und er offenbar auch nicht an mich. Sonst hätte er mich ja anrufen können.«

»Woher hätte er denn deine Telefonnummer haben sollen? Du stehst in keinem Buch.«

Julia schluckte. »Er hätte sie herausfinden können, wenn er gewollt hätte.«

»Wie denn?« Marianne setzte sich aufs Bett und ging mit dem Kopf so nahe an Julia heran, dass diese sie ansehen musste. »Eine nicht eingetragene Telefonnummer lässt sich nicht ermitteln«, sagte sie.

»Dann hätte er zu mir kommen können.«

»Er war bis gestern auf einer Geschäftsreise in Spanien.«

Julia hob die Schultern. »Er hätte schreiben können.«

»Hast du bei deinen Nachbarn nachgefragt? Es ist schon öfter vorgekommen, dass der Briefträger die Post ins falsche Fach geworfen hat.«

Julia schüttelte den Kopf. »Hör auf damit. Es ist schon spät. Du hältst mich vom Wesentlichen ab. Komm, hilf mir.«

Eine halbe Stunde später sah sie besser aus, als sie sich fühlte. Ihr kurzes dunkelrotes Kleid saß wie angegossen. Es hatte einen weißen Kragen, Knöpfe bis ganz unten und einen schmalen Gürtel um die Taille. Julia hatte neue Stiefel zum Kleid gekauft. Weiches schwarzes Wildleder, wadenhoch, modische dünne hohe Absätze. Ein kurzer schwarzer Mantel, eine Reminiszenz an Audrey Hepburn und die Sechziger, vervollständigte ihre Kleidung.

Marianne hatte etwas auf Julias Haare gesprüht, was ihnen einen unmöglich gleißenden Schein verlieh. Lippen und Nägel waren auf die Farbe des Kleids abgestimmt, sonst war ihr Make-up eher dezent. Der Ausschnitt war sexy, und weil der Wonderbra ihre Brüste nach oben drückte, konnte man tief ins Tal dazwischen schauen.

»Weiß David, was du trägst?«, fragte Marianne, als sie eine weiße Rosenknospe an das Revers des Mantels haftete. »Ich kann es kaum erwarten, sein Gesicht zu sehen. Ich hoffe, er erwartet nicht die verschämte Braut in Weiß.«

»Wenn er mich auch nur ein bisschen kennt,

muss er wissen, dass er nichts erwarten kann.« Julia zuckte zusammen, als unten in der Straße ein Auto hupte. »Das wird das Taxi sein.«

Marianne zögerte und sah eindringlich in Julias Gesicht, um dort vielleicht ein Zeichen zu erkennen, dass sie aufgeben wollte. Aber sie sah nichts. Sie schlang die Arme um Julia. »Sei deiner Sache sicher«, flüsterte sie.

»Ich werde mich noch verspäten«, sagte Julia, löste sich aus der Umarmung und wich Mariannes forschendem Blick aus. »Wir sehen uns später.«

Marianne nickte. »Ich räume das Durcheinander auf, dann komme ich mit der U-Bahn nach. Ich werde vor dir da sein.«

Marianne öffnete die Haustür und sah sich mit Steve konfrontiert, der gerade den Arm ausstreckte und auf die Klingel drücken wollte.

»Wir haben geschäftlich in London zu tun«, platzte er heraus, als ob er eine Entschuldigung suchte, warum er vor der Tür stand. »Nick und ich …« Er zeigte über die Schulter zum Auto. Nick saß auf der Rückbank und winkte, als er Marianne sah. »Ist Julia da?«

»Du hast sie um Minuten verpasst. Sie ist auf dem Weg zum Standesamt.«

Steve Mund klappte auf. Er blinzelte und kratzte sich am Kopf. »Ich verstehe«, sagte er ruhig, dann drehte er sich um und wollte gehen.

»Warte eine Minute. Was ist das?« Marianne wies auf das breite, flache Paket, das er unter dem Arm trug.

»Ein Geschenk. Für Julia«, fügte er hinzu, als ob Marianne enttäuscht sein könnte, dass es nicht für sie gedacht war.

Marianne zupfte ihn am Ärmel. »Komm herein«, sagte sie und schloss die Tür zu Julias Wohnung auf. »Du kannst es ihr auf den Tisch legen.«

Steve folgte ihr, wanderte durch Julias Wohnzimmer und schaute verträumt auf die Fotos an den Wänden. Er schien unter Schock zu stehen. Marianne nahm ihm das Paket ab und legte es aufs Sofa.

»Was ist es?«

Steve bewegte sich langsam, als fiele ihm jeder Schritt schwer. Er zog das Papier von seinem Geschenk ab. Es war ein gerahmter Druck eines Gemäldes. Marianne erkannte es von Julias Beschreibung.

»Das ist das Gemälde aus der Galerie.« Sie beugte sich vor und sah auf die kleine weiße Karte in der unteren Ecke. Sie las laut vor: »*Jedes Mal, wenn du das Bild betrachtest, wirst du an mich denken. Ich denke an dich und wünschte, ich könnte bei dir sein. Ich frage mich immer noch, warum du meine Erklärung nicht hören wolltest.*«

»Oh, wie romantisch«, sagte Marianne seufzend. Sie sah Steve an und bemerkte den Schmerz in seinem Gesicht. »Du bist in sie verliebt, nicht wahr?«

Steve nickte kaum merklich. Es war, als liebte er sie so sehr, dass er jetzt alle Kraft verloren hatte.

»Das letzte Ziel auf deiner Liste – es hatte nichts mit Nick zu tun, oder?«

»Nein.«

»Komm«, sagte sie, kurz entschlossen, und nahm seine Hand. »Wir müssen zu dieser Hochzeit.«

Steve schob sie müde von sich. »Jetzt ist es zu spät. Wenn sie schon auf meinen Brief nicht reagiert hat, wird sie es jetzt auch nicht tun. Wenn Julia sich mal entschieden hat, lässt sie sich durch nichts davon abbringen. Und offenbar hat sie sich eingeredet, dass mir ein Sieg über Nick wichtiger ist als meine Liebe für sie.« Er seufzte verloren. »Aber das ist völlig falsch.«

»Brief?« Mariannes Auge verengten sich. »Du hast ihr einen Brief geschrieben?«

»Ich habe ihn abgeschickt, ehe ich nach Spanien geflogen bin. Ich habe ihr alles erklärt.«

Marianne lief in den Flur. Sie holte Briefe und Zeitungen aus den Postfächern, überprüfte sie kurz und legte sie wieder hinein. Zwischen einem Bündel Briefe für eine Wohnung im zweiten Stock befand sich der Umschlag mit Julias Namen. Bevor ihr bewusst wurde, was sie tat, riss sie den Umschlag auf und überflog den Text. Ihre Finger begannen zu zittern, als Steves Emotionen vom Papier an ihr Herz griffen.

»Oh, Himmel«, flüsterte sie heiser. »Oh, Gott.«

Julia stand ganz vorn in dem kleinen Zimmer. Alle Augen waren auf sie gerichtet, während sie sich umdrehte und auf die Handvoll Gäste schaute. David drückte ihren Ellenbogen. »Wir können nicht ewig warten, Darling.«

»Wir können nicht ohne Marianne anfangen«, fauchte sie leise zurück. »Sie hat deinen Ring.«

David hob die Brauen. »Ich wusste, wir hätten uns nicht auf sie verlassen sollen.«

Julia kochte innerlich. Was war in Marianne gefahren? Mit der U-Bahn hätte sie vor ihr hier sein müssen. Julia hatte eine Viertelstunde damit verbracht, Blumen ans Grab ihrer Eltern zu bringen, und hatte damit gerechnet, von Marianne auf der Treppe des Standesamts erwartet zu werden. Jede Sekunde des Wartens kam ihr nun wie eine Stunde vor, eine lange, peinliche, an den Nerven rüttelnde Stunde.

»Gott sei Dank«, flüsterte sie, als sie draußen Mariannes gedämpfte Stimme hörte. Sie drehte sich um und lächelte erwartungsvoll.

Sie wusste sofort, dass da irgendwas ablief. Mariannes Augen waren in einer Mischung aus Erregung und Ängstlichkeit weit geöffnet. Sie trat durch die Tür und dann zur Seite, um zwei Männern Platz zu schaffen, die hinter ihr standen. Zuerst trat Nick ein, er grinste verlegen und winkte Julia zu. Dahinter stand Steve. Ohne zu zögern ging er weiter durch.

Julia schluckte schwer. »Was, zum Teufel, tust du denn hier?«

»Wer ist das?«, fragte David.

»Das ist Steve«, sagte Julia mit zitternder Stimme. »Steve ist ein alter Schulfreund von mir.«

»Ich bin mehr als nur ein alter Schulfreund«, sagte Steve ruhig. Seine Worte waren für David bestimmt, aber sein Blick wich nicht von Julias Gesicht.

Julia versuchte ein Lächeln, aber ihre Gesichtsmuskeln spielten nicht mit. »Willst du irgendwas, Steve?«

»Ich möchte dir das hier geben.« Er zog den zerknitterten Umschlag aus seiner Jacketttasche und reichte ihn ihr.

»Was ist das?«

»Es ist der Brief, den er dir geschrieben hat«, rief Marianne von hinten. »Er lag im falschen Fach. Du musst ihn lesen«, sagte sie mit ungeduldiger Stimme.

Julia atmete tief durch und zog den Brief aus dem Umschlag. Sie spürte, dass die Neugier der Anwesenden Löcher in ihre Haut brannte. Die plötzliche Hitze im Raum ließ ihre Wangen glühen. »Stimmt das?«, flüsterte sie und blickte zu Steve hoch.

Statt einer Antwort hielt er einen zweiten Umschlag in der Hand, zog ein Papier heraus und reichte es Julia. Sie erkannte es sofort.

»*Ziele und Erwartungen des Stephen Roth*«, lautete die Überschrift. Dann murmelte sie: »Erstens – erfolgreicher Uni-Abschluss ...« Sie kannte diese Punkte und hielt den Atem an, als sie den letzten Punkt las. »Warum hast du mir das nicht schon früher gesagt?«

Er schüttelte traurig den Kopf. »Ich habe es versucht. Ich wollte es dir schon in der Schule sagen, als wir die verdammten Formulare ausgefüllt haben. Dann auf dem Klassentreffen, aber da habe ich von seiner Existenz erfahren.« Er deutete mit dem Kopf auf David. »Ich wollte es dir in Glasgow sagen, aber da kam uns Nick in die Quere.« Er lächelte wehmütig. »Ich wollte es dir neulich abends sagen, nachdem wir Liebe gemacht hatten, aber ich hatte Angst.«

»Liebe gemacht?«, zischte David.

»Angst?«, wisperte Julia.

Er hob eine Hand und streichelte ihre glühenden Wangen mit seinen kühlen Fingerspitzen. »Du bist die einzige Frau, die ich je haben wollte. Ich hatte panische Angst, dass du dich wieder für Nick entscheiden würdest. Deshalb hielt ich es für besser, es dir erst zu sagen, nachdem du deine Entscheidung getroffen hättest. Nur für den Fall ... Ich wollte nicht wie ein Narr dastehen.«

»Entscheidung?«, fauchte David und blickte zornsprühend von Julia zu Steve und wieder zu Julia. »Um welche Entscheidung geht es denn?«

Julia ignorierte ihn. »Ich habe dir sagen wollen, dass ich mich für dich entschieden hatte ...«

»Aber dann hast du gehört, wie ich am Telefon Nick gegenüber geprahlt habe, und dann habe ich auch noch von meiner Liste gefaselt ...«

»Entschuldige«, sagte sie. »Ich hätte dich trotzdem anhören sollen.«

Steves sensible Finger strichen über ihren Hals. »Ich kann es dir nicht verübeln. Ich muss mich bei dir entschuldigen, denn ich habe dieses ganze Durcheinander verursacht. Und ich hätte mich nie an dem Wettstreit beteiligen sollen.« Er warf einen ärgerlichen Blick in Richtung Nick.

»Es war meine Schuld, denn ich hätte nicht zustimmen dürfen.«

Julia hob eine Hand und streichelte mit den Fingern über seinen Hals. Ihr Daumen strich kosend über die Konturen seines Kinns. »Es war völlig überflüssig, dass Nick und du um mich gestritten habt. Ich wusste immer, dass ich mich für dich entscheiden würde.«

Julia wandte den Kopf, als sie aus den Augenwinkeln heraus sah, dass Nick neben ihr stand. Er räusperte sich protestierend. »Entschuldige, Nick. Ich bin gern mit dir zusammen. Aber Steve ...« Sie blickte bewundernd zu ihrem Liebsten.

Sie weinte fast vor Erleichterung, als Steve die Lippen auf ihren Mund drückte. Er küsste sie lange und fest und presste seinen Körper gegen ihren, als hätte er endlich das gefunden, was bisher in seinem Leben noch gefehlt hatte, als ob er sich unvollständig fühlte ohne ihren Körper zu spüren, die vollen Brüste, die gegen ihn rieben, die Hüften, die gegen seine mahlten. Mit beiden Händen streichelte er sie überall; Nacken, Schultern, Taille und Hüften.

»Kann mir vielleicht jemand sagen, welches Spiel hier gespielt wird?«

Julia öffnete die Augen.

Gebannt von Steves Kuss hatte sie vergessen, dass sich zwanzig Menschen in dem kleinen Raum befanden, die gekommen waren, um ihrer Trauung mit einem anderen Mann beizuwohnen. Sie löste sich behutsam aus Steves Umarmung und wandte sich an Daniel. »Es tut mir Leid. Ich habe dich nicht verletzen wollen.«

Seine Augen blitzten. »Willst du mir sagen, dass du mich nicht heiraten willst?«

Sie antwortete mit einem stummen, schuldbewussten Nicken. Davids Gesichtsausdruck veränderte sich von Ärger über Verständnislosigkeit bis zur Verletzung, und Julia erwartete, dass er sie jetzt zu überreden versuchte. Im nächsten Moment wird er mir sagen, dass er mich leidenschaftlich liebt, dachte sie, dass er ohne mich nicht leben kann, dass er um mich kämpfen und nicht aufgeben wird, bis er mich zurückgewonnen hat.

Aber all das sagte er nicht. Als er den Mund öffnete, versprühte er Gift und Galle. »Wie kannst du es wagen, mir so etwas anzutun? Du lässt mich wie einen Trottel aussehen.« Er hob einen Arm, der drohend in der Luft verharrte.

»Nicht«, bat Julia. Sie wollte die unvermeidliche Szene so unauffällig wie möglich hinter sich bringen.

»Wage bloß nicht, sie anzurühren«, zischte Steve leise.

David ließ den Arm langsam sinken. »Meine Eltern hatten Recht, was dich angeht«, stieß er hervor. Sein gut aussehendes Gesicht war vor Wut verzerrt. »Ich hätte auf sie hören sollen. Du passt einfach nicht zu mir.«

Julia legte eine Hand auf Davids Schulter. »Ich wollte nicht, dass es so endet«, murmelte sie.

»Rühr mich nicht an!«, rief er und wischte zornig ihre Hand weg. Dann schob sich eine große blonde Frau nach vorn und drängte sich an Davids Seite. Sie schnurrte, redete besänftigend auf ihn ein und streichelte ihn mit einer manikürten Hand. Verity, Davids TV-Ehefrau. Die Frau auf dem Foto in der Boulevardpresse.

Julia war schockiert. »Du hast *sie* zu unserer Hochzeit eingeladen?«

Verity bleckte ihre Zähne. »Wir schlafen zusammen, meine Liebe.« David fuhr herum, um sie zum Schweigen zu bringen, aber es war zu spät. »Ach, das Luder soll es ruhig wissen«, fauchte Verity.

Jetzt war es Julia, die erstaunt von einem zum

anderen schaute. Sie hätte wahrscheinlich noch bis zum Abend so düpiert da gestanden, wenn Steve sie nicht nach einer Weile weggezogen hätte.

»Komm«, raunte er, »hier haben wir nichts mehr zu tun.«

Julia lächelte zu ihm hoch. Zu beiden Seiten des Mittelgangs sah sie tuschelnde Menschen und hörte Ausrufe des Erstaunens und der Missbilligung.

»Wohin sollen wir denn gehen?«, fragte sie Steve.

Er antwortete nicht. Er führte sie stolz durch den Mittelgang zur Tür und drehte sich dort kurz um. Nick und Marianne folgten ihnen dichtauf. Julia wurde bewusst, dass sie ihm folgen würde, ganz egal, wohin es ging.

Die Schultore waren verschlossen, weil Samstag war. Alle vier lachten ausgelassen, als sie sich gegenseitig über die bröckelnde Mauer aufs Schulgrundstück halfen. Nicks Hand glitt unter Julias Kleid, um ihr nach oben zu helfen, aber sie nahm es kaum wahr, und sie schimpfte auch nicht.

Es war Steve, der auf der anderen Seite auf sie wartete, die Arme ausgebreitet, um sie aufzufangen. Es war Steve, der seinen Mund auf ihren drückte, während er sie langsam mit den Füßen auf den Boden niederließ. Es war Steve, der sie so festhielt, dass sie kaum atmen konnte, und dessen pochenden Penis sie zwischen ihren glühenden Schenkeln spürte.

Trunken vor kindhafter Aufregung, dass sie an einen Ort eingebrochen waren, dem sie damals nicht schnell genug entfliehen konnten, lachten sie ausgelassen, als sie sich ins Gras legten und über den Picknickkorb herfielen, den sie unterwegs gekauft hatten.

So viele Erinnerungen drängten sich ihnen auf, und Nick, Marianne und Julia redeten ununterbrochen. Nur Steve war still, und Julias Magen zog sich jedes Mal zusammen, wenn sie ihn ansah und bemerkte, wie sehr er sie bewunderte. Jetzt, da sie wusste, was der letzte Punkt auf seiner Liste beinhaltete, brauchte er nicht mehr den Blick zu wenden. Er strahlte sie in absoluter Verehrung an. Leidenschaft strahlte aus seinen blassen grauen Augen, und diese Blicke ließen Julia feucht werden, als hätte er sie berührt.

Die Unterhaltung plätscherte dahin, und dann wurde auch Julia still. Nick und Marianne spürten, dass die beiden allein sein wollten – obwohl es nicht so schwierig war, das zu erahnen. Julia und Steve saßen dicht nebeneinander und starrten sich andauernd in die Augen. Steve lächelte dankbar, als Nick und Marianne aufstanden und über den Rasen schlenderten.

Nick hatte einen Fußball gefunden. Marianne hatte ihre Schuhe abgestreift und ihr Kleid hoch gerafft, dann rannte sie Nick hinterher.

»Es ist genau wie beim letzten Mal, als wir hier waren«, murmelte Julia, lehnte sich zurück und stützte sich auf ihre Hände.

Steve legte sich neben sie auf die Seite, den Kopf auf einen Arm gestützt. »Wir saßen hier und schauten ihnen zu, und du hast mir erklärt, dass du nichts davon hältst, im Voraus zu planen. Du hast Recht gehabt.«

»Meinst du?« Julia legte den Kopf in den Nacken. Durch ihre Sonnenbrille hatte der Himmel die Farbe einer wässrigen Soße angenommen. »Aber deine Pläne hast du doch gar nicht so schlecht umgesetzt. Du hast alle deine Ziele erreicht.«

»Nicht wirklich«, sagte er leise. »Es hätte leicht schief laufen können. Stell dir vor, ich wäre zehn Minuten später in deiner Wohnung eingetroffen. Dann wäre Marianne längst weg gewesen.«

»Aber du warst rechtzeitig, und Marianne war noch da.« Die späte Nachmittagssonne badete Julias Haut. Sie labte sich an der Wärme und an der Idylle des Augenblicks.

»Ich wünschte, ich hätte es dir schon vor sieben Jahren gesagt.« Er seufzte schwer, betrübt über die vergeudete Zeit. »Ich wüsste gern, was du damals gesagt hättest.«

Julia lächelte vor sich hin. Es war jetzt nicht anders als damals. »Versuchen wir's doch«, sagte sie. »Tun wir so, als wären wir wieder achtzehn. Heute ist der letzter Schultag. Wir haben die Klausuren hinter uns, du und ich sitzen hier allein, und die anderen tollen herum oder spielen Fußball.«

Die Erregung trieb das Blut durch Julias Gliedmaßen. Was eben noch eine schwache Brise gewesen war, entwickelte sich zu einem Wirbelsturm. Neben ihr zuckte Steve mit der gleichen Erwartung. Sie sah an seinem gebannten Gesichtsausdruck, dass auch er die Ereignisse von damals zurückrief, die kostbaren Souvenirs aus ihrer Vergangenheit.

Er griff nach ihrem Handgelenk. Er hielt es fest, und der Daumen drückte sanft gegen ihren Puls. Dann zog er sie nach unten, bis sie ausgestreckt auf der Decke lag. Sie drehte sich auf die Seite und stützte den Kopf mit einer Hand. Ihr Herz begann noch schneller zu rasen, als Steve ihr behutsam die Sonnenbrille abnahm.

Sie blinzelte. In ihren Gedanken wurde alles zurückgeschoben, was nichts mit Steve zu tun hatte. Erinnerungen der letzten sieben Jahre – Freuden und Enttäuschungen und Männer, die ihr beides beschert hatten – glitten ab in die Bedeutungslosigkeit. Das Vogelgezwitscher und das ausgelassene Gelächter von Nick und Marianne gerieten in den Hintergrund, ehe sie ganz verstummten. Alle Gedanken kristallisierten sich zu einer einzigen verblüffenden Idee. Sie hatte sich in ihrem ganzen Leben noch nicht so glücklich gefühlt.

»Julia, ich muss dir unbedingt was sagen.«

»Ja?«, flüsterte sie und wusste schon, was es war.

Er zögerte, schaute von ihrem linken Auge ins rechte, als ob er eine bestimmte Unsicherheit erkennen wollte. Ihre Lippen teilten sich. Steve sah auf ihren Mund, dann wieder in ihre Augen. Ihre Gesichter kamen sich immer näher.

»Julia.«

»Ja?«

»Ich habe mich in dich verliebt.« Seine Augen strahlten Lust aus. »Ich habe mich in dich verliebt, als ich dich das erste Mal gesehen habe, lange bevor ich wusste, was es eigentlich bedeutete, sich in jemanden zu verlieben. Und seither liebe ich dich.« Er streichelte eine Locke zurück, die ihr in die Stirn gefallen war. »Ich werde dich immer lieben, Julia.«

»Ich weiß.« Sie lächelte, und ihr Kopf war plötzlich leichter als Luft. »Ich liebe dich auch.«

Sie stöhnte in seinen Mund, als der plötzlich auf ihren drückte. Sie rollten zusammen, er rückte auf sie und schlang ihre Arme um sie. Seine Zärtlichkeit ging in Lust über. Er presste seine Lippen auf ihre und küsste sie so wild, dass sie kaum noch atmen konnte.

Seine Zunge stieß tief in ihren Mund, und sie spürte das ungeduldige Rucken seines harten Körpers. Schließlich ließ er von ihr ab, er blieb aber auf ihr liegen und betrachtete sie aus der Nähe. Dann begann er mit einer Hand die Knöpfe ihres Kleids zu öffnen.

Julia sah auf seine Finger und dann in seine Augen. »Sie können uns sehen«, murmelte sie und wies mit dem Kopf zu Marianne und Nick, die sich immer noch mit dem Fußball beschäftigten.

»Das ist mir egal«, raunte Steve. Seine Hand glitt unter ihr Kleid. Es war bis zur Taille geöffnet. Er schlug die beiden Teile auseinander und entblößte ihre blasse Haut und den schwarzen Büstenhalter. Steve stöhnte vor Ungeduld und fuhr mit einem Finger über den oberen Rand des Büstenhalters. Er beugte den Kopf und küsste den nackten Ansatz ihrer Brüste.

Seine Hand legte sich über den in Satin gehüllten Hügel und drückte gierig. Die Finger schlüpften unter den sanften Stoff und holten die Brüste aus der schwarzen Hülle. Seine Fingerspitzen strichen behutsam über die blasse Haut, ehe sie ehrfürchtig den harten Nippel berührten.

Steve umspielte die dunkelrosa Aureole ihrer rechten Brust und sah mit angehaltenem Atem zu, wie sich die Haut unter seinen Berührungen verhärtete. Er konnte sich nicht länger zurückhalten, tauchte mit dem Kopf hinunter und saugte die erigierte Spitze ihrer Brust in seinen warmen feuchten Mund. Als er damit fertig war, nahm er sich die andere Brust vor. Während er sie in den Mund nahm, zwickte er den Nippel der freien Brust zwischen Daumen und Zeigefinger.

Julia hielt seinen Kopf auf ihrem Körper, sie streckte den Hals und juchzte vor Entzücken. Die prickelnden Gefühle von Schmerz und Lust teilten sich ihrer pochenden Pussy mit, und als sie seinen harten Penis spürte, der gegen ihre Hüfte rieb, stöhnte sie und wartete ungeduldig auf ihn.

Steve ahnte, was sie begehrte, und fuhr mit einer Hand unter ihr Kleid. Er strich über die Innenseiten ihrer nackten Schenkel und berührte ihren Schamberg mit den Kuppen seiner Finger. Ganz langsam und leicht rieb er über die feuchte Seide, die ihre Pussy bedeckte und neckte die empfindlichen Labien, indem er mit dem Daumenballen auf und ab glitt.

Julia saugte geräuschvoll die Luft ein, als er die vor Verlangen schmerzende Knospe ihrer Klitoris berührte. Ah, das war Ekstase pur. Sie zog die Knie an und spreizte sie. Gedanken an Nick und Marianne hatte sie längst verdrängt. Sie nahm Steves Hand und führte sie mit zitternden Fingern unter ihr Höschen.

»Du bist ja so feucht«, murmelte er. Sie spürte seinen Atem in der Halsbeuge. »Du bist wunderschön, Julia.«

Julia erschauerte, als seine Finger ihren Weg unter den winzigen G-String fanden. Sie ließ sich von den Fingern aufspießen, schlang die Arme um seinen Kopf und öffnete sich ihm noch weiter.

Mühelos schlüpfte er in die glitschige Höhle. Ihre inneren Muskeln klammerten sich um seine Finger. Julia nahm einen tiefen pulsierenden Rhythmus in ihrem Bauch wahr, das Echo seiner Finger. Sie ruckte ihm mit den Hüften entgegen, und dabei stieß sie kleine gekeuchte Laute aus.

»Küss mich«, flüsterte Julia.

Sie rutschte unter ihm weg, und im nächsten Moment kniete sie über ihm, ihr Geschlecht über seinem Gesicht. Seine Blicke gierten unter dem Kleid auf die wunderbare Pussy zwischen ihren weit geöffneten Schenkeln. Er legte seine Hände auf ihre Hüften und zog sie langsam nach unten.

Er küsste sie durch die Seide des Höschens. Seine Zunge leckte über den klammen Stoffstreifen, der ihre Pussy bedeckte, und machte ihn noch nasser. Seine Zähne nagten am Material und stimulierten die Labien darunter. Julia stieß leise, gedämpfte Schreie aus. Steves Hände griffen unter das Kleid. Mit einer Hand umfasste er ihre Hüfte, mit der anderen rieb er über die Pobacken.

Als er bemerkte, dass nur ein schmales Band durch die Kerbe lief, zog Steve es weit von den Backen weg, um es dann zurück auf den gespannten Po klatschen zu lassen. Das wiederholte er einige Male. Bei jedem Ziehen rutschte das Höschen strammer zwischen die Labien und reizte das empfindliche Gewebe. Außerdem bohrte sich das Band tiefer in die Rosette ihres Anus. Julia seufzte immer lauter und rutschte auf Steves Gesicht verwirrt hin und her.

Die Lust war dem Schmerzgefühl sehr nahe, und Julia war nicht sicher, ob sie beide noch voneinander unterscheiden konnte. Die ganzen Gefühle vermischten sich zu einem benebelten Gedränge von Qual und Ekstase, Liebe und Leidenschaft, Zuneigung und Begierde.

Der Nebel lichtete sich, als Steves Fingerspitzen an der nassen Seide zerrten. Er schob das winzige Dreieck zur Seite, und dann fing er an, sie mit seinem Mund zu quälen. In dem einen Moment leckte er sie mit der agilen warmen Zunge, im nächsten Moment erschauerte sie ob der kalten Grausamkeit seiner Zähne. Wieder und wieder knabberte er an den geschwollenen Labien. Was für eine süße Folter, dachte sie und hielt die Luft an.

Dann steckte er die Zunge tief in sie hinein, und erleichtert presste sich die Luft aus ihrem Körper. Dann biss er ganz leicht in ihre Klitoris, und jeder Muskel ihres Körpers spannte sich wegen der Intensität der Gefühle. Es war unglaublich und wunderbar, aber fast unerträglich. Es war, als explodierten in ihrem Kopf immer wieder neue Feuerwerke.

Es kam ihr, während er eifrig an ihrer Knospe nagte. Sie wurde geschüttelt und ruckte über seinem Kopf unkontrolliert auf und ab. Doch sie wartete nur, bis die ersten Wogen des Orgasmus abgeklungen waren und den ganzen Körper in eine wohlige Wärme hüllten, dann wandte sie ihm den Rücken zu und zog den Reißverschluss seiner Hose auf.

Sie griff in seine Shorts, holte seinen langen, dicken Penis heraus und beugte sich über ihn.

Erstaunt sah sie zu, wie sein Schaft in Vorfreude zuckte, wie ein scheues Tier, das sich vorsichtig dem Tageslicht zeigt. Das winzige blinde Auge weinte. Julia leckte sich die Lippen und nahm ihn in die dunkle, warme Höhle ihres Mundes auf. Sie öffnete den Gaumen so weit sie konnte und schluckte den größten Teil seines Schafts.

Die Zunge rieb und wischte und leckte über das gespannte, sanfte Fleisch, und als sie nur noch den Kopf zwischen den Lippen hielt, speichelte sie ihn ein und wischte mit der Zunge darüber, als wollte sie ihn polieren.

Er sollte einen Teil der Lust erleben, die er ihr verschafft hatte. Sie atmete tief durch und inhalierte seinen moschusartigen Geruch und den salzigen Geschmack. Sie wollte, dass sie ihn mit allen Sinnen genoss.

In seinen Shorts nahm sie seine Hoden in eine Hand und wiegte sie sanft. Julia spürte, wie seine Beine zu zucken begannen, als sie ihn wieder tief in den Mund nahm. Einen Moment später reagierte sie mit dem Zucken ihrer Hüften. Seine Hände rieben über ihre Backen, und der Mund drückte sich wieder auf ihre tropfende Pussy. Julia vergaß, was sie tun wollte, und gab sich total der Lust hin, während Steves Penis in ihrem Mund unruhig zu pochen begann.

Dann aber nahm sie ihren Rhythmus wieder auf und saugte ihn mit kräftigen Lippen und flinker Zunge zu seinem Höhepunkt. Das Zucken des Schafts auf ihrem Gaumen setzte auch bei ihr wieder einen Schwall Flüssigkeit frei, den er sanft aufsog.

Als die Schübe seiner Lust und das Zittern nachließen, richtete Steve sich auf. Er rutschte auf der Decke nach hinten, und dabei glitt der abgeschlaffte

Penis aus Julias Mund. Auch sie setzte sich auf und drehte sich nach Steve um. Er hatte sich mit dem Rücken gegen einen Baumstamm gelehnt und öffnete die Arme.

Julia rutschte ihm entgegen und grätschte über seine Hüften. Sie konnte spüren, wie sein Penis schon wieder zu neuem Leben erwachte.

Sie schmiegte sich an ihn, während sie sich küssten. Seine Hände glitten unter ihre Strapse und verharrten dort wie in einer Falle. Julia wollte ihn gern in dieser Falle behalten, wollte für immer diese Hände auf ihrer Haut spüren, seine Lippen auf ihren, seinen Schaft auf ewig in ihr.

»Ich liebe dich«, flüsterte sie, als er ihre Kehle küsste.

Seine Hände streichelten ihr Gesicht. Aus seinen Augen flogen ihr Dankbarkeit, Verehrung und Leidenschaft zu. Julia ahnte die Kraft seiner Liebe, und das verstärkte noch ihr Sehnen nach ihm. Sie wollte ihn wieder in sich spüren.

Sie hob ihre Hüften an und langte darunter nach seinem Penis, der wieder hart geworden war. Sie verharrte eine Weile über ihm, rieb die Eichel zwischen ihre Labien und ließ sich dann langsam auf ihm nieder. Sie hielt sich an den unausgesprochenen Worten fest, die zwischen ihnen durch die Luft summten.

Nick hustete laut. Julia ignorierte ihn und glaubte, es wäre wieder die Art Protest, die sie auch auf dem Standesamt von ihm gehört hatte. Aber er hustete wieder, beharrlicher, hartnäckiger – es hörte sich so an, als wollte er unbedingt ihre Aufmerksamkeit erhalten.

Julia und Steve blickten gleichzeitig auf. Um die Ecke des Schulgebäudes rannte eine Horde junger Männer in Rugbyklüften in ihre Richtung. Julia sah Steve an, und in seinen Augen las sie das, was auch sie dachte: Die Schulmannschaften trugen samstags oft Spiele aus, und das Rugbyfeld lag auf der anderen Seite der Rasenfläche.

In ein paar Sekunden würde man sie entdeckt haben, beide ziemlich ausgezogen und kurz davor, sich miteinander zu verbinden.

Steve und Julia lachten nervös und krochen rasch zu ihren Kleider, dann rannten sie Hand in Hand in den Wald, wo sie Deckung finden würden.

»Schau sie dir an«, sagte Marianne seufzend.

Nick schüttelte missbilligend den Kopf. »Sie sind ein bisschen jung für dich.«

»Die meine ich doch nicht«, antwortete Marianne kichernd, beäugte aber trotzdem die kräftigen Rugbyspieler, als sie an ihnen vorbeiliefen. »Auf der anderen Seite – ich habe immer schon was für Männer in Shorts übrig gehabt«, fügte sie grinsend hinzu. Sie erinnerte sich, dass sie Nick in kurzen Hosen ganz heiß empfunden hatte. Sie ließ die Lider flattern, als sie ihn ansah. »Ich habe von Steve und Julia geredet. Sie sind wirklich ein süßes Paar.«

Nicks Lippen wölbten sich verächtlich. »Widerlich süß. Wenn du mich fragst, ich finde es entsetzlich, diese Küsserei und den beseelten Ausdruck, wenn sie sich so tief in die Augen schauen. Ganz abgesehen davon, dass sie in aller Öffentlichkeit vögeln – aber diese Schau haben sie mir gewidmet.«

»Ach, du bist und bleibst ein Zyniker«, neckte Marianne ihn. »Warst du denn noch nie verliebt?«

»Nee«, sagte er abweisend. »Einmal vielleicht. Fast.« Er blickte zum Wald. »Ach, vielleicht war das auch nichts als Lust.«

»Kennst du denn nicht den Unterschied?«

»Ich weiß nicht genau, ob ich den kennen lernen will.« Er legte einen Arm um Mariannes Taille. »Ich meine, sieh dir doch Steve an. Seit unseren Teenagerjahren war er von dieser Liste besessen. Und was ist sein letztes Ziel? Genug Mumm zu haben, um Julia zu gestehen, dass er sie liebt. Das hat ihn fast vernichtet. Ich hoffe nur, dass sie es wert ist.«

»Natürlich ist sie es wert.« Sie blieb stehen und legte eine Hand auf seine Schulter. »Wenn du Glück hast, findest du eines Tages auch eine Frau, bei der du begreifst, was es bedeutet, verliebt zu sein.«

»Vielleicht.« Er nickte, aber dann wischte ein Grinsen den ernsten Ausdruck aus seinem Gesicht. »Aber bis ich sie finde, will ich meinen Spaß beim Suchen haben.«

Er küsste sie. Als seine Hand ihre Brüste drückte, spürte sie eine wunderbare Wärme, die durch ihren Körper strömte. In den letzten sieben Jahren hatte sie oft darüber nachgedacht, was wohl passiert wäre, wenn Julia am letzten Schultag nicht dabei gewesen wäre.

ENDE

Musik und Sex sind ihre Leidenschaft

Katie spielt Bratsche und läuft vor dem Ehemann davon, als sie sich auf eine Tournee durch Europa einlässt. In ihrem Tagebuch trägt sie all ihre sexuellen Erlebnisse ein — etwas, das sie sehr bald bereuen wird...

»Bücher, die die Nation im Sturm genommen haben.«
Spank

Die Romane aus dieser Reihe haben allein in England eine Gesamtauflage von über drei Millionen Exemplaren. Sie werden in fünfzehn Sprachen übersetzt und sind die erfolgreichsten erotischen Romane auf der Insel.

ISBN 3-404-14836-3

BASTEI LÜBBE

Zwei erotische Romane von einer der vielseitigsten Autorinnen der Erotik-Reihe

APPASSIONATA:
Tess Challoner hat sich durchsetzen können: Sie spielt die Carmen in einer neuen Londoner Produktion. Um in dieser Rolle überzeugen zu können, muss sie aber noch viel über Sehnsucht und Leidenschaft lernen. Die Welt des Theaters bietet dazu zahllose Möglichkeiten ...

DIE WEISSE ROSE:
Geoffrey ist nur allzu bereit, der jungen Witwe Rosamund beizustehen, die sich gegen den ruchlosen Sir Ralph behaupten muss. Erotischer Roman vor dem Hintergrund der Rosenkriege.

ISBN 3-404-14822-3